논증적 글쓰기 기반의

대학 글쓰기

지은이 | **전대석**

성균관대학교 철학과를 졸업하고 같은 대학에서 철학 박사학위를 받았다. 성균관대학교와 덕성여자대학교에서 초빙교수로 재직하였으며, 고려대학교 의과대학에서 도덕추론 및 의료윤리에 관한 연구를 수행하였다. 현재는 우송대학교에서 초빙교수로 재직하며 '대학 글쓰기'와 '창의적 비판적 사고' 등을 강의하고 있다. 논문과 저서로 「양적 평가와 질적 평가를 결합한 3단계 절차 추론 방식의 의료윤리 교육 방법」, 「4차 산업혁명과 기계의료윤리」, 「전문직 자율규제의 철학적 근거에 대한 탐구」, 「전문직업성의 자율규제와 충심」, 「인과적 설명에서 자유로운 행의의 가능성 모색」, "Writing Across the Curriculum(WAC) in Medical Schools", "The analysis of Doctor's Role in Korea(2014) based on WFME(2010)", 『의료윤리와 비판적 글쓰기』, 『세계 존재의 이해』(공저) 등이 있다.

논증적 글쓰기 기반의 대학 글쓰기

초판 인쇄 2020년 3월 20일
초판 발행 2020년 3월 25일

지은이 전대석
펴낸이 이찬규
펴낸곳 북코리아
등록번호 제03-01240호
주소 13209 경기도 성남시 중원구 사기막골로 45번길 14
우림2차 A동 1007호
전화 02-704-7840
팩스 02-704-7848
이메일 sunhaksa@korea.com
홈페이지 www.북코리아.kr
ISBN 978-89-6324-693-2 (03800)

값 15,000원

논증적 글쓰기 기반의

대학 글쓰기

전대석 지음

북코리아

| 머리말 |

대학에서 글쓰기 교육이 본격적으로 시행된 이래로 많은 수의 글쓰기 관련 교재가 개발되어 출판되었다. 특히, 다수의 글쓰기 교재는 대학에서 비판적 사고 능력을 기르는 것을 강조하는 흐름에 따라 논리와 비판적 사고에 기초하여 글쓰기를 교육하기 위해 해당 대학의 형편과 환경에 의거하여 '학술적 글쓰기', '비판적 글쓰기' 또는 '대학 글쓰기'와 같은 다양한 이름으로 출판되었다. 이 책 또한 논리와 비판적 사고에 기초한 논증적 글쓰기를 다루고 있다는 점에서 이미 출판되어 대학에서 활용되고 있는 다양한 기존의 책들과 내용과 구성에서 크게 벗어나지 않는다. 그러한 측면에서, 이미 출판되어 있는 좋은 교재와 도서가 있음에도 불구하고 기존의 것과 크게 새로울 것이 없는 내용을 담은 『논증적 글쓰기 기반의 대학 글쓰기』 교재를 발간하는 것에 커다란 마음의 부담을 가진 것도 사실이다. 그럼에도 불구하고, 이 책은 정당화 문맥의 논증적인 글을 쓰는 실제적이고 방법적 절차를 '학습자의 관점'에서 구체적으로 제시하고 있다는 데에 의미를 부여할 수 있다고 생각한다.

학습자가 실제적으로 논증적인 글을 쓸 수 있는 절차적 과정과 방법을 제안하고 있는 『논증적 글쓰기 기반의 대학 글쓰기』는 필자가 2016년 출간한 『의료윤리와 비판적 글쓰기』의 '1부: 비판적 글쓰기'에 크게 의존하고 있다. 특히, 제2~4장의 주요 내용은 기존의 자료를 대부분 활용하였다. 하지만 교재를 개편하는 과정에서 중복되거나 과도한 설명을 삭제하고, 분석이 잘못된 부분 등을 수정하고, 추가적으로 보다 친절한 설명이 필요한 부분을 보완하였다. 제2장에서는 주장을 담고 있는 글과 문제를 분석하고 평가하기 위해 필요한 비판적 사고의 내용, 절차 그리고 기법에 관한 최소한의 내용을 정리하여 살펴본다. 제3장의 '분석적 요약'과 제4장의 '분석적 평가'는 '4단계의 분석 절차'와 '4단계의 평가 과정'을 제시한다. '분석과 평가의 대칭적인 4단계 구성'은 성균관대학교『비판적 사고 학술적 글쓰기』에서 제시하고 있는 요약의 8요소와 평가의 5요소의 형식을 일부 빌려 구성하였다. 하지만 논리적 사고의 절차에 더 잘 부합하도록 분석과 평가의 절차와 과정을 모두 '4단계'로 축약하여 대칭적으로 통일하였다.

제1장과 제5장은 학습자가 논증적인 글을 쓰는 데 실제적인 도움을 주기 위해 새롭게 구성하였다. 제1장에서는 '논증적 글쓰기'를 배우고 익히는 과정을 통해 우리가 길러야 하는 역량을 보이는 것을 중심으로 '논증적 글쓰기'의 세부적인 과정과 절차에 관해 설명한다. 제5장은 프레젠테이션 구성 및 발표를 통해 글의 개요를 작성하고 주제를 선정하는 과정으로부터 그것에 기초하여 실제로 논증적인 글을 쓰는 과정을 다섯 단계로 구분하여 제시하였다. 또한 이 교재를 통해 논증적 글쓰기를 배우고 익히는 학습자의 이해를 돕기 위해 익명의 학습자가 실제로 작성한 개요 프레젠테이션과 그것에 기초해서 작성한 에세이를 단계별로 제시하였다. 학습자는 그것을 통해 각 단계에서 글쓰기가 실제로 어떻게 이루어지는지에 관해 더 쉽게 이해하고 실체적인 도움을 받을 수 있을 것이다.

'글'을 쓴다는 것은 어려운 일이다. 더욱이 사회적 · 문화적 · 환경적 또는 윤리적 문제 등과 같이 중요한 문제를 분석하고, 그 문제에 대한 자신의 주장을 담는 논증적인 글을 쓴다는 것은 매우 어려운 일이다. 하지만 세상만사의 일들이 그러하듯이, 논증적 글쓰기 또한 애써 힘을 들여 노력하고 끈기를 가지고 익히고 연습한다면 도달할 수 없는 목표는 아니다. 이 책에서 제시하고 있는 논증적 글쓰기의 실제적인 방법적 절차에 따라 연습함으로써 '논증적 글쓰기'를 공부하는 여러분 모두가 그와 같은 목표에 도달할 수 있기를 기대한다.

이 책을 완성할 수 있도록 큰 가르침을 주시고 끝까지 응원해 주신 손동현 선생님께 깊은 존경과 감사를 드린다. 부족한 책이 은사님께 누를 끼치지 않기를 기도할 뿐이다. 나의 후배이자 동료인 명륜왕 김용성 선생님은 모든 원고를 처음부터 끝까지 읽고 논의하며 비판적인 논평을 통해 잘못된 부분을 수정하고 부족한 부분을 보완할 수 있도록 힘써주었다. 그의 모든 것에 고맙지만, 이 지면을 통해 다시 한 번 감사의 마음을 전한다. 끝으로 빠듯한 일정 속에서 부족한 원고를 선뜻 출판해주신 북코리아 이찬규 사장님께 감사드린다.

2020년 2월

저자 전 대 석

| 차례 |

당연한 말이지만, 짧은 시간 안에 이와 같은 목표를 이루어내는 것은 결코 쉽지 않은 일이다. 그 까닭은 이렇다. 현안 문제에 대해 철저히 이해하기 위해서는 그 문제 안에 들어 있는 세부적인 사항들을 낱낱이 찾아내고 이해할 수 있는 개인적 역량이 필요하다. 우리는 이와 같은 능력을 흔히들 '**분석 역량**(analytical competence)'이라고 일컫곤 한다. 다음으로 분석을 통해 문제를 정확히 이해했다면, 우리는 그 문제를 해결할 수 있는 나름의 해답을 제시해야 할 것이다. 우리는 이와 같은 역량을 소위 '**문제해결 역량**(problem solving)'이라고 말한다. 또한 문제를 해결하는 방식은 기존의 방식과 차별성을 갖거나 그 문제로부터 새로운 문제를 착안할 수 있어야 할 것이다. 우리는 이와 같은 역량을 '**문제발견 역량**(problem finding)'이라고 부른다. 문제발견 역량은 쉽게 말해서 '한 문제를 해결함으로써 새로운 문제를 착안하는 것'이라고 할 수 있다. 그러한 의미에서, 문제발견 역량은 '**창의적 사고**(creative thinking)'와 밀접한 관련이 있다. 하지만 일반적으로 창의적인 생각은 '아예 없는 것'으로부터 '불쑥 나오는 것'이 아니다. 우리는 나를 포함한 동료와의 협업을 통해 기존의 것을 더 잘 이해하고, 그것으로부터 기존의 것을 넘어서는 창의성을 발휘할 수 있다.[2]

---

2 최근에는 분석적 사고와 관련된 '비판적 사고'와 더불어 '창의적 사고'가 강조되고 있다. 그리고 창의적 사고 역량을 기르는 한 좋은 방편으로 '디자인 씽킹'을 생각해볼 수 있다. 디자인 씽킹은 본문의 그림(일러스트, 김승현)에서 확인할 수 있듯이 '문제 해결'로부터 '문제 발견'으로, '가치 포착'으로부터 '가치 발견'으로, '개인의 독자적 활동'으로부터 '동료와의 협업'으로, '개별 학문 연구'로부터 '학문 간의 융합'을 특징으로 꼽아볼 수 있다. 한 가지 덧붙이자면, 우리가 일상에서 사용하는 '디자인(design)'이라는 단어는 매우 다양한 의미로 사용되고 있다. '인생을 디자인하다', '생각을 디자인하다', '공간을 디자인하다' 등을 예로 들 수 있을 것이다. 여기서 '디자인'은 대략 '설계하다', '구체화하다', '그리다' 등으로 그 뜻을 해석할 수 있다. 아무튼, '디자인(design)'의 기본적인 의미는 '그리

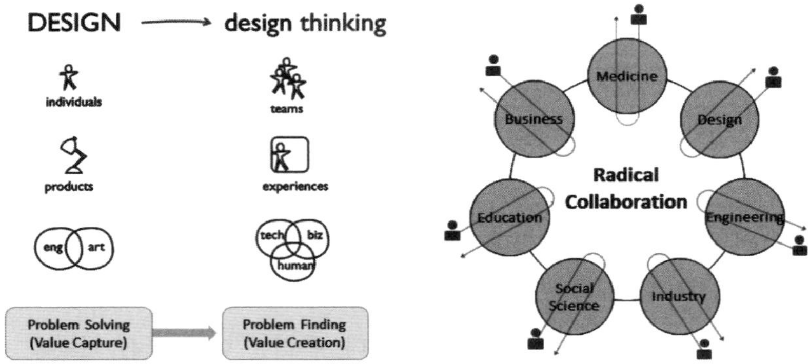

〈그림 1-1〉 디자인 씽킹(design thinking)과 학문의 융복합[3]

또한 논증적인 글을 포함하여 대부분의 '글'은 일차적으로 글을 쓰는 '필자'를 위한 것이 아니라 글을 읽는 '독자'를 위한 것임을 고려했을 때, 우리는 또한 '논증적 글쓰기'를 통해 '나'와 타인 사이에 놓여 있는 생각과 견해의 '틈'을 좁힐 수 있는 **'의사소통 역량'**을 길러야 할 것이다. 의사소통은 영어 'communication'을 우리말로 옮긴 것이다. 그리고 'communication'은 '함께'의 뜻을 가진 'com'과 '나누다 또는 공유하다'의 의미를 가진 'muni'를 결합한 합성어다. 따라서 '의사소통'을 문자 그대로 쉽게 풀어쓰면 '함께 나누어 공유하다' 정도로 해석할 수 있을 것이다. 만일 그렇다면, 우리가 '나' 그리고 '타인'과 '의사소통'한

다'에 있는 듯이 보인다. 그런데 'design'은 '완전한, 부정의, 중립적인'의 뜻을 가진 'de'와 '표시, 경계, 기호, 봉인'의 뜻을 가진 'sign'의 합성어다. 따라서 그 뜻을 문자 그대로 옮기면, '완전한 경계'로 해석할 수도 있지만, '경계의 부정'으로도 이해해볼 수 있다. 이것을 창의성과 관련지어 생각해보면 이렇다. 즉, **'기존의 것을 지워야만(de) 새로운 것을 그릴 수 있다(sign).'** 만일 이와 같은 분석이 옳다면, '창의적 사고'의 기초가 되는 것은 결국 '분석적 사고'라는 것을 알 수 있다.

3 일러스트, 김승현.

다는 것은 결국 우리의 앎을 '**전파**하고 **확산**'하는 것이라고 할 수 있다. 따라서 우리는 '논증적 글쓰기'를 익히는 과정에서 지식과 앎을 '**공유**(share)'하고 '**확산**(dispersion)'하는 역량을 기르는 것 또한 모색할 수 있을 것이다.

이와 같은 역량을 기르는 것이 다변화되는 현대사회에서 절실히 요구되고 있다는 것을 새삼 강조할 필요는 없을 것이다. 이와 같은 역량들을 기르는 방법은 학문의 영역과 교육의 방법적 수단에 따라 매우 다양할 수 있지만, '논증적 글쓰기'는 합리적이고 비판적인 글을 쓰는 과정을 통해 그것을 익히고 기르는 것이 목표라고 할 수 있다. 지금까지의 논의가 적절하다면, '논증적 글쓰기' 교육이 가진 가장 기본적인 모습은 아래의 표와 같이 '사고 도구 → 적용 과정 → 목표'의 절차를 따른다고 말할 수 있다. 즉,

〈표 1-1〉 논증적 글쓰기의 목표

목표	⇒	논증적 글쓰기 = 합리적이고 비판적인 글쓰기
		↑
적용 과정	⇒	(이론과 기법에 의한) 분석 + (비판적) 평가
		⇑
사고 도구	⇒	논리(logic)와 비판적 사고(critical thinking)

간략히 정리하자면, 정당화 문맥의 '논증적 글쓰기'는 곧 '합리적이고 비판적인 글쓰기'라고 할 수 있다. 그리고 논증적 글쓰기는 크게 '**분석**(analysis)'과 '**평가**(evaluation)'의 과정으로 구분된다. '분석'은 해결해야 할 문제 또는 분석의 대상이 되는 텍스트를 정확히 그리고 올바르게 이해하는 과정이며, '평가'는 분석을 통해 올바르게 이해한 문제 또는 텍

스트에 대한 자신의 생각을 합리적인 근거를 제시함으로써 주장하는 과정이라고 말할 수 있다. 지금까지의 설명이 적절하고 옳다면, 논증적 글쓰기의 (단계적인 사고) '과정'과 (절차적) '구조'를 다음과 같이 간략히 정리할 수 있다.

〈표 1-2〉 '논증적 글쓰기'의 단계적 (사고) 과정

	단계		내용
분석	1	**평면적 요약**	중요 요소 분석 → 잘 읽고 이해하기 & 비분석적 통념 파괴하기
	2	**분석적 요약**	논증 구성 → 논리적 구조 이해하기 & 요약문 쓰기
평가	3	**분석적 평가**	논증 평가 → 논증의 형식적 타당성 & 내용적 수용 가능성 평가
	4	**비판적 평가**	정당화 글쓰기 → (나의) 문제 착안하기 & 논증 구성하기 & 에세이 쓰기

〈표 1-3〉 '논증적 글쓰기'의 단계적 과정과 관계적 절차

<table>
<tr><td colspan="2"></td><td>ⓐ 이해하기</td><td>ⓑ 분석하기</td><td>ⓒ 평가하기</td><td>ⓓ 주장하기</td><td></td></tr>
<tr><td rowspan="2">분석</td><td>① 평면적 요약</td><td>중요 요소 분석</td><td colspan="2"></td><td></td><td>올바른 읽기</td></tr>
<tr><td>② 분석적 요약</td><td colspan="2">평면적 요약의 구성 (논증)</td><td></td><td></td><td>비판적 요약</td></tr>
<tr><td rowspan="2">평가</td><td>③ 분석적 평가</td><td></td><td colspan="2">논증 평가</td><td></td><td>비판적 논평</td></tr>
<tr><td>④ 비판적 평가</td><td colspan="2"></td><td colspan="2">(나의) 논증 구성</td><td>정당화 글쓰기</td></tr>
</table>

앞에서 밝혔듯이, 우리가 이 책을 통해 익히고자 하는 것은 '합리적 추론에 따라 현안 문제와 글을 분석하고 올바른 근거에 의거하여 정당한 주장을 개진하는 글'을 쓰는 것이다. 하지만 여기서 논증적 글쓰기

2

'논증적 글쓰기의' 내용과 (절차적) 구조

'나'의 생각을 담는 글을 통해 올바른 방식으로 '나' 아닌 타인에게 생각을 전달하고 공유한다는 것은 매우 어려운 일이다. 게다가 그와 같은 목표를 이루기 위해 '논증적 글쓰기'를 가르치고 공부한다는 것 또한 결코 쉬운 일이 아니다. 따라서 우리는 체계적이고 단계적인 과정과 절차에 따라 '논증적 글쓰기'를 가르치고 공부할 필요가 있다. 그것의 구체적인 방법과 형식은 다양할 수 있지만, '이해를 통해 글쓰기로 나아가는 방식'이라고 할 수 있는 '논증 구성으로부터 논증적 글쓰기(from argument to logical writing)'를 익히는 가장 기본적인 전략을 택하는 것이 도움이 될 것이다. 그 전략은 아래의 그림과 같이 '분석적 요약 – 분석적 논평 – 논증적 글쓰기'로 나아가는 방식이 될 것이다.[5]

5 '논증적 글쓰기'의 교육 과정을 이와 같은 방식으로 체계화한 모형은 "성균관대학교 학술적 글쓰기"의 '단계적 글쓰기 프로그램' 모형에 기초하고 있다. 원만희 · 박정하 외, 『비판적 사고 학술적 글쓰기』, 성균관대학교출판부, 2014, 34쪽 참조.

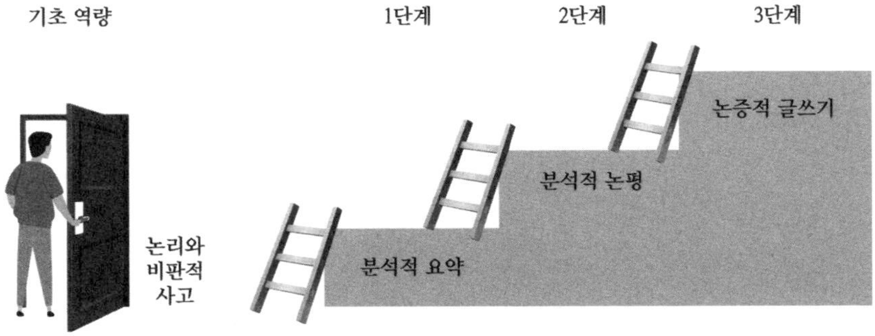

〈그림 1-3〉 '논증적 글쓰기'의 3단계 절차

〈그림 1-3〉에서 '논리와 비판적 사고'를 논증적 글쓰기의 '문을 여는 것'으로, 그리고 '논증적 글쓰기'의 각 단계를 잇는 수단을 '사다리'로 표현한 점에 주목해야 한다. 쉽게 말해서, '논증적 글쓰기'는 '논리와 비판적 사고'를 기르는 것으로부터 시작할 수 있다. 그리고 우리가 목표로 하고 있는 '논증적 글쓰기'에 도달하기 위해서는 사다리를 오르는 것과 같이 힘을 들여 차근차근 단계를 밟아 올라가야 한다는 것이다. 논증적 글쓰기를 포함하여 모든 글쓰기는 첫 발을 떼면 자동으로 목적지에 도달하는 에스컬레이터에 올라타는 것일 수 없기 때문이다.

우리는 또한 현재의 단계에서 다음 단계로 이행하는 각 과정의 중간에 지금까지 도달한 지점에 대해 스스로 평가하고 되짚어보는 시간을 반드시 가져야 할 것이다. 말하자면, '1단계: 분석적 요약'에 관해 익히고 연습하였다면, 내가 만들어낸 결과물을 객관적으로 평가하여 부족한 부분을 보완하고 잘못된 점은 수정하는 반성적 태도를 가져야 한다는 것이다. 그것은 '2단계: 분석적 논평'과 '3단계: 논증적 글쓰기'에서도 마찬가지다. '평가'는 '나' 스스로에 의한 것일 수도 있지만, 함께 공부하고 있는 교수자 및 동료 학습자와 함께할 때 논리적으로 더 엄밀하고 실천적으로 더 안전한 되비침의 결과를 얻을 수 있을 것이다. 따라서 기초 역량을 기반으로 하는 3단계로 구성된 '논증적 글쓰기'는 〈그림 1-4〉와 같은 절차에 따라 진행되어야 할 것이다. 아래의 그림에서 확인할 수 있듯이, 우리는 각 단계가 마무리되는 시점에서 '나'의 결과물을 동료들과 공유하고 서로 평가함으로써 더 훌륭한 결과물을 산출할 수 있을 것이다. 물론, 나의 글을 타인에 보여준다는 것은 큰 용기가 필요하다. 또한 '나'와 독자를 설득할 수 있는 좋은 논증적인 글을 쓴다는 것은 결국 단단한 논리적 흐름을 통해 기존에 미처 생각하지 못했던 문제들을 착상하여 명료한 언어로 전달하는 것이기 때문에 매우 어려운 작업이 될 수도 있다. 하지만 우리는 이러한 논증적인 글을 쓰기 위해 무조건 전에 없었던 미증유(未曾有)의 새로운 생각을 만들어야 한다는 강박적 상황으로 자신을 내몰지 않아야 한다.

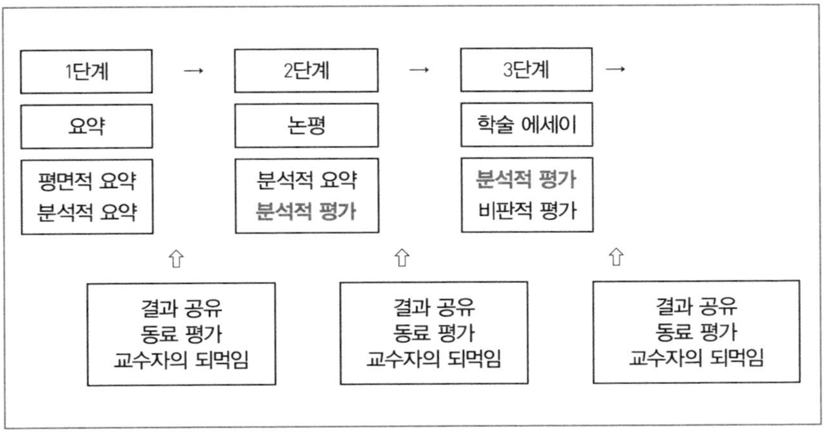

〈그림 1-4〉 비판적 사고에 기초한 정당화 글쓰기 3단계 과정

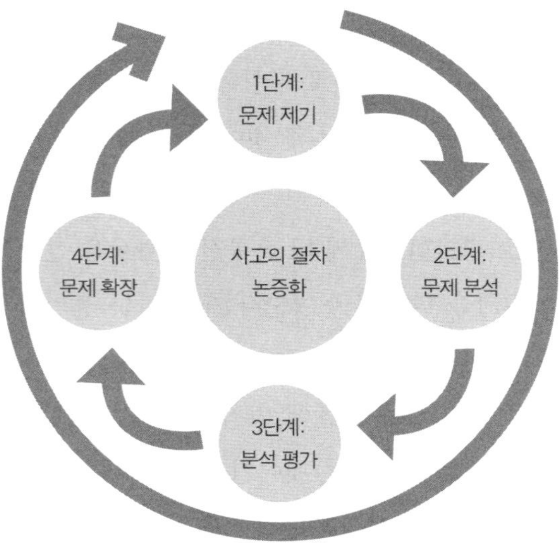

〈그림 1-5〉 '논증적 글쓰기' 사고의 4단계 절차

'논증적 글쓰기'를 익히고 연습하는 주요 내용과 절차에 관한 자금까지의 논의를 듣고 있다 보면, 당신은 '**겁에 질려**' 있을 수도 있다. '논증적 글쓰기'를 통해 '분석 역량', '문제해결 역량', '문제발견 역량' 그리고 '의사소통 역량' 등과 같은 현대사회가 요구하는 중요한 역량도 길러야 할뿐더러, 심지어 그러한 역량을 글로 표현할 것을 요구받고 있다고 느낄 수 있기 때문이다. 물론, 짧은 시간 안에 그와 같은 일들을 해내는 것은 결코 쉬운 일이 아니다. 하지만 시작하기도 전에 '**미리 겁부터 먹을 필요**'는 전혀 없다. 자신의 생각을 불필요한 보탬이나 덜어냄 없이 담담하게 논리적으로 표현하는 것만으로도 충분히 창의적이고 논증적인 글을 쓸 수 있는 가능성은 항상 열려있기 때문이다.

제2장

‘논증적 글쓰기’의 기초가 되는 논리(logic)와 비판적 사고(critical thinking):

텍스트(현안 문제) 분석의 기초가 되는 중요한 요소와 준거들

1
왜 주장을 담고 있는 글을 쓰기 위해서 논리와 비판적 사고가 요구되는가?

'논증적 글쓰기'에 관한 본격적인 논의를 개진하기에 앞서 분명하게 짚고 가야 할 것이 있다. 지금부터 다루려는 글의 형식 또는 내용은 어떤 '문제', 더 정확하게 말하자면 '문제 상황'을 글감으로 삼아 자신의 주장과 생각을 담는 글쓰기라는 점이다. 우리가 접하는 모든 글쓰기가 그와 같은 형식을 갖는 것은 아니다. 예컨대, 수필이나 시의 글감은 일상사가 될 터이고, 감상문의 글감은 여러 작품들, 기행문은 여행이 글감이 될 것이다. 눈치 빠른 독자는 이미 짐작했겠지만, 문제 상황에 대해 자신의 주장과 생각을 담는 글을 쓴다는 것은 (제법) 그럴듯한 '이유'와 '근거'를 들어 논리적이고 정합적인 글을 쓴다는 것을 의미한다. 간략히 말해서, 우리는 어떤 주장을 접했을 때 그것을 지지하는 이유 또는 근거의 타당성에 의지하여 그 주장을 수용하거나 반대한다. 따라서 앞으로 보게 될 많은 지문(텍스트)들과 그것들에 대한 분석과 평가는 주로 이유 또는 근거를 분석함으로써 결론 또는 주장을 수용할 수 있는지를 따져보게 될 것이다. 다음으로 그러한 평가로부터 그 문제 상황에 대한 자신의 입장이 무엇인지를 그럴듯한 근거를 들어 주장하는 논증적인 글쓰기 연습을 하게 될 것이다.

본격적인 논의에 앞서 미리 말하자면, 지금 우리의 주된 관심사는 "합당한 근거에 기초한 정당화 글쓰기"에 있으며, 논리학 또는 비판적 사고 그 자체에 있는 것은 아니다. 하지만 합당한 근거에 기초한 정당화 글쓰기를 하기 위해서는 논리와 비판적 사고에 의지할 수밖에 없다는 것 또한 사실이다. 따라서 여기에서는 논증적 글쓰기를 하기 위해 필요한 가장 기초적이고 필수적인 논리와 비판적 사고의 내용만을 간략히 소개할 것이다.

1) 글쓰기 과정에 행위 산출 원리를 대입한다면?

논증적 글쓰기를 포함하여 모든 글쓰기는 인간이 행하는 행위다. '말'과 '글'로 표현되는 언어 사용 능력은 인간이 가진 특유한 속성 중 하나임은 분명한 듯이 보이며, 말하는 것과 글을 쓴다는 것은 인간 행위에 포함되기 때문이다. 인간의 행위를 설명하는 방식은 여러 가지일 수 있다. 예컨대, 행동주의 심리학이나 행위의 인과적 설명 등이 인간 행위를 설명하는 좋은 후보가 될 수 있을 것이다. 여기에서는 논증적 글쓰기의 중요한 성격을 설명하기 위해 행위를 설명하는 다양한 방식 중 하나인 '행위의 BDA 원리(principle of BDA)'에 의지해보자.[1] 행위를 설명하는 BDA 원리를 간략히 표현하면 다음과 같다.

---

1 Davidson, Donald., *Essays on Action and Event*, 1963 참조.

〈표 2-1〉 행위의 BDA 원리

Belief(믿음) + Desire(욕망)	→	Action(행위)
원인(cause)		결과(effect)

'행위의 BDA 원리'는 우리의 행위가 가진 '적절한 한 쌍의 믿음과 욕망이 한 행위를 초래한다'고 보는 일종의 행위의 인과적 설명(causal explanation)이라고 할 수 있다. 예컨대, 당신이 어떠한 이유로 며칠을 굶었다고 해보자. 만일 그렇다면, 당신은 현재 느끼고 있는 '배고픔을 해소하려는 욕망'을 가질 수 있다. 또한 당신은 그와 같은 욕망을 해소하기 위한 가장 즉각적이고 효과적인 한 방편이 '교내 식당에 가는 것이라는 믿음'이 있다고 해보자. 말하자면, 당신은 '교내 식당에 가면 지금의 배고픔을 해소할 수 있다는 믿음'이 있다고 해보자. 만일 당신이 이와 같은 '욕망과 믿음'을 가지고 있다면, 당신은 (아마도) 교내 식당으로 갈 것이다. 인간의 행위를 이와 같은 방식으로 설명하는 것은 우리의 상식에 잘 부합하기 때문에 우리가 행하는 대부분의 행위를 잘 설명할 수 있는 듯이 보인다.

하지만 이러한 설명 방식을 따를 때, 상상해 볼 수 있는 문제점은 없을까? 이와 관련된 논의를 깊이 있게 진행하면, 매우 다양한 반론이 제기될 수 있을 것이다. 하지만 여기에서는 '논증적 글쓰기'와 관련된 하나의 문제만 다루어보자. 그 문제는 다음과 같다. 즉, '적절한 한 쌍의 욕망과 믿음으로부터 초래된 행위'는 항상 설득력이 있거나 수용될 수 있는가? 예컨대, 당신은 '로제와 결혼하고자 하는 욕망'을 가지고 있다고 하자. 또한 당신은 '로제에게 청혼을 하면 그녀가 그 청혼을 흔쾌히 수

락할 것이라는 믿음'이 있다고 하자. 만일 그렇다면, 당신은 (아마도) 로제에게 실제로 청혼을 할 것이다. 당신이 로제에게 청혼을 하는 행위를 이와 같이 설명하는 것은 제법 설득력이 있을 뿐만 아니라 합리적인 것으로 보인다.

그런데 문제는 이렇다. '과연 로제는 당신의 청혼을 (무조건적으로) 받아들였을까?' 당연한 말이지만, 그럴 수도 있고, 그렇지 않을 수도 있다. 로제의 입장에서 당신의 행위를 평가해보자. 다행스럽게도 결과가 전자의 경우라면, 로제의 입장에서도 당신이 가진 '믿음과 욕망'은 '행위'를 설명하고 지지하기에 충분하다. 하지만 불행히도 후자의 경우라면, 즉 로제가 당신의 청혼을 거절하였다면 당신이 가진 '믿음과 욕망'은 행위를 설명하기에 충분하지 않은 듯이 보인다. 만일 그렇다면, '로제에게 청혼을 하는 당신의 행위'가 로제에게 받아들여지지 않고 합리적이지 않은 까닭을 찾아야 할 것이다. 무엇이 문제인가?

지금까지의 논의를 통해 알 수 있듯이, 적절한 한 쌍의 욕망과 믿음에 의해 초래된 행위가 '나' 아닌 타인에게 항상 받아들여지는 것은 아니다. 만일 그렇다면, 우리의 행위가 '나'뿐만 아니라 타인에게도 합리적이고 설득력이 있기 위해서는 아래와 같은 도식의 인과적 설명에서 행위를 합리화할 수 있는 '절차' 또는 '과정'이 반드시 개입되어야 한다는 것을 알 수 있다.

〈표 2-2〉 행위의 BDA 원리의 정당화

믿음(B) + 욕망(D) → 행위(A)
↑
[?]

이미 알고 있듯이, 통상 사람의 지적 능력은 완전하지 않기에 처음에 가진 생각이 항상 올바르거나 최선의 것이 아닐 수 있다. 말하자면, 우리가 가진 (최초의) 욕망과 믿음이 항상 올바르거나 최선의 것은 아니라는 것이다. 우리들 대부분은 그러한 사정을 알기 때문에 어떤 중요한 행위를 하기에 앞서 그 행위를 하는 것이 올바른 것인지, 허용될 수 있는 것인지 또는 합리적인 것인지에 대해 이러저러한 조건들에 의거하여 따져보고 숙고한다. 만일 그렇다면, 위의 도식에서 [?]에 들어갈 내용은 '이러저러한 조건에 의거하여 따져보고 숙고'하는 것이다. 그리고 이와 같이 어떤 행위를 하기에 앞서 이러저러한 조건에 의거하여 따져보고 숙고하는 행위를 '**정당화**(justification)'하는 것으로 파악할 수 있다.[2] 그리고 만일 지금까지의 논의가 올바른 것이라면, 우리는 다음으로 어떤 것을 정당화하기 위해 필요한 '사고 도구'가 무엇인지에 대해 살펴보

---

2 앎에 대한 전통적인 해석에 따르면, "앎 또는 지식(knowledge)은 정당화된 참인 믿음(Knowledge is justified by true belief)"이다. 말하자면, 정당화는 전통적인 의미의 우리의 앎(또는 지식, knowledge)에 관해서도 중요하다. 이러한 의미에서 댄시(J. Dancy)는 전통적인 의미의 인식론에서 우리의 앎은 "참된 믿음만으로는 지식이 될 수 없다. 왜냐하면 우리는 우연히 참된 믿음을 가질 수도 있기 때문이다. 예를 들어, (…) 그렇지만 그 믿음은 정당한 근거가 없는 한에서 지식일 수는 없을 것이다. 결국 지식이란 정당화된(합리적으로 설명된) 참된 믿음이라 정의되어야 한다"고 말한다. 그리고 제3장 "논증 구성에 기초한 분석적 요약"에서 다시 설명하겠지만, 이와 같은 앎에 대한 정의는 다음과 같은 논증으로 구성된다(Dancy, Jonathan., *Contemporary Epistemology*, Blackwell, 1985, pp. 7~10).

R1. 지식을 구성하는 믿음은 참된 믿음이어야 한다.
R2. 우연히 참된 믿음을 가질 수 있다.
C1. 참된 믿음만으로는 지식이 될 수 없다.
C2. 참된 믿음이 지식이 되기 위해서는 그 참된 믿음의 필연성을 보장해 줄 또 다른 요소가 필요하다.
R3. 믿음의 필연성은 정당화 요소이다.
C3. 지식은 정당화된 참된 믿음이다.

아야 할 것이다.

2) '논리'란 무엇인가?

우리는 일상에서 '논리'라는 용어를 쉽게 접할 수 있을뿐더러 자주 사용하기도 한다. 예컨대, "지금 당신이 하는 말의 논리가 무엇입니까?", "너는 좀 더 논리적으로 생각할 필요가 있어", 또는 "자신의 논리를 세워봐. 그래야 이해가 될 것 같은데" 등과 같은 말과 진술문은 결코 낯선 것이 아니다. 그렇다면, 이토록 자주 사용하고 쉽게 접할 수 있는 단어인 "논리는 무엇인가?"

아마도, "논리는 무엇인가?"라는 질문에 대해 명쾌하고 깔끔한 답변을 내놓을 수 있는 사람은 그리 많지 않을 것이다. 많은 사람들이 이와 같은 난처한 질문에 대해

"합리적으로 말하는 것"
"이야기의 인과적 관계를 올바르게 말하는 것"
"이치(理致)에 맞게 말하는 것" 또는
"말의 앞과 뒤가 맞는 것"

이라고 답할 수 있다. 그러한 답변은 모두 옳은 답변인 듯이 보인다. 그런데 문제는 그러한 답변으로도 논리가 무엇인지 정확히 파악할 수 없다는 점이다. 우선 '합리적으로 말하기'라는 첫 번째 답변을 생각해보자. 그 말을 올곧이 이해하기 위해서는 '합리적(rational)'인 것의 의미를 이해해야 한다. 이미 짐작했겠지만, 그것의 의미를 적확하게 이해하는

것은 결코 쉬운 일이 아니다. 두 번째 답변인 '인과적 관계에 들어맞게 말하기'에서 '인과적 관계(causal relation)' 또는 '인과성(causality)'이라는 것 또한 합리성 못지않게 이해하기 쉽지 않은 것이다. 따라서 앞의 두 답변으로는 "논리가 무엇인가?"에 대한 답변이 더 어려운 문제를 낳는 듯이 보인다. 그나마 세 번째와 네 번째 답변이 가장 이해하기 쉬운 일상적인 답변인 듯하다. 서양의 관점에서 본다면, '논리'라는 용어는 그리스어 로고스(logos)에서 유래한 것이다. 그런데 로고스는 말의 어법이나 질서를 의미한다. 말의 어법이나 질서라 함은 결국 말의 앞뒤가 맞음을 뜻한다. 결국, 우리가 사용하고 있는 논리라는 말은 대략 말의 앞뒤가 맞음을 뜻한다고 정의할 수도 있다.[3] 하지만 이와 같은 정의는 다소 애매모호하다. 말하자면, '말의 앞뒤가 맞다'는 것을 어떻게 확인할 수 있는가?

그렇다면, 논리를 쉽게 이해하고 정의할 수 있는 방법은 없을까? 우리는 일반적으로 무엇인가를 정의할 때 그것이 가진 속성(property) 또는 기능(function)에 의거하는 경우들이 있다. 예컨대, 컵은 "음료를 따라서 마시는 데 쓰이는 것"으로, 연필은 "필기도구의 하나로서 흑연과 점토의 혼합물을 구워 만든 가느다란 심을 속에 넣고 겉은 나무로 둘러싸서 만든 것"으로 정의한다. 말하자면, 우리는 세상의 많은 것들을 그것이 가진 기능을 기술함으로써 적절하게 정의하곤 한다. 그렇다면, 컵이나 연필을 정의한 방식과 같이 논리를 그것이 가진 기능에 의거하여 정의한다면 어떨까? 다음과 같이 일상에서 일어날 법한 가상의 두 이야기를 통해 논리의 기능이 무엇인지 생각해보자.

3 국어사전에서는 논리를 다음과 같이 정의하고 있다. "말이나 글에서의 짜임새나 갈피, 생각이 지녀야 하는 형식이나 법칙, 사물의 이치나 법칙성."

[대화 1]
강호: 연희가 요즘 조금 수상하지 않아?
민아: 뭐가?
강호: 선머슴 같은 아이가 지섭만 보면 평소와 달리 말도 없고 얼굴도 빨개지잖아!
민아: 연희가 지섭을 좋아하고 있는 것이 아닐까?

[대화 2]
강호: 그래? 만일 그렇다면, 우리 연희와 지섭이 사귈 수 있도록 도와주자!
민아: 왜?
강호: 지섭의 최근의 태도를 보아하니 그도 연희를 좋아하고 있는 것 같아.
민아: 정말? 그렇다면 당연히 그렇게 해야지.

[대화 1]에서 강호와 민아가 하고 있는 일은 무엇인가? 이 물음에 대해 답하는 것은 어렵지 않은 것 같다. 여기서 그들은 "연희가 지섭을 좋아하는 것 같다"고 결론내리고 있다. 물론, 그들이 내린 결론은 올바른 것일 수도 있고 그렇지 않을 수도 있다. 말하자면, 강호와 민아가 도출한 결론처럼 연희는 지섭을 좋아할 수도 있지만, 그렇지 않을 수도 있다. 예컨대, 연희는 최근에 심한 감기를 앓았고 그것이 원인이 되어 평소와 달리 얼굴에 엷은 붉은 빛이 있었고 목이 아프기 때문에 말수도 적어졌을 수 있다. 그렇다면, 우리는 그들이 내린 결론이 그럴듯한 것인지를 또는 올바른 것인지를 판단해 보아야 한다. 그것을 알아보기 위해 그들의 사고 과정을 다음과 같이 간략히 정리하는 것이 도움이 될 수 있다.

3) 비판적 사고(Critical Thinking)란 무엇인가?

비판적 사고에 대해 자세히 알아보기에 앞서 '논리적 사고'와 '비판적 사고'의 관계에 대해 먼저 살펴보는 것이 도움이 될 것 같다. 왜냐하면 어떤 경우와 상황에서는 그 둘을 거의 같은 의미로 혼용하여 사용하는 경우들이 있고, 그러한 이유로 비판적 사고는 논리적 사고와 다른 것이 아니라 같은 것이라는 오해가 있기 때문이다. 논리적 사고와 비판적 사고의 관계를 잘 보여주고 있는 다음의 글과 제1장에서 소개하였던 비판적 사고에 관한 '델피 보고서'의 정의를 다시 살펴보자.

> 논리적 사고는 비판적 사고에 필요하지만 충분하지는 않다. 논리적 사고는 전제들에서 결론이 도출될 수 있는 올바른 연역적 또는 귀납적 원리에 따르려는 것이다. 올바른 이성적 사고는 논리적 사고의 목적을 충족시켜야 한다. 그러나 그것만으로는 충분하지 않다. 그것은 그 전제들이 받아들일 만한 진리성도 갖출 것도 요구한다. 비판적 사고는 논리적 요구와 이 진리성 요구에 대한 반성적 사고이다. 무엇보다 중요한 것은 비판적 사고가 주어진 텍스트에 대한 분석과 평가의 전체적인 성찰이라는 점이다. 하지만 논리적 사고에서는 그와 같은 전체적 성찰이 꼭 필요한 것은 아니다.[8]

> [비판적 사고 정의] 델피 보고서(Delphi Report, 1990)
>
> 우리는 비판적 사고가 해석, 분석, 평가 및 추리를 산출하는 의도적이고 자기 규제적인 판단이며, 동시에 그 판단에 대한 근거가 제대로 되어 있는가, 개념적 · 방법론적 · 표준적 또는 맥락적 측면들을 제대로 고려하고 있는가에 대한 설명을 산출하는 의도적이고 자기규제적인 판단이라고 이해한다.

---

8 이좌용 · 홍지호, 『비판적 사고: 성숙한 이성으로의 길』, 성균관대학교출판부, 2010, 7쪽.

(…)

이상적인 비판적 사고자는 습관적으로 이유를 꼬치꼬치 묻고, 잘 알고자 하고, 근거를 중요시하며, 평가에 있어서 열린 마음을 가지고 있고, 공정하고, 자신의 편견을 공정하게 다루고, 판단을 내리는 데 있어서 신중하고, 기꺼이 재고(再考)하고, 현안 문제들에 대하여 명료하고, 복잡한 문제들을 다루는 데 있어서 합리적이고, 집중하여 탐구하고, 주제와 탐구의 상황이 허락하는 한 되도록 정확한 결과를 끈기 있기 추구한다. (…)[9]

우리는 앞서 매우 간단하고 소박한 것이지만 논리가 가진 두 기능과 역할을 통해 논리가 무엇인지에 대해 정의하였다. 그런데 일반적으로 이론적 측면에서의 논리는 어떤 행동의 결과 또는 행위의 산출을 포함하고 있지 않다. 우리가 논리적 사고를 통해 이론적 타당성을 구했다면, 다음으로 행위를 산출하는 '실천적 사고'를 생각해보아야 할 것이다. 일반적으로, 행위의 산출까지를 포함하는 실천적 사고를 일컬을 때 사용하는 용어 또는 사고 도구를 '비판적 사고'라고 한다. 만일 그렇다면, 비판적 사고는 우리가 행위할 때, 좁게는 글을 쓰는 과정에서 실천적 덕목까지 염두에 두는 것이라고 할 수 있을 것이다. 그렇다면, 글쓰기와 비판적 사고는 어떤 관계를 맺고 있으며, 비판적으로 사고하기 위해 요구되는 자세와 내용은 무엇인가?

다음 절에서 다시 말하겠지만, '비판적' 또는 '논리적' 사고를 하기 위해서는 '**열린 마음**'과 '**능동적 사고**'가 요구된다. 그리고 그것들은 비판적 사고를 하기 위한 기본적인 자세라고 볼 수 있으며, 그것으로부터 이끌어지는 단계적인 절차가 비판적 사고의 내용을 구성한다.

---

9 김광수, 『논리와 비판적 사고』, 철학과현실사, 2007, 24쪽.

여기서 중요한 것은 주어진 문제 또는 해결해야 할 문제를 '**나의 문제**'로 받아들여야 한다는 것이다. 우리는 통상 '나'와 관련이 없는 문제에 대해서는 그것을 무시하거나 해결하려고 애쓰지 않기 때문이다. 이것이 열린 마음의 자세와 깊은 관련이 있다는 것은 자명한 듯이 보인다. 따라서 우리가 어떤 어려운 문제나 상황에 대해 나름의 의견을 제시하고 주장을 전개하기 위해서 반드시 요구되는 것은 그 문제나 상황에 대한 철저한 '이해와 분석'이라고 할 수 있다. 그러한 과정을 거치지 않을 경우, 우리는 종종 문제의 핵심을 놓치거나 문제를 잘못 설정할 수 있기 때문이다. 우스갯소리로, 어떤 경우에는 "*무엇이 문제인지를 모르는 것이 문제*"가 될 수 있다.

이제, 이와 같은 비판적이고 분석적인 작업이 글쓰기에는 어떻게 적용될 수 있는지 살펴보자. 지금까지의 논의를 통해 주어진 문제에 대해 합리적인 대안을 내놓거나 논쟁적인 의제를 제안하는 글을 쓰기 위해 우선 요구되는 것이 '**분석**'의 과정임을 쉽게 파악할 수 있을 것이다. 우리가 분석 과정을 통해 텍스트 또는 당면한 문제를 정확히 이해했다면, 다음으로 그것에 대해 올바른 '**평가**'를 내려야 할 것이다.

4) 비판적 사고의 계기와 두 조건

우리는 앞서 어떤 문제를 비판적으로 사고하기 위해서는 그 문제를 '나'의 문제로 여겨야 한다는 것을 보았다. 따라서 우리는 나에게 주어진 문제 또는 텍스트를 '나의 문제' 또는 '내가 이해해야 하는 텍스트'로 적극적으로 받아들여야 할 것이다. 이와 같은 조건을 간략히 정리하면 다음과 같다.

■ **비판적 사고를 하는 동기:**

- 문제 상황을 '나'의 문제로 파악하기
- 주어진 글을 철저하게 이해하려고 마음먹기

하지만 '비판적 사고를 하겠다는 마음을 갖는 것 또는 동기를 갖는 것'이 곧 '비판적 사고를 잘할 수 있다는 것'을 의미할 수 없다는 것은 분명하다. 예컨대, 우리가 이미 잘 알고 있듯이 '나는 훌륭한 사람이 될 것이라고 마음을 먹는다'는 것이 바로 '훌륭한 사람이 된다'는 것을 의미하지 않기 때문이다. 그런 마음가짐을 갖는 것도 중요하지만, 그것을 이루기 위해서는 올바른 방식의 부단한 노력이 필요하다는 것은 분명한 것 같다. 만일 그렇다면, 동기화된 마음가짐을 구체화하고 실현시킬 수 있는 방편이 무엇인지 살펴보아야 한다. 그리고 비판적 사고를 하려는 동기화된 마음가짐을 구체화하고 실현하는 좋은 방편은 다음과 같은 것이다.

■ **비판적 사고를 하기 위한 조건:**

- 열린 마음을 갖고 능동적으로 사고하기
- 비판적 사고를 하기 위한 기법에 대한 앎(지식)을 습득하기

비판적 사고를 하기 위한 조건 중에서 '열린 마음'은 왜 필요한가? 우리가 열린 마음을 갖는다는 것은 직면한 문제 또는 해결해야 할 상황을 편견 없이 바라보기 위해 요구되는 것이라고 할 수 있다. 또는 그 문제를 나의 관점이나 시각에서만 접근하는 것이 아니라 타인 또는 상대방의 시각과 관점에서 다루어볼 수 있는 자세를 갖기 위해서라고 할 수 있

다. 간략히 말하면, 역지사지(易地思之)의 자세를 갖고 주어진 문제를 공정하고 정확하게 이해하기 위한 것이라고 할 수 있다. 이것은 직면한 또는 해결해야 할 문제를 '**정확하게 이해**'한다는 것을 뜻한다. 자연스럽게, 그 문제를 정확하게 이해하였다는 것은 해결해야 할 문제가 무엇인지를 올바르게 발견하고 파악했다는 것을 의미한다.

우리가 주어진 문제에 대해 열린 마음의 자세로 정확하게 이해하여 문제를 발견했다면, 다음으로 해야 할 일은 발견한 문제를 해결해야 한다고 생각하는 것이 자연스럽다. 그때 요구되는 것이 바로 '능동적 사고'라고 할 수 있다. 그렇다면, 능동적으로 또는 적극적으로 사고한다는 것은 무엇을 뜻하는가?

우리는 일반적으로 관심을 가질 만한 사건을 목격하거나 중요한 주장을 접하였을 때 (의식적이든 그렇지 않든 간에) '왜 그 사건은 그러한 방식으로 일어났지?' 또는 '왜 그는 그 문제에 대해 그와 같이 주장하지?'라고 스스로에게 묻는다. 달리 말하면, 우리는 (의식적이든 그렇지 않든 간에) 발견한 문제나 주장에 대한 '이유(근거, 전제)'가 무엇인지를 스스로에게 묻고 있는 것이다. 왜 우리는 어떤 문제나 주장에 대한 이유가 무엇인지를 스스로에게 묻는가? 다음과 같은 사례를 통해 그 까닭을 생각해보자.

[상황]

연희는 컴퓨터 매장에서 점원이 권한 노트북을 살지 말지 결정하려고 한다고 해보자. 연희는 돈이 많지 않으며 노트북에 대해서도 잘 모른다. 그녀는 이제 막 대학에 입학하여 수업과 학업에 활용하기 위해 노트북을 구입하려고 한다. 그 점원은 연희에게 A사 노트북의 온갖 장점에 대해 이야기했고, 심지어 할인된 가격을 제시했다.

[사례 1]

연희는 A사의 노트북에 관해 이야기를 나누는 과정에서 그 점원을 좋아하게 되었고 믿게 되었으며 (물론, 그들은 이전에 만난 적이 없으며, 연희는 그 점원에 대해 전혀 아는 것이 없다) A사 노트북의 외관이 마음에 들어 그 노트북을 사기로 결정하였다.

[사례 2]

연희는 그 점원을 좋아하게 되기는 했지만, 그 사람이 말한 것을 조심스럽게 받아들였고, 노트북의 성능과 가격을 비교하고 평가한 사이트를 참조해 보았으며, 믿을 만한 친구에게 A사의 그 노트북이 구매할 만한 것인지에 대해 물어보았다.

위와 같은 상황에서 [사례 1]과 [사례 2] 중에서 더 합리적인 의사결정 또는 행위는 무엇인가? [사례 2]가 더 합리적인 의사결정에 따른 행위라고 생각하는 것이 자연스러울 것이다. 그렇다면, 왜 그럴까? 그것을 설명하는 것은 어렵지 않다. [사례 1]과 [사례 2]의 사고 과정을 간략히 정리하면 다음과 같다.

[사례 1]

이유 1. 이유 연희는 노트북을 판매하는 점원을 좋아하게 되었다.

이유 2. 연희는 A사의 노트북 외관이 마음에 든다.

결론. 연희는 A사의 노트북을 사기로 결정한다.

[사례 2]

이유 1′. 연희는 노트북의 성능과 가격을 비교하고 평가한 (믿을 만한) 사이트를 참조하였다.

이유 2′. 연희는 노트북에 잘 할고 있는 친구에게 A사의 노트북에 대한 정보를 수집하였다.

결론′. 연희는 A사의 노트북을 사기로 결정한다.

[사례 1]과 [사례 2]의 사고 과정을 정리한 논증을 통해 무엇을 알 수 있는가? [사례 1]과 [사례 2] 모두는 어떤 이유(들)에 따라 "A사의 노트북을 산다"는 결론을 도출하고 있다는 점에서 겉으로 보이는 형식적인 구조는 다르지 않다. 너무 당연한 말이지만, 우리가 [사례 2]가 [사례 1]보다 더 합리적이고 좋은 의사결정이라고 생각하는 것은 [사례 2]에서 제시된 이유들이 "A사의 노트북을 산다"는 결론과 더 밀접한 관련성을 갖고 있으며 그 결론을 강하게 지지하기 때문이다. 만일 그렇다면, 비판적 사고에서 능동적 사고가 요구되는 까닭은 "이유(근거)를 찾고" 그것과 핵심 주장 또는 결론의 관계를 따져보기 위한 것이라고 말할 수 있다. ([사례 1]과 [사례 2]는 모두 어떤 근거가 되는 이유로부터 결론을 추론하고 있다는 점에서 논증이다. 하지만 그 둘은 차이가 있다. 말하자면, 전자는 나쁜 논증이고 후자는 좋은 논증이라는 차이가 있다.)

〈표 2-4〉 비판적 사고의 동기와 조건

열린 마음 → 올바른 이해 → 문제 발견	문제 발견 → 능동적 사고 → 이유(근거) 찾기 → 올바른 결론 및 주장 (이유(근거) 찾기 ~ 올바른 결론 및 주장: 논증 구성)

열린 마음
↓
올바른 이해
↓
문제 발견 → 능동적 사고
↓
이유(근거) 찾기 } **논증 구성**
↓
올바른 결론 및 주장

① 우리가 접하게 되는 다양한 주장이나 의견을 철저하게 이해하려는 사고
② 우리 스스로의 믿음과 그에 따른 주장이나 행위에 대한 반성적 사고
③ 어떤 주장이나 믿음을 맹목적으로 거부하거나 고수하지 않는 사고

지금까지의 논의를 간략히 〈표 2-4〉와 같은 도식으로 정리할 수 있을 것이다. 또한 그것으로부터 비판적 사고에 관한 일반적인 정의와 내용을 정리할 수 있을 것이다.

지금까지의 설명과 논의가 올바른 것이라면, 우리가 비판적으로 사고한다는 것은 '객관적인 자세로 문제를 파악'하고 '발견한 문제를 합리적인 또는 이해할 수 있는 근거에 의거하여 결론을 추론하거나 주장'하는 것이라고 말할 수 있다. 또한 "우리 스스로의 믿음과 그에 따른 주장이나 행위에 대한 반성적 사고"라는 진술문에서 알 수 있듯이, 비판적 사고는 또한 "반성적 사고(reflective thinking)"와 다른 말이 아니다. 그렇다면, "반성(reflection)"은 무엇인가? 우리가 익히 알고 있는 사전적 의미는 "자신의 언행에 대하여 잘못이나 부족함이 없는지 돌이켜 보는 것"을 말한다.

그런데 조금 더 쉽게 설명할 방법은 없을까? 우리는 하루에도 몇 번씩 거울을 본다. 왜 거울을 보는 것일까? 가능한 답변은 이렇다. 당신은 아마도 머릿속에 현재 당신에 관한 모습(像, image)을 그려놓았을 것이다. 그리고 거울에 당신을 비추어 당신의 머릿속에 있는 모습과 비교할 것이다. 만일 거울에 비친 머리모양이 머릿속의 모습과 다르다면 매만질 것이고, 머릿속 모습에는 없는 얼룩이 거울에 비친 당신의 얼굴에 있다면 그것을 지울 것이다. 이와 같은 예에서, 만일 머릿속에 그려진 당신의 모습이 가장 최선의 또는 가장 이상적인 모습이라면, 반성은 '거울'이라는 도구에 자신의 현재 모습을 비추거나 '반사(reflect)' 시켜 최선의 또는 가장 이상적인 모습

〈그림 2-1〉 '거울'의 역할을 하는 '논리'

에 들어맞지 않는 것을 수정하거나 바꾸는 것이라고 말할 수 있다. 만일 그렇다면, 우리가 근거에 의거하여 글을 쓴다는 것은 '비판적 사고' 또는 '논리'라는 거울에 비추거나 반사하여 최선의 또는 가장 합리적인 결론을 추론하거나 주장한다는 것을 의미한다고 말할 수 있다. 간략히 말해서, 우리가 글을 쓰는 과정에서 '비판적 사고와 논리'는 나의 생각과 사고 과정을 비추거나 반사하는 '거울'의 역할을 한다고 말할 수 있다.

5) 논증의 표준 형식

논증(논변, argument)은 근거(이유, 전제)와 주장(결론)으로 이루어진다. 그리고 논증을 구성하고 있는 각각의 문장을 명제(proposition)라고 한다. 만일 그렇다면, 논증은 명제(들)의 집합이라고 할 수 있다. 논증을 구성하는 명제(들) 중 근거 또는 이유의 역할을 하는 명제를 전제(premise)라고 하고, 주장의 역할을 하는 명제를 결론(conclusion)이라고 한다. 따라서 어떤 주장이나 문제 상황을 논증으로 구성하여 비판적 또는 반성적으로 사고한다는 것은 '전제(들)로부터 결론이 어떻게 도출되는지 추론(inference)'하는 과정이라고 할 수 있다. 이러한 관계를 간략히 도식으로 정리하면 다음과 같다.

〈표 2-5〉 추론의 과정

근거 또는 이유의 역할을 하는 명제	전제(premise)
(주관적) 추론(inference) ⇒	↓
주장의 역할을 하는 명제	결론(conclusion)

논증은 일련의 전제(근거, 이유)와 결론(주장)으로 이루어지며, 논증의 표준 형식으로 (재)구성하는 데 있어 중요한 것은 생략된 전제나 결론을 채워 넣어야 하는 경우가 있다는 것이다. 왜냐하면 일상적으로 어떤 전제나 결론은 너무나 명백하고 당연한 것이어서 생략될 수 있기 때문이다. 그러나 생략되거나 숨겨진 전제나 결론이 전체적인 논증이 성립하는 데 중요한 역할을 한다고 판단되는 경우에는 논증의 표준 형식에 그것을 포함시킬 필요가 있다. 그렇게 함으로써 논리적 비약이 있는 주장을 피하거나 제시된 명시적 전제와 결론의 관계를 더 분명하게 만들 수 있다. 반면에 어떤 경우에는 당연한 것이 아님에도 불구하고 생략되는 전제나 결론이 있을 수 있다. 그리고 그러한 전제나 결론은 논란의 대상이 될 수 있는 것들일 수 있다. 그러한 경우에는 생략된 전제나 결론을 찾는 것이 그 논증을 올바르게 평가하는 데 있어 핵심적인 것이 된다.

〈표 2-6〉 논증의 표준 형식

p_1. 전제(또는 이유) 1 p_2. 전제(또는 이유) 2 … p_n. 전제(또는 이유) n c_1. 소결론 1	 = 최종 결론 'C'의 전제(또는 이유) 1
p_{n+1}. (전제 또는 이유 n+1) p_{n+2}. (전제 또는 이유 n+2) … c_2. 소결론 2	 = 최종 결론 'C'의 전제(또는 이유) 2
…	
C. 최종 결론	

이제부터 논증의 표준 형식을 통해 텍스트를 분석하고 평가하기 위한 기본 요소들은 무엇인지, 분석적 사고의 절차는 어떻게 구성되는지 그리고 생략된 전제 또는 숨겨진 가정이 논증을 형성하는 데 어떤 역할을 하는지 등을 좀 더 자세히 살펴보자. 〈표 2-6〉은 일련의 전제(들)로부터 한 결론을 추론하는 논증의 표준 형식의 모습을 보여주고 있다.

2
분석과 평가

지금까지의 논의를 통해 비판적으로 사고한다는 것은 “우리가 접하게 되는 다양한 주장이나 의견을 철저하게 이해하려는 사고이며, 우리 스스로의 믿음과 그에 따른 주장이나 행위에 대해 반성적으로 사고”하는 것이라는 간략한 정의를 얻을 수 있었다. 더불어, 비판적으로 사고한다는 것은 “어떤 주장을 철저하게 이해하려는 것으로서, 그 주장을 선호함과 선호하지 않음에 따라 맹목적으로 거부하거나 고수하는 것과 다르다”는 것도 알 수 있었다. 그렇다면, 우리는 다음으로 비판적으로 또는 반성적으로 사고하기 위한 사고의 기법과 앎에 관해 탐구해야 할 것이다. 비판적 사고의 기법과 앎은 무엇인가? 지금까지 논의한 내용을 다음과 같이 정리한 다음 그것에 대해 살펴보자.

〈표 2-7〉 비판적 사고와 '논증적 글쓰기'의 상관관계

비판적 사고의 동기:	문제 상황을 '나'의 문제로 파악하기 주어진 글을 철저하게 이해하려고 마음먹기
비판적 사고의 조건:	열린 마음을 갖고 능동적으로 사고하기 비판적 사고를 하기 위한 기법에 대한 앎(지식)을 습득하기

⇩

✓ **분석**	✓ **평가**
✓ 사고 과정의 중요한 요소들을 추려내어 체계적으로 재구성하는 것	✓ 분석된 내용의 개념, 논리성, 함축적 결론의 수용 가능성 등을 따져 보는 것
⇧	⇧
결론적 주장(핵심 주장)	함축(적 결론): 핵심 주장과 논의의 맥락 및 추가된 정보로부터 도출할 수 있는 숨은 결론
⇧	⇧
(주장을 지지하는) 이유(근거)들 • 명시적 이유: 텍스트에 드러난 이유 • 생략된 이유: 숨은 또는 암묵적 가정	• 논리성(타당성과 수용 가능성) • 논의의 맥락(배경, 관점)
⇧	⇧
(이유를 뒷받침하는) 중요 요소들 • 사실적 정보 • 중요한 개념	• 개념의 명료함과 분명함 • 사실의 일치성

만일 지금까지의 논의가 적절한 것이라면, 우리는 합리적이고 논증적인 글을 쓰기 위한 대략의 요소들을 얻었다고 볼 수 있다. 그러면 각각의 요소들은 어떤 과정을 통해 관련을 맺고 있을까? 비판적인 논증을 제시하기 위한 분석적 절차를 아래와 같이 도식화한 다음 각 단계에 대해 자세히 살펴보자. 미리 말하자면, 아래의 도식에서 몇몇은 '**기본 구성 요소**'이고 몇몇은 '**부가적인 요소**'다. 당연한 말이지만, 주어진 텍스트 또는 당면한 문제를 해결하기 위해 우선 요구되는 것은 기본 구성 요소

다. 하지만 우리가 논의 수준을 깊이 있고 폭넓게 다루기 위해서는 부가적인 요소를 아는 것 또한 중요하다. 이제 각 구성 요소의 내용과 형식을 살펴보고, 그것들을 **'분석'**과 **'평가'**의 과정으로 구분하여 보자.

[논증적 글쓰기의 '분석 절차'와 '내용']

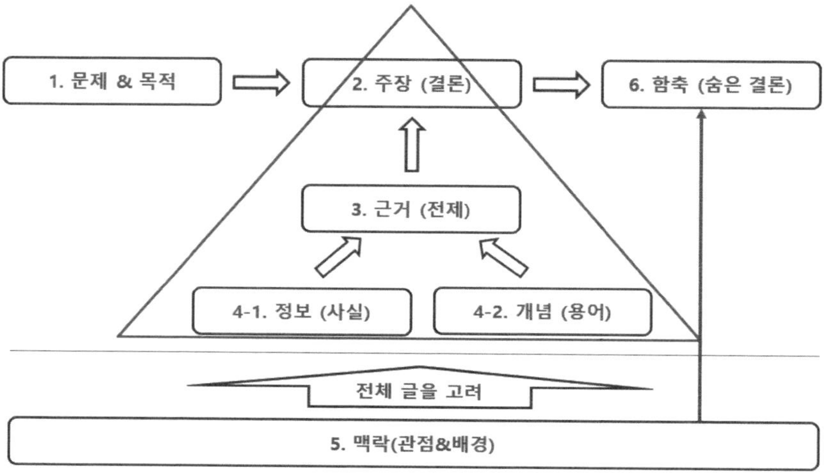

〈그림 2-2〉 분석의 중요한 요소와 절차

이제 올바른 읽기를 기초로 하는 비판적 또는 합리적 글쓰기의 구성 요소 각각의 내용에 대해 알아볼 차례다. 자세한 내용을 살펴보기에 앞서 논증적 글쓰기의 분석 절차에서 중요한 요소들을 정리하면 다음과 같다.

〈표 2-8〉 분석의 중요 6요소

	요소	내용
①	문제(& 목적)	• 이 글은 어떤 것을 해결하려고 하는가? • 주어진 문제를 해결함으로써 이루려는 바가 무엇인가?
②	주장	• 주어진 문제에 대한 필자의 답변은 무엇인가? • 명제(proposition) 형식으로 기술: "필자는 p는 q라고 주장한다."
③	근거(이유)	• 명시적 근거: 텍스트 내에서 직접 찾을 수 있는 근거, 이유 • 숨겨진 근거: 필자가 암묵적으로 가정하거나 전제하고 있는 근거, 이유
④-1	사실(정보)	• 정보는 사실 자료(factual data)와 관련이 있다. • 과학적·역사적·사회적 사실 etc. (문헌 자료와 기록 etc.)
④-2	개념(용어) key word	• 우리가 함께 가질 수 있는 용어(term)의 의미 • 개념은 용어에 대한 정의(definition)에 관련된다.
⑤	맥락 (배경/관점)	• 필자가 다루고 있는 문제나 글의 관점과 배경 • 함축과 밀접하게 관련된다.
⑥	함축	• 결론적 주장으로부터 추가된 정보에 의해 이끌어지는 숨은 결론 • 함축은 맥락, 배경 지식 또는 추가되는 관련 지식과 밀접한 관계가 있다.

1) 문제와 주장 (① & ②)

핵심 문제는 필자가 텍스트에서 제기하고 있는 문제를 말한다. 그리고 주장 또는 결론은 그 문제에 대해 필자가 제시하고 있는 답변 또는 해답이다. 따라서 문제와 주장은 함께 묶어 살펴보는 것이 도움이 될 것이다.

주어진 텍스트를 분석하는 경우, 일반적으로 주어진 텍스트에서 제기하고 있는 핵심 문제와 주장을 찾아내는 것은 비교적 어렵지 않다. 간략히 말하면, '**제목 그 자체가 곧 필자가 제기하고 있는 문제**'인 경우가 많다. 그리고 (핵심) 주장은 제기된 문제에 대한 필자의 답변이고 결론이다. 그렇기 때문에 필자가 제기한 문제를 찾아내었다면, 그 문제에 대해 필자가 어떤 해답을 제시하고 있는지도 비교적 어렵지 않게 파악할 수 있다.

만일 글의 일차적인 목표가 필자의 생각과 주장을 독자에게 전달하는 것일 경우, 필자가 어떤 문제를 제기하고 있는지 그리고 그 문제에 대해 어떤 답변과 주장을 하고 있는지 정확히 파악할 수 없다면 그것은 무엇을 의미하는가? 똑똑한 당신은 이미 추측했겠지만, 만일 필자가 제기한 핵심 문제가 무엇인지 쉽게 파악할 수 없다면 또는 제기된 문제에 대해 필자가 어떤 답변과 주장을 하고 있는지 정확히 알아챌 수 없다면, 그 텍스트는 정보와 주장을 전달하는 데 실패하였다고 볼 수도 있다.[10]

당연한 이야기이지만, 어떤 문제에 대한 나름의 주장을 정당화하는 것을 목표로 하는 논증적 글쓰기에서는 특히 제기하는 문제와 그것에 대한 결론이 잘 제시되어야 한다. 만일 제기된 문제와 그것에 대한 주장을 보여주는 데 실패한다면, 필자의 핵심 주장을 올바르게 평가할 수 있는 기회도 함께 사라져버리기 때문이다. 따라서 핵심 주장, 즉 결론은 명확하고 명료하게 파악할 수 있어야 한다.

정리하면, 텍스트에서 제기하고 있는 핵심 문제와 그것에 대한 주장(결론)은 함께 묶어 생각하는 것이 텍스트를 분석하는 데 도움이 된다. 그리고 일반적으로 필자가 자신의 생각을 전달하는 데 성공한 글은 비교적 어렵지 않게 문제와 주장(결론)을 파악할 수 있다. 미리 말하자면,

---

10 물론, 그 텍스트를 분석하는 독자의 이해력이 부족하다고 볼 수도 있다. 하지만 대부분의 경우 필자는 자신의 글을 읽을 독자를 염두에 두기 마련이다. 만일 그렇다면, 독자의 이해력을 문제 삼는 것보다는 필자가 자신의 생각을 잘 전달하는 데 실패하였다고 보아야 할 것이다.

정당화 문맥의 글을 분석하는 과정에서 찾기 어려운 것은 핵심 주장을 뒷받침하는 근거(이유, 전제)들이다.

2) 근거(이유, 전제) (③)

앞서 간략히 살펴보았듯이, 주어진 텍스트를 분석할 때 핵심 문제와 주장을 찾는 것은 비교적 어렵지 않다. 핵심 주장, 즉 결론을 찾았다면, 다음으로 반드시 분석해야 하는 것이 바로 그 주장을 뒷받침하고 있는 근거[evidence, 이유(reason), 전제(premise)][11]가 무엇인지 밝혀야 한다. 어떤 문제에 대한 주장이 논리적으로 타당한가, 설득력이 있는가, 또는 수용될 수 있는가 여부는 주장 그 자체에 있는 것이 아니라 그 주장을 뒷받침하고 지지하는 근거들에 달려 있기 때문이다. 예컨대, 앞서 보았던 '연희가 노트북을 구매하는 사례'를 다시 살펴보자. 그 사례는 다음과 같았다.

[사례 1]
이유 1. 이유 연희는 노트북을 판매하는 점원을 좋아하게 되었다.
이유 2. 연희는 A사의 노트북 외관이 마음에 든다.
결론. 연희는 A사의 노트북을 사기로 결정한다.

---

11 논리학에서는 일반적으로 '전제'로 사용하지만, 여기에서는 '근거, 이유 그리고 전제'를 같은 의미로 보아도 무방하다. 현재 우리가 관심을 가지고 있는 것은 '논증적 글쓰기'이므로 앞으로는 이유나 전제 대신에 논의하고 있는 중심 주제에 맞추어 텍스트의 성격에 따라 '근거, 이유 그리고 전제'를 혼용하여 사용하고자 한다.

[사례 2]

이유 1′. 연희는 노트북의 성능과 가격을 비교하고 평가한 (믿을 만한) 사이트를 참조하였다.

이유 2′. 연희는 노트북에 잘 할고 있는 친구에게 A사의 노트북에 대한 정보를 수집하였다.

결론′. 연희는 A사의 노트북을 사기로 결정한다.

앞서 살펴보았듯이, 두 사례에서 연희가 "A사의 노트북을 구매한다"는 결론은 같다. 하지만 그 결론을 지지하는 근거(들)는 차이가 있다. 간략히 말해서, [사례 1]의 '이유 1 & 2'는 결론을 지지하기에 약한 근거이거나 관련성이 떨어지기 때문에 그 결론을 뒷받침하거나 지지하기에 부족하다. 반면에 [사례 2]의 '이유 1′ & 2′'는 결론과의 관련성이 높을 뿐만 아니라 그 결론을 뒷받침하거나 지지하기에 충분하기 때문에 좋은 논증이라고 할 수 있다.

근거는 일반적으로 주어진 텍스트 안에서 직접적으로 찾을 수 있는 '명시적 근거'와 필자가 텍스트 안에 직접적으로 제시하지는 않았지만 주장과 결론을 성립시키기 위해 반드시 필요한 '숨겨진 근거 또는 암묵적 가정(전제)'으로 구분할 수 있다. 만일 텍스트를 분석할 때 분석의 대상이 되는 텍스트에서 직접적으로 제시되고 있는 명시적 근거들을 모두 찾을 수 있다면, 그것들을 구성하여 핵심 주장 또는 명시적 주장이 어떻게 지지받고 있는지를 보여주는 논증을 구성할 수 있다. 예컨대, 모바일 의학(mobile medicine)에 관한 신문 기사의 한 부분에서 결론과 그것을 지지하는 근거들을 찾아 논증으로 구성하면 다음과 같다.

(…) ① IT(정보기술)와 BT(생명과학기술)가 융합된 '모바일 의학'이 빠르게 성장하고 있다. ② 모바일 의학(Mobile Medicine)은 스마트폰 등 모바일 기기를 이용해 질병을 진단하거나 이를 돕는 모바일 의학기기 등을 말한다. ③ 최근 스마트폰 보급이 늘어나고 카메라 등 스마트폰 성능이 좋아지면서 시장이 확대되는 추세다.

모바일 의학 시장은 다양한 기능을 구현한 기기들이 등장하며 급물살을 타고 있다. 최근 출시된 스마트폰뿐 아니라 이와 연동되는 ④ 웨어러블 기기에도 심박계 등 헬스케어 기능이 적용되고 있다. ⑤ 서로 다른 분야였던 IT와 의료의 융합으로 자가진단이 가능한 '셀프케어' 시대도 머지않은 모습이다. (…)

"IT와 BT의 융합… '모바일 의학' 열풍이 분다", 『한겨레신문』, 김창욱 기자

이 글에서 결론에 해당하는 주장은 무엇인가? 아마도, 이 ①과 ⑤를 결론으로 파악할 수 있을 것이다. 그리고 ②, ③, ④는 그 결론을 지지하는 근거들이 될 것이다. 따라서 결론과 근거들에 기초하여 정리하면 다음과 같은 논증을 구성할 수 있다.

근거 1) 모바일 의학은 스마트폰 등 모바일 기기를 이용해 질병을 진단하거나 이를 돕는 모바일 의학 기기 등을 말한다(②, 모바일 의학에 관한 정의).

근거 2) 최근 성능 좋은 스마트폰과 카메라 및 웨어러블 기기의 보급이 늘고 있다(③ & ④).

근거 3) 스마트폰 등 모바일 기기에 헬스 케어 기능이 적용되고 있다(④).

결론 1) IT(정보기술)와 BT(생명과학기술)가 융합된 '모바일 의학'이 성장하고 있다(①).

결론 2) IT와 의료의 융합으로 자가진단이 가능한 '셀프케어' 시대도 머지않은 모습이다(⑤).

(1) 숨겨진 근거 또는 암묵적 가정

'숨겨진 근거 또는 암묵적 가정'은 앞서 말했듯이 분석의 대상이 되는 텍스트 안에서 바로 찾을 수 없는 근거들을 말한다. 이와 같이 필자가 텍스트 안에 근거를 명시적으로 제시하지 않는 경우는 대략 다음과 같은 경우들이라고 볼 수 있다. 즉, 숨겨진 근거 또는 암묵적 가정(전제)

① 너무 당연하고 상식적인 것이어서 일부러 거론하는 것이 불필요한 경우
② 일반적으로 수용될 수 있거나 승인될 수 있는 경우
③ 핵심 주장을 약화시킬 수 있기 때문에 의도적으로 제시하지 않은 경우

라고 할 수 있다.

하지만 어떤 경우에는 필자가 숨겨놓은 또는 암묵적으로 가정하고 있는 근거들이 필자의 핵심 주장 또는 논증을 구성하는데 매우 결정적으로 작용할 수 있다. 이미 짐작할 수 있듯이, 위의 세 가지 경우에서 가장 문제가 될 뿐만 아니라 핵심 주장을 고의로 왜곡할 수 있는 경우는 '③'이다. 이와 같은 경우 필자가 개진한 핵심 주장은 숨겨진 근거 또는 암묵적 가정이 수용할 수 없는 또는 타당하지 않은 근거임을 밝히는 것만으로도 어렵지 않게 반박할 수 있는 길이 열려있다.

반면에 겉으로 보기에, ①과 ②는 논증을 구성하는 데 있어 큰 문제를 만들지 않는 것처럼 보인다. 하지만 현실은 그렇지 않아서, 어떤 경우에는 필자가 너무도 당연하고 상식적이기 때문에 일반적으로 수용되거나 승인될 수 있다고 여긴 근거나 가정이 다른 사람에게는 당연하지도 않을뿐더러 상식적이지도 않기에 일반적으로 수용하거나 승인할 수 없는 가정일 수도 있다. 만일 이와 같이 숨겨진 근거 또는 암묵적 가정(전제)에 대해 필자와 독자가 서로 다른 입장을 갖고 있다면, 이것은 반드시 보다 폭넓고 깊은 논의를 통해 명료하게 규명해야 할 문제가 될 수 있다. 아주 간단한 예로 다음과 같은 논증에 대해 생각해보자.

〈논증 1〉[12]
p_1. 수업 시간에 부적절한 행위를 하는 것은 옳지 않다.
C. 수업 시간에 모자를 쓰고 있는 것은 옳지 않다.

이 논변의 결론 'C'는 전제인 'p_1'로부터 곧바로 도출되는가? 당연히 그렇지 않은 것 같다. 만일 그렇다면, 결론 C를 필연적으로 도출하기 위해 생략된 전제가 추가되어야 할 것 같다. 결론 'C'를 도출하기 위해 필요한 전제를 추가하여 논변을 재구성하면 다음과 같다.

〈논증 1'〉
p_1. 수업 시간에 부적절한 행위를 하는 것은 옳지 않다.
p_2. *수업 시간에 모자를 쓰고 있는 것은 부적절한 행위다.*
C. 수업 시간에 모자를 쓰고 있는 것은 옳지 않다.

---

12 이좌용 · 홍지호, 『비판적 사고』, 성균관대학교출판부, 2011, 94쪽 참조.

새로운 전제인 'p_2'를 추가하면 결론 'C'를 도출하는 논증을 구성할 수 있다. 재구성된 〈논증 1′〉은 수용될 수 있는 좋은 논증인가? 아니면 수용할 수 없는 논증인가? 〈논증 1′〉을 수용할 수 있는지 여부를 판가름할 수 있는 결정적인 전제 또는 근거는 무엇인가?

첫 번째 전제인 'p_1'을 문제 삼기는 어려울 듯이 보인다. 그 행위가 어떤 것이든 간에 수업을 방해하는 부적절한 행위를 옳은 행위라고 보기에는 어려움이 있기 때문이다. 만일 그렇다면, 두 번째 전제인 'p_2'는 어떤가? 전제 'p_2'에 대해서는 입장과 의견이 갈릴 수 있다. 어떤 사람은 수업 시간에 모자를 쓰는 행위가 부적절하다고 생각할 수 있다. 대부분의 수업이 교실이라는 폐쇄된 공간에서 이루어지고 있으며 그와 같은 공간에서 모자를 쓰는 행위는 통상의 예절에 어긋난다고 여길 수 있기 때문이다. 반면에 다른 사람은 수업 시간에 모자를 쓰고 있는 것이 더 이상 부적절한 행위라고 생각하지 않을 수 있다. 최근에는 모자 또한 의상의 일부이기 때문에 바지와 외투를 입는 것과 마찬가지로 크게 문제 삼을 만한 일이 아니라고 여길 수 있기 때문이다. 만일 이와 같은 해명이 그럴듯한 것이라면, 〈논증 1′〉을 수용할 수 있는가 여부는 두 번째 전제인 'p_2'에 달려있다고 볼 수 있다.

이와 유사하지만 좀 더 생각해 볼 필요가 있는 다른 예를 통해 생략된 근거 또는 암묵적 가정이 논변을 구성하고 평가하는 데 있어 매우 중요할 수 있다는 것을 다시 확인해보자.

〈논증 2〉

p_1. 엄마(또는 아빠)의 말씀에 따르면, 학생 때는 이성교제를 하는 것은 좋지 않다.

C. 학생 때는 이성교제를 하지 않아야 한다. (또는 학생 때 이성교재를 하는 것은 옳지 않다.)

〈논증 2〉에서 결론 'C'는 전제 'p_1'로부터 곧바로 도출되는가? 또는 전제 'p_1'은 결론 'C'를 필연적으로 도출하기에 충분한 근거인가? 〈논증 1〉과 마찬가지로 〈논증 2〉 또한 결론을 필연적으로 도출하기 위해서는 생략된 근거 또는 암묵적 가정(전제)을 추가하여 논증을 재구성할 필요가 있는 듯이 보인다. 그렇다면, 추가해야 할 생략된 근거는 무엇인가? 위의 논증에서 결론을 도출하기 위한 근거인 전제 'p_1'은 "엄마(또는 아빠)의 말씀"에 의지하고 있다는 것을 알 수 있다. 만일 그렇다면, 엄마(또는 아빠)의 말씀이 참 또는 거짓인가 여부에 따라 결론 또한 참 또는 거짓이 될 수 있다. 따라서 생략된 근거 또는 암묵적 가정(전제)을 추가하여 논증을 재구성하면 다음과 같다.

〈논증 2'〉

p_1. 엄마(또는 아빠)의 말씀에 따르면, 학생 때는 이성교제를 하는 것은 좋지 않다.

p_2. 엄마(또는 아빠)의 말씀은 항상 옳다. (또는 항상 참이다.)

C. 학생 때는 이성교제를 하지 않아야 한다. (또는 학생 때 이성교재를 하는 것은 옳지 않다.)

〈논증 2〉를 이와 같이 재구성하면, 이 논증을 수용할 수 있는가 여부는 생략된 근거 또는 암묵적 가정으로 사용된 두 번째 전제 'p_2'를 수용할 수 있는가 여부에 달려 있다는 것을 쉽게 파악할 수 있다. 따라서 만일 이성 교제를 하기 위해 결론 'C'를 반박하거나 부정하기 위해서는 그 결론을 참으로 만드는 데 가장 결정적인 역할을 하고 있는 두 번째 전제 'p_2'를 반박하거나 부정해야 한다는 것을 알 수 있다. 예컨대, 당신의 부모님께서 〈논증 2〉와 같은 논리를 들어 학창시절 동안의 이성교제를 반대한다면, 당신은 "이성교제를 반대하시는 엄마(또는 아빠)의 말씀은 두 번째 전제인 'p_2'에 크게 의존하고 있습니다. 엄마(또는 아빠)의 말씀은 거의 항상 옳지만, 이번 경우에는 그렇지 않은 것 같습니다. 만일 그렇다면, 결론 'C'는 전제 'p_1 & p_2'로부터 도출되지 않습니다. 따라서 저는 이성교제를 하겠습니다"라고 주장할 수 있을 것이다. 만일 당신이 이와 같은 논리를 들어 이성교제에 반대하는 엄마(또는 아빠)의 말씀을 반박한다면, 다음에 어떤 일이 일어날까!

마지막으로, 한 가지 예를 더 살펴보기로 하자. 범죄 추리를 다루고 있는 드라마나 영화에서 다음과 같은 상황을 쉽게 접할 수 있다.

〈논증 3〉
p_1. 살인 현장에서 살인도구로 밝혀진 칼이 발견되었다.
p_2. 그 칼에서 루팡의 것으로 밝혀진 지문이 발견되었다.
C. 루팡이 범인임에 틀림없다.

우리는 일반적으로 〈논증 3〉에서 제시된 근거들 'p_1 & p_2'에 따라 결론 'C'를 추론한다. 겉으로 보기에 〈논증 3〉과 같은 추리에는 문제가 없는 듯이 보인다. 정말 그럴까? 전제적 이유 'p_1 & p_2'는 결론 C를 필연적으로 도출하는 데 충분한가? 달리 말하면, 이 논증에는 생략되었거나 암묵적으로 참으로 가정하고 있는 숨은 전제는 없는 것일까?

〈논증 3〉에서 결론을 지지하는 결정적인 근거는 'p_2'라는 것을 알 수 있다. 그렇다면, 위의 논증은 루팡이 범인이라는 결론을 도출하기 위해 중요한 근거를 반드시 추가해야 하는 듯이 보인다. 말하자면, 범행 도구로 사용된 칼에 묻혀 있는 '루팡의 지문'이 그가 범인임을 지시하는 결정적이고 확실한 근거임을 보장할 수 있는 '움직일 수 없는' 근거가 추가되어야만 한다. 따라서 〈논증 3〉에서 생략된 전제 또는 암묵적 가정을 추가하여 재구성하면 다음과 같은 논증으로 구성할 수 있다.

〈논증 3′〉[13]

p_1. 살인 현장에서 살인도구로 밝혀진 칼이 발견되었다.

p_2. 그 칼에서 루팡의 것으로 밝혀진 지문이 발견되었다.

p_3. 사람의 지문은 고유하다. (또는 사람은 각기 다른 지문을 가진다.)

C. 루팡이 범인임에 틀림없다.

생략된 전제 또는 암묵적 가정을 추가한 〈논증 3′〉에서 결론을 지지하는 가장 결정적인 근거는 'p_3'이다. 만일 "모든 사람의 지문은 고유하지 않다"거나, 적어도 "모든 사람의 지문이 고유하다"는 명제를 부분적으로라도 반박할 수 있다면, 근거 'p_1~p_3'으로부터 결론 'C'를 필연적으로 도출할 수 없기 때문이다.

13 홍경남, 『과학기술과 사회윤리』, 철학과현실사, 2007, 69쪽 참조.

(2) 동일한 결론을 지지하는 다른 근거들

우리가 어떤 문제를 해결하거나 그 문제에 대한 흥미롭고 논쟁적인 의제를 제안하기 위한 분석을 하려면 그것에 앞서 주어진 텍스트를 꼼꼼히 읽는 것이 필수적으로 요구된다. 여기서 더 중요한 것은 글쓴이의 생각을 의도적으로 약화시키거나 왜곡시켜서는 안 된다는 것이다. 이 세계에 발 딛고 있는 사람들은 저마다 나름의 경험과 역사를 갖기 마련이고, 그것은 곧 세상만사(世上萬事)에 대한 저마다의 성향과 판단을 낳는다는 것을 상식적으로 추론할 수 있다. 자신이 갖고 있는 특유한 경험에 기초하거나 자신만의 편향된 성향과 판단에 의거하여 주어진 문제나 텍스트를 분석하는 경우, 우리는 문제의 본질을 잘못 파악할 수 있다.

올바른 분석을 하기 위해서 다음으로 요구되는 것은 '같은 결론에 대해 동일한 이유'가 있을 것이라고 성급히 판단해서는 안 된다는 것이다. 달리 말하면, 결론적 주장이 자신의 생각과 일치한다고 해서 글쓴이의 생각이 자신의 생각과 항상 같지는 않다는 것이다. 예컨대, '지수와 로제는 모두 점심으로 짜장면을 먹기로 결정하였다'고 해보자. 만일 그렇다면, 지수와 로제가 내린 결론은 동일하다고 보아야 한다. 하지만 그와 같은 결론에 도달한 이유 또한 같다고 섣부르게 추론하는 것은 오류일 수 있다. 지수가 가진 이유는 '정말 짜장면이 먹고 싶기 때문'이지만, 로제는 실제로 짜장면이 아닌 비빔밥이 먹고 싶지만 짜장면을 먹고 싶어 하는 '지수를 실망시키고 싶지 않기 때문'일 수 있기 때문이다.

3) (사실적) 정보와 (중요한) 개념 (④-1 & ④-2)

앞서 '논증의 표준 형식'을 통해 확인하였듯이, 결론(주장)과 그것을 지지하기 위해 사용된 근거(이유, 전제)를 모두 찾아 구성하였다면, **'일차적이고 가장 기본적인 분석 과정'**을 수행했다고 볼 수 있다. 하지만 이것만으로는 충분하지 않다. 반복되는 말이지만, 어떤 주장 또는 결론이 수용될 수 있는지 여부는 근거(이유, 전제)가 적절한가의 여부에 달려있다. 따라서 어떤 텍스트 또는 문제를 분석한 논증을 올곧이 수용하기 위해서는 그 결론을 지지하는 근거(이유, 전제)들이 문제없이 사용할 수 있는 것인지를 반드시 따져보아야 한다. 근거(이유, 전제)로 사용되는 명제들은 대략적으로 **'(사실적) 정보(information)'**와 **'(중요한) 개념(concept)'**으로 구성된다. 전자는 (적어도 현재까지는 참으로 여겨지는) '과학적/역사적/사회적 사실, 관찰 경험, 확률/통계적 자료, 문헌 자료' 등을 일컫는다. 후자는 다루고 있는 텍스트 또는 문제에서 중요하게 사용되고 있는 '단어(word) 또는 용어(term), 말하자면 핵심어(keyword)'에 관한 것이다.

너무 당연한 말이지만, (사실적) 정보에 관한 것은 그 내용과 범위가 너무 넓기 때문에 여기서 모든 것을 소개하거나 기술할 수 없다. 간략히 말하면, 그것은 우리가 대학 또는 평생을 통해 공부하는 과정에서 습득해야 할 것들이라고 말할 수 있다. 따라서 여기에서 그것들 모두를 꼼꼼히 따져보는 것은 가능하지 않다. 반면에 (중요한) 개념에 관한 것은 여기서 좀 더 살펴볼 필요가 있다. 개념(어) 또는 핵심어는 논증을 구성하는 가장 기초적이고 일차적인 요소이기 때문이다.

- **근거(이유, 전제)의 적절성을 평가하기 위한 두 가지 중요한 요소**

(사실적) 정보: 과학적/역사적/사회적 사실, 관찰 경험, 확률/통계적 자료, 문헌 자료 등

(중요한) 개념: 중요한 단어(word), 용어(term) 또는 핵심어(keyword)

(1) 개념 이해하기

개념(槪念)은 영어 'concept'를 번역한 것이다. 개념을 영어의 어원적 차원에서 문자 그대로 번역하면, 개념은 '함께'의 의미를 갖고 있는 'con'과 '무엇을 잡다'의 뜻을 갖고 있는 'cept'가 결합된 단어라고 할 수 있다. 말하자면, 개념(concept)은

con + cept = together + seize = 함께 + 잡다

라고 할 수 있다. 만일 우리가 개념을 이와 같은 방식으로 이해할 수 있다면, 개념은 '우리가 함께 가질 수 있는 단어(word) 또는 용어(term)의 의미'라고 말할 수 있을 것이다. 말하자면, 개념은 '중요한 용어에 대한 정의(definition)'와 깊은 관련이 있다. 따라서 우리가 어떤 용어나 단어에 대해 서로 다른 개념을 가지고 있다면, 결국 우리는 서로 다른 말을 하고 있는 것과 같다고 할 수 있다. 말하자면, 우리는 상대방의 말을 전혀 이해하지 못하고 있는 셈이다.

예컨대, 우리의 우주 안에 있는 어떤 은하계에 우리와 같은 지능을 갖고 있고 우리와 유사한 정도의 문명과 문화를 발전시킨 행성이 있다고 상상해보자. 그 행성을 쌍둥이 지구라고 부르자. 그 별(쌍둥이 지구)은 현

재 우리가 발을 딛고 있는 지구와 놀랍도록 비슷해서 그 별에 살고 있는 어떤 민족은 우리가 사용하고 있는 한글을 사용하고 있다고 해보자. 그리고 쌍둥이 지구의 한글은 우리가 살고 있는 지구의 한글과 모두 같은 뜻을 갖고 있지만, 오직 '사랑'이라는 단 하나의 단어만이 서로 다른 뜻을 가지고 있을 뿐이라고 해보자.[14] 말하자면,

- 지구 : 사랑 $=_{def}$ 어떤 사람이나 존재를 몹시 아끼고 귀중히 여기는 마음과 행동
- 쌍둥이 지구: 사랑 $=_{def}$ 어떤 사람이나 존재를 몹시 미워하고 증오하는 마음과 행동

〈그림 2-3〉 개념의 중요성: 쌍둥이 지구의 역설

만일 이와 같은 가정이 성립하고 우주선 기술이 발달하여 지구에서 한글을 사용하고 있는 사람과 쌍둥이 지구에서 한글을 사용하는 사람이 서로 만났다고 해보자. 지구인이 쌍둥이 지구인에게 "나는 당신을 사

---

14 이 사례는 퍼트남(H. Putnam)의 '쌍둥이 지구의 역설'에 관한 사고실험에 기초하여 구성하였다. H. Putnam, "Meaning and Reference," Journal of Philosophy 70 (1973): 699-711.

랑합니다"라고 말한다면 쌍둥이 지구인은 어떤 반응을 보일까? 반가움과 환대를 보일 것이라는 지구인의 예상과 달리 쌍둥이 지구인은 그의 '사랑한다'는 말에 분노하거나 적개심을 보일 것이라고 예상할 수 있다.

간략히 말해서, 글과 논증은 일련의 문장들의 묶음이라고 할 수 있다. 만일 그렇다면, '단어'가 모여서 '문장'을 만들고, 관련된 문장이 모여서 '문단'을 구성하며, 유관한 내용의 문단이 묶여 '글'을 만든다. 그러한 의미에서, 개념은 앞서 말했듯이 단어 또는 용어이기 때문에 글과 논증에서 가장 기초적인 요소라고 할 수 있다.

단어	개념(어)
문장	명제
문단	논증

〈그림 2-4〉 '단어-문장-문단'의 구성

이와 같이 논증을 구성하는 데 있어 가장 기초적인 자원인 개념을 올바르게 이해하고 사용하는 것이 중요한 까닭을 몇 가지 예를 통해 확인해 보자. 지섭과 연희가 소개팅으로 처음 만난 다음과 같은 일화를 상상해보자.

지섭은 오늘 지인의 소개로 소개팅을 한다. 그는 오랜만의 소개팅에 설렌 마음을 추스르며 약속 장소로 향한다. 미리 예약한 이탈리안 레스토랑에서 10여 분을 기다리니 탁자 위에 올려놓은 휴대폰에서 오늘 만나기로 한 그녀로부터 전화가 걸려온다. 전화기를 들고 지섭에게로 다가오는 그녀(연희)를 넋을 잃고 바라보면서 지섭은 마음속으로 생각한다.

'아! 내가 기대했던 것보다 훨씬 예쁘다.'

지섭은 속말로 쾌재를 부르며 반갑게 그녀를 맞이한다. 하지만 그는 그녀에게 쉽게 말을 건네지 못한다. 아마도 긴장할 탓일 것이다. 한참을 머뭇거리다 그가 꺼낸 첫마디는 우습게도 다음과 같은 말이었다.

지섭(진술문 1): "연희 씨는 ① *나이*보다 많이 ② *어려*보이시네요."
연희(진술문 2): "예? 평소에 ③ *동안(童顔)*이라는 말은 많이 들어요."
지섭(진술문 3): (웃으며) "친구에게 듣기로는 연희 씨는 얼굴만큼 행동도 ④ *어리다*고 들었어요."
연희: (어이없는 표정을 지으며) "…!"

지섭의 소개팅의 결말은 어떠했을까? 아마도, 그날이 마지막으로 연희를 본 날이라고 추측할 수 있을 것이다. 그런데, 여기서 우리가 관심을 가져야 하는 것은 지섭의 소개팅 결과가 아니다. 우리가 관심을 가져야 할 것은 지섭과 연희가 나눈 대화 속에서 기울임 문자로 표시한 '*나이*', '*동안*' 그리고 '*어리다*'는 단어다. 그 단어들은 모두 '나이 또는 연령(年齡, age)'을 나타내고 있다. 그런데, 그 단어들의 뜻은 사뭇 다르게 사용되고 있는 것 같다. 말하자면, ①~④는 모두 연령을 나타내는 단어임에도 불구하고 그것이 가진 뜻은 다르다는 것이다. ①~④ 중에서 같은 뜻을 가진 것은 무엇인가? 아마도 ②와 ③이 같은 의미로 사용되었다는 것을 어렵지 않게 파악할 수 있을 것이다. 만일 그렇다면, 나이를 나타내는 '①, ② & ③, ④'는 각각 의미하는 바가 구별된다고 볼 수 있다. 각 단어가 지시하는 의미는 무엇인가? '①, ② & ③, ④'가 담고 있는 의미를 간략히 정리하면 다음과 같다.

"(실제) 나이보다 외모가 어려 보인다."
"(실제) 나이보다 어려보이는 행동을 한다(마음 또는 정신을 가지고 있다)."

이렇게 정리하면, '①, ② & ③, ④'의 의미가 분명하게 구별될 것이다. 말하자면, ② & ③은 겉으로 보이는 나이를 가리키고 있다. 반면에 우리가 일반적으로 '실제' 나이라고 부르는 ①은 2001년생, 2020년생과 같이 출생 연도에 따른 나이를 말한다. 정리하자면, 전자는 '생물학적 또는 신체적 나이'를, 후자는 '사회적 또는 법적 나이'를 가리키고 있다. 그런데 ④는 그것들과 또 다른 의미를 가지고 있는 듯이 보인다. '행동이나 정신이 어리다는 것'은 ①과 같은 사회적 나이에 걸맞는 행동을 하지 않거나 마음가짐이 없다는 것을 의미하기 때문이다. 따라서 ④는 우리가 흔히 '정신적 나이'라고 일컫는 것을 가리키고 있다는 것을 알 수 있다. 만일 이러한 분석이 옳다면, 지섭과 연희가 나눈 그 짧은 대화 속에 등장하는 개념어 '나이'는 적어도 세 가지 다른 의미를 가진다고 할 수 있다. (무미건조하고 재미없지만) 이것을 지섭과 연희의 대화에 적용하여 재해석하면 다음과 같다.

지섭(진술문 1):	"연희 씨는 ① *사회적 나이*보다 많이 ② *신체적 나이가 어려* 보이시네요."
연희(진술문 2):	"예? 평소에 ③ *신체적 나이가 어리다*는 말은 많이 들어요."

지섭(진술문 3):	(웃으며) "친구에게 듣기로는 연희 씨는 *신체적 나이만큼* ④ *정신적 나이도 어리다*고 들었어요."
연희 :	(어이없는 표정을 지으며) "…!"

(2) 개념에 의거한 다른 해석의 가능성

개념 또는 개념어가 초래하는 문제가 위와 같이 어떻게 보면 사소한 일에 한정되어 일어날 수 있는 일이라면 그나마 다행이다. 하지만 개념 또는 개념어의 문제는 그보다는 훨씬 중요하고 심각한 문제를 초래할 수 있다. 그것을 확인하기 위해 응용윤리학(Applied Ethics)의 핵심 주제 중 하나인 낙태(abortion)의 문제에 대한 서로 다른 접근 방식을 확인하는 것이 도움이 될 것이다.

case 1: 낙태, abortion

간략히 말해서, 낙태가 윤리적으로 문제가 되는 것은 그것이 '태아(fetus)를 살해(killing)'하는 것으로 보기 때문이다. 말하자면, 만일 태아를 산모의 배 속에서 여타의 방법으로 제거하는 것이 인간을 살해하는 행위가 아니라면, 윤리적인 차원에서 낙태는 그렇게 심각한 문제가 아니라고 말할 수도 있다. 그런데, 일반적으로 '살인'이라는 단어는 인간의 생명을 빼앗는 행위를 가리킨다. 말하자면, 우리는 통상 소나 돼지의 생명을 빼앗는 경우에는 살인이라는 용어를 사용하지 않는다는 것이다. 만일 그렇다면, 낙태의 문제는 결국 태아가 '인간'인가 그렇지 않은가의 문제가 된다. 만일 태아가 인간의 지위를 갖는다면, 낙태는 윤리적으로든 법적으로든 허용될 수 없다고 봐야 할 것이다. 반면에 태아가 인간의 지위를 갖지 못한다면, 낙태의 문제는 앞선 경우와는 사뭇 다른 상황에 놓이는 것 같다. 따라서 낙태 문제를 해결하기 위해서는 태아가 인간인지 아닌지 여부를 따져보아야 한다. 그리고 태아가 인간의 지위를 갖는지 여부를 따져보기 위해서는 더 깊은 문제, 즉 "인간은 무엇인가?" 또는 "인간이기 위한 필요충분조건은 무엇인가?"와 같은 문제에 대한 해답이 필요하다. 인간이기 위한 조건들을 마련하는 것 또는 (거의) 모든 사람이 동의할 수 있는 '인간에 대한 정의'가 마련된다면, 태아가 인간의 지위를 갖는지 여부를 판단할 수 있기 때문이다. 낙태에 관한 이러한 논의가 올바른 것이라면, 사람에 대해 어떤 개념을 수용하는가 여부에 따라 낙태 문제에 접근하는 방식이 달라질 수 있다는 것을 파악할 수 있다.

Q] 낙태(abortion) 문제에 대한 도덕적 접근?

① 낙태는 살인(killing)인가?
② 태아(fetus)는 인간(person)인가?
③ 인간(사람)은 무엇인가?

〈그림 2-5〉 인공임신중절의 개념적 접근

case 2: 도덕의 문제 vs. 개인의 성향

변화하는 사회적 환경이나 분위기 안에서 기존에는 큰 문제없이 허용되었던 것이 강하게 금지되는 사례들이 있을 수 있다. 어떤 '개념적 기준'으로 평가할 것인가에 따라 문제의 중요성은 사뭇 달라질 수 있기 때문이다. 그것을 알아보기 위해 금연을 해야 한다고 주장하는 연희와 흡연하는 것을 (강제로) 금지할 수 없다는 지섭의 다음과 같은 대화를 들어 보자.

연희: 어떻게 아직까지 담배를 피울 수 있니?
지섭: 왜? 내가 담배를 피우는 것에 무슨 문제가 있나?
연희: 너의 몸 생각을 좀 하렴. 너도 이미 알고 있듯이 담배는 건강에 좋지 않아.
지섭: 그렇게 보지 않는 사람도 있어. 담배를 필 수 없다는 스트레스를 받는 것보다 담배를 피우는 것이 건강에 좋을 수도 있지.
연희: 어이가 없군. 그래, 건강은 너의 개인적인 문제라고 하더라도 담배 연기로 인한 간접흡연이나 그을음과 같은 환경오염의 문제는 흡연자 한 개인의 문제로 볼 수 없어. 타인에게 피해를 주는 행위이니까.
지섭: 그 점은 인정할 수 있어. 하지만 나는 타인에게 피해를 주면서 담배를 피지는 않아. 나는 흡연을 통해 스트레스도 풀고 잠깐의 여유를 가질 수 있어 좋아할 뿐이야. 너는 달콤하고 짠맛을 좋아하기에 짜장면을 먹고, 나는 매콤한 맛을 좋아하기에 짬뽕을 먹는 것과 다를 것이 없다는 거야.

위의 대화에서 확인할 수 있듯이, 연희는 금연을 주장하고 있고 지섭은 연희의 주장에 대해 반박하고 있다. 그렇다면, 연희가 금연을 주장하는 근거는 무엇이고, 지섭이 흡연을 주장하는 근거는 무엇인가? 그것을 다음과 같은 논증으로 정리할 수 있을 것이다.

〈금연을 주장하는 연희의 논증〉

p_1. 흡연은 건강에 좋지 않다.

p_2. 흡연은 타인에게 피해를 주는 행위다.

C. 흡연은 나쁘다.

〈흡연을 주장하는 지섭의 논증〉

p_1. 흡연이 건강에 좋지 않다고 단정적으로 말할 수 없다.

p_2. 타인에게 피해를 주지 않는 한, 개인적인 선호에 따른 흡연을 금지할 수 없다.

C. 개인적인 선호에 따른 흡연을 강제로 금지할 수 없다.

만일 금연과 흡연에 대한 연희와 지섭의 주장을 이와 같이 정리하는 것이 올바르다면, 우리는 연희와 지섭이 금연 또는 흡연에 대해 서로 다른 '**개념적 접근**'을 하고 있다는 것을 발견할 수 있다. 우선, 연희와 지섭은 건강의 문제에 대해 서로 다른 입장을 가지고 있다는 것을 확인할 수 있다(전제 p_1). 다음으로, 연희는 흡연이 '**타인에게 피해를 주는 행위**'라는 근거를 들어 그것이 도덕적 차원의 문제라고 보고 있는 반면에, 지섭은 타인에게 피해를 주지 않는 흡연의 경우 단지 '**개인적인 선호에 의한 행위**'라는 근거를 들어 그것이 도덕적 차원의 문제가 되지 않는다고 주장하고 있다. 여기서 중요한 점은 지섭이 타인에게 피해를 주는 행위는 도덕적으로 그르다는 것을 받아들이고 있다는 점을 파악하는 것이다. 말하자면, 지섭은 흡연이 타인에게 피해를 주는 경우에는 그것을 도덕적인 차원의 문제로 받아들일 것이라는 것이다. 어쨌든, 여기서는 연희의 주장이 더 그럴듯한지 또는 지섭의 주장이 더 합리적인지를 따지려는 것이 아니다. 금연과 흡연에 대해 어떤 개념적 접근을 하는가에 따라 그 문제의 중요성이 달라질 수 있다는 것을 파악하는 것이 중요하다.

눈치 빠른 독자들은 이미 파악했겠지만, 지섭이 제시하고 있는 두 번째 전제 'p_2'는 흡연이 개인의 '선호(preference)의 문제'임을 보이고 있다는 것이다. 만일 그렇다면, 그것은 점심으로 '짜장면을 먹을 것인지 짬뽕을 먹을 것인지'와 마찬가지로 '개인의 선호'에 따라 다른 결정을 내릴 수 있기 때문이다. 하지만 만일 금연과 흡연의 문제가 도덕적으로 '**선**(good)하거나 **악**(bad)한 또는 옳거나(right) 그른(wrong)' 가치판단의 차원에서 다루어져 할 문제라면, 그것은 우리에게 반드시 해결해야 할 중요한 문제로 다가오게 될 것이다. 우리는 적어도 도덕적으로 나쁘거나 그른 행위를 금지해야 한다는 데 일반적으로 동의할 수 있기 때문이다. 그러한 의미에서 만일 흡연이 도덕적으로 나쁘거나 그른 행위라면, 우리는 흡연을 금지해야 한다고 주장할 수 있을 것이다. 반대로 만일 흡연이 도덕적으로 옳거나 선한 행위라면, 우리는 흡연을 적극 권장해야 한다고 주장할 수 있을 것이다. 이 문제에 대한 여러분의 생각은 어떠한가?

개념적 접근이 중요한 이유는 이와 같이 어떤 문제에 대해 서로 다른 개념을 적용할 경우 그 문제에 대한 접근법과 해법 또한 달라지기 때문이다.

4) 맥락(관점, 배경)과 함축[15] (⑤)

(1) 관점이 달라지면 맥락이 바뀔 수 있다

〈그림 2-6〉은 다비드상, 모세상과 더불어 미켈란젤로(Michelangelo)의 3대 조각 작품으로 불리는 피에타(The Pieta) 조각상이다.[16]

〈그림 2-6〉 미켈란젤로 '피에타(The Pieta)'

미켈란젤로는 신앙심이 매우 깊었다고 한다. 그리고 그는 "자비를 베푸소서"라는 뜻을 가진 '피에타'를 통해 자신의 신앙심을 표현했을 뿐만 아니라 자식을 보낸 어머니의 아픔과 슬픔을 나타냈다고 알려져 있다. 현재 우리의 관심은 예술 작품 자체에 있는 것이 아니기 때문에 피

15 우리나라에 비판적 사고를 소개하고 도입하는 일에 큰 공헌과 영향을 끼친 고 김영정 선생님 등은 관점, 배경 그리고 맥락을 비교적 엄밀하게 구분한다. 하지만 필자의 생각으로는, 그것들을 엄밀하게 구분하는 것이 텍스트를 분석하고 이해하는 것에 결정적인 영향을 주는 경우는 많지 않은 듯하다. 따라서 서로 밀접한 관련이 있는 관점, 배경 그리고 맥락을 하나의 큰 틀(framework)로 이해하고 적용하는 것이 텍스트를 실제로 분석하는 데 있어 더 나은 전략이라고 생각한다.

16 사진 출처, google image.

에타 조각상에 관한 예술적 가치와 의미에 대해서는 여기까지 언급하는 것으로 충분할 것이다.

그렇다면, 우리는 '논증적 글쓰기'와 관련하여 〈피에타〉 조각상을 통해 무엇을 발견해야 할까? 〈그림 2-6〉은 〈피에타〉 조각상의 정면을 보여주고 있다. 당신이 이 사진을 통해 얻을 수 있는 가장 인상적인 장면은 무엇인가? 당신이 나와 같은 것을 보았다면, 아마도 당신은 '자식을 잃은 어머니의 슬픔이 담긴 성모 마리아의 얼굴'을 가장 인상 깊게 보았을 것이다. 비록 둥그렇게 축 처진 모습으로 표현된 예수의 몸을 통해 예수의 죽음과 고통을 느낄 수 있다고 하더라도, 정면에서 바라본 〈피에타〉는 성모 마리아에 비해 예수의 얼굴과 고통은 비교적 두드러지게 나타나지 않는 듯이 보인다. 그런데 〈피에타〉를 '옆에서' 보거나 '위에서' 보면 어떨까? 〈그림 2-7〉은 〈피에타〉를 옆과 위에서 바라보았을 경우를 보여주고 있다.

(a) 옆에서 보았을 경우

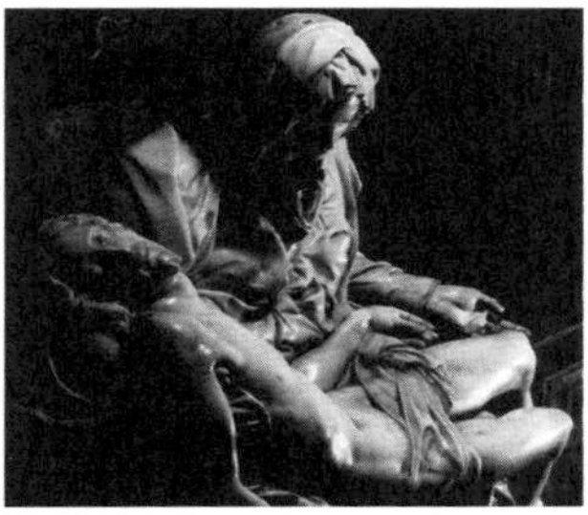

(b) 위에서 보았을 경우

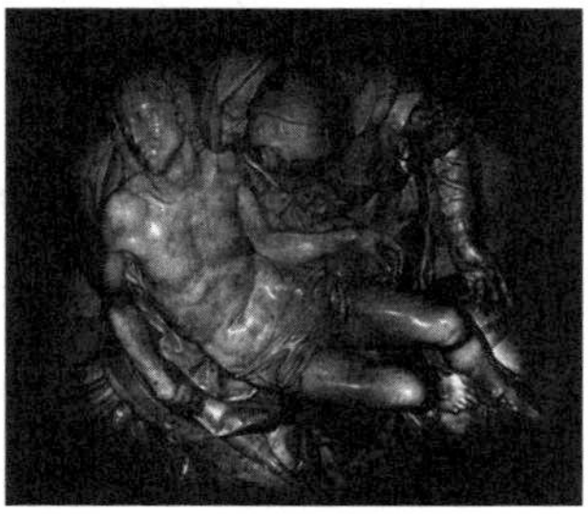

〈그림 2-7〉 관점(point of view)의 변화

당신이 확인할 수 있듯이, 옆에서 바라본 〈피에타〉는 예수와 성모 마리아의 얼굴이 한눈에 들어온다. (나의 생각으로는) 〈피에타〉를 옆에서 보

았을 경우 예수와 성모 마리아의 고통을 함께 보고 느낄 수 있는 것 같다. 반면에, 위에서 바라본 〈피에타〉는 죽은 후 부활을 기다리는 예수의 고통을 담고 있는 예수의 얼굴만이 보일 뿐이다. 이와 같이 위에서 바라보면 성모 마리아의 슬픔과 고통은 그녀의 얼굴을 통해서는 확인할 수 없다. 간략히 정리하자면, (적어도 나의 경우에는) 정면에서 바라본 〈피에타〉는 성모 마리아의 슬픔이, 옆에서 바라본 〈피에타〉는 예수와 성모 마리아의 슬픔이, 그리고 위에서 바라본 〈피에타〉는 예수의 슬픔이 극대화되는 것 같다. 말하자면, 우리는 동일한 한 조각상을 '어떤 (시각적) 관점'에서 바라보는가에 따라 서로 다른 슬픔과 감정을 가질 수 있다는 것이다.

논증적 글쓰기를 포함한 여타의 글쓰기 과정도 이와 다르지 않다. 우리가 다루려는 문제 또는 분석하려는 텍스트는 어떤 관점을 통해 접근하고 평가할 것인가에 따라 사뭇 다른 결론을 도출할 수 있기 때문이다. 우리는 동일한 어떤 문제에 대해 "사회적 · 역사적 · 정치적 · 경제적 · 문화적 그리고 도덕(윤리)적 관점…" 등과 같은 다양한 관점을 통해 바라보고 평가할 수 있다는 것이다. 이와 같이 어떤 관점(point of view)으로부터 그 문제를 바라볼 것인가는 그 문제를 이해하고 해결하는 맥락(context) 또는 맥락적 과정과 깊은 관련을 갖고 있다. 다음의 예를 통해 관점과 배경이 맥락과 어떤 관련성을 갖고 있는지를 확인해보자.

(2) 배경이 달라지면 맥락이 달라질 수 있다

그때에 바리새파 사람들이 나가서, 어떻게 하면 말로 트집을 잡아서 예수를 올무에 걸리게 할까 의논하였다. 그런 다음에, 그들은 자기네 제자들을 헤롯 당원들과 함께 예수께 보내어, 이렇게 묻게 하였다. "선생님, 우리는, 선생님이 진실한 분이시고, 하나님의 길을 참되게 가르치시며, 아무에게도 매이지 않으시는 줄 압니다. 선생님은 사람의 겉모습을 따지지 않으십니다. 그러니 선생님의 생각은 어떤지 말씀하여 주십시오. 황제에게 세금을 바치는 것이 옳습니까, 옳지 않습니까?" 예수께서 그들의 간악한 생각을 아시고 말씀하셨다. "위선자들아, 어찌하여 나를 시험하느냐? 세금으로 내는 돈을 나에게 보여 달라." 그들은 데나리온 한 닢을 예수께 가져다 드렸다. 예수께서 그들에게 물으셨다. "이 초상은 누구의 것이며, 적힌 글자는 누구를 가리키느냐?" 그들이 대답하였다. "황제의 것입니다." 그 때에 예수께서 그들에게 말씀하셨다. "그렇다면 **황제의 것은 황제에게 돌려주고, 하나님의 것은 하나님께 돌려드려라.**" 그들은 이 말씀을 듣고 탄복하였다. 그들은 예수를 남겨두고 떠나갔다.

[마22:15~22]

이 글을 종교적 관점으로 바라본다면 다양한 해석이 있을 수 있다. 하지만 지금 우리의 주된 관심은 '근거에 기초한 정당화 글쓰기'에 있으므로, 특정 종교의 교리 해석에 관한 논의는 잠시 접어두는 것이 좋을 것이다. 만일 그렇다면, 위의 글의 명시적 주장은 무엇인가? 굵은 글씨로 표시한 부분에서 그 해답을 찾을 수 있을 것이다. 말하자면,

명제(P): "황제의 것은 황제에게 돌려주고, 하나님의 것은 하나님께 돌려드려라."

에서 '(로마) 황제'는 정치의 영역을 나타내고 '하나님'은 신의 영역, 즉 종교의 영역을 가리키고 있음을 파악할 수 있다. 만일 그렇다면, 위 글의 명시적 주장은 "정치와 종교를 분리해야 한다(제정분리, 祭政分離)" 정도로 볼 수 있을 것이다. 예컨대, 우리나라의 시조이신 단군 할아버지의 공

식 이름은 '단군왕검(檀君王儉)'이다. 이미 잘 알고 있듯이, 단군(檀君)은 종교의 영역인 제사장을 의미하고 왕검(王儉)은 정치의 영역인 제왕을 뜻한다. 그것을 통해 고조선이 제정일치(祭政一致)의 사회라는 것을 알 수 있다.

그런데 명제(P)를 통해 파악한 명시적 주장을 다음과 같은 물음을 통해 살펴본다면, 어떤 결론을 도출할 수 있을까? 말하자면, 다음과 같은 물음에 "제정을 분리하자"는 주장을 대입한다면 어떤 결론을 추론할 수 있을까?

Q1. 만일 명제(P)가 대략적으로 기원전 1세기~기원후 2세기 무렵에 처음으로 제기된 주장이라면, 명제(P)를 주장한 사람은 제사장과 황제 중 어느 쪽이었을까?

Q2. 만일 명제(P)가 대략적으로 기원후 6~13세기 무렵에 처음으로 제기된 주장이라면, 명제(P)를 주장한 사람은 제사장과 황제 중 어느 쪽이었을까?

아마도 (그리고 앞선 예문을 통해 알 수 있듯이) 'Q1'에 대한 답변은 종교 영역에 속하는 제사장일 것이다. 역사적으로 보았을 때, 기원전 1세기~기원후 2세기 무렵은 로마가 카이사르와 아우구스티누스에 의해 공화정에서 제정으로 이행하고 티베리우스, 칼리굴라, 클라우디우스, 네로 황제 등과 같이 황제의 힘이 로마제국 전체에 강력하게 투사되고 행사된 시기이기 때문이다. 반면에 'Q2'에 대한 답변은 반대가 될 것이라는 것을 어렵지 않게 추론할 수 있다. 역사적 배경을 간략히 소개하면 다음과 같다.

콘스탄티누스 대제는 313년 밀라노 칙령으로 그리스도교를 로마의 국교로 공인한다. 그리스도교는 그 이래로 (적어도) 서구 역사에서 유일한 종교적 지위를 갖게 된다. 3세기 말~4세기 초에 로마제국은 서로마와 동로마로 분열되고, 서로마는 5세기 말에 이르러 멸망하게 된다. (비잔틴 제국으로 불리는 동로마는 15세기까지 유지되지만, 동방의 영향을 많이 받은 동로마는 서양 역사의 중심이라고 보기 어려운 측면이 있다.) 우리가 서양 역사에서 중세라고 알고 있는 시기가 시작된 것이다. 이미 잘 알고 있듯이, 중세시대는 교황으로 대표되는 그리스도교의 영향력이 유럽 전체에 미치고 있던 시기다. 신성로마제국 황제인 하인리히 4세가 교황 그레고리우스 7세의 파문 조치에 대해 관용을 구하기 위해 무릎을 꿇은 '카노사의 굴욕'은 당시 유럽 사회에서의 교황과 교회가 가진 영향력을 보여준 대표적인 사례라고 할 수 있다. 또한 교황 우르바노 2세가 클레르몽 교의회에서 주창하여 200여 년간 8차에 걸쳐 지속된 십자군 전쟁이 시작된 11세기도 여기에 속한다. 이러한 '역사적/사회적 배경'에서는 신과 황제 각자의 몫이 따로 있기 때문에 각자가 가진 몫을 침해하지 말자고 주장하는, 즉 제정분리를 주장하는 쪽은 종교의 영역이 아닌 정치의 영역이라고 추론하는 것이 더 합당하다.

만일 지금까지의 간략한 역사적 배경에 관한 설명과 논의가 올바른 것이라면, 한 명제[즉 명제(P)]가 서로 다른 역사적 '배경'과 명제(P)를 주장하는 쪽의 '관점'에 따른 '맥락' 속에서 전혀 다른 의미를 가질 수 있다는 것을 알 수 있다.

(3) 명시적 결론에 새로운 정보(근거)가 추가되어 얻어지는 함축적 결론

미리 간략히 말하자면, 함축(implication) 또는 함축적 결론은 텍스트의 명시적 주장으로부터 이끌어낼 수 있는 암묵적 주장 또는 숨은 결론일 수 있다. 물론, 함축 또는 함축적 결론은 명시적 결론에 새로운 근거가 추가됨으로써 산출된다. 새롭게 추가되는 근거는 필자가 가지고 있는 관점과 문제에 관한 배경 지식을 포함하는 맥락이 될 수도 있으며, 또는 그러한 관점과 배경적 지식을 가진 필자가 텍스트를 작성한 맥락적 틀을 고려했을 때 사용할 수 있는 새로운 명제나 사실적 정보가 될 수도 있다. 다음의 예를 통해 명시적 결론에 새로운 근거가 추가됨으로써 함축적 결론을 도출하는 사고의 절차를 살펴보자. 예컨대, 지섭이 어떤 글을 통해 다음과 같은 명시적 주장을 했다고 해보자.

명시적 주장: 고통을 느낄 수 있는 존재는 도덕적으로 배려해야 한다.

다음으로 이와 같은 명시적 주장에 다음과 같은 배경 지식에 따른 새로운 근거가 추가된다고 해보자. 즉,

(배경 지식에 의거한) 새로운 근거: 닭, 소, 돼지 등도 고통을 느낄 수 있다.

만일 그렇다면, 우리는 명시적 주장에다 새로운 근거를 추가함으로써 다른 결론, 즉 함축적 결론을 도출하는 새로운 논증을 구성할 수 있다.

〈함축적 논증 1〉

p_1. 고통을 느낄 수 있는 존재는 도덕적으로 배려해야 한다.

p_2. 닭, 소, 돼지 등도 고통을 느낄 수 있다.

c_1. 닭, 소, 돼지 등도 도덕적으로 배려해야 한다.

다음으로 새롭게 얻은 〈함축적 논증 1〉의 명시적 결론에 다음과 같이 또 다른 새로운 근거를 추가한다고 해보자. 즉,

(도덕적 관점에 의거한) 새로운 근거: 도덕적 배려의 대상에게는 불가피한 경우를 제외하고 고통을 주어서는 안 된다.

만일 그렇다면, 우리는 함축적 논증의 명시적 주장에다 또 다른 새로운 근거를 추가함으로써 또 다른 결론, 즉 또 다른 함축적 결론을 도출하는 새로운 논증을 구성할 수 있다.

〈함축적 논증 2〉

p_3. 닭, 소, 돼지 등도 도덕적으로 배려해야 한다. (함축적 논증 1의 C1)

p_4. 도덕적 배려의 대상에게는 불가피한 경우를 제외하고 고통을 주어서는 안 된다.

c_2. 닭, 소, 돼지 등에게도 불가피한 경우를 제외하고 고통을 주어서는 안 된다.

명시적 주장으로부터 〈함축적 결론〉을 이끌어내는 이와 같은 사고의 절차를 하나의 논증으로 정리하면 다음과 같다.

p_1. 고통을 느낄 수 있는 존재는 도덕적으로 배려해야 한다.

p_2. 닭, 소, 돼지 등도 고통을 느낄 수 있다.

c_1. 닭, 소, 돼지 등도 도덕적으로 배려해야 한다.

p_3. 도덕적 배려의 대상에게는 불가피한 경우를 제외하고 고통을 주어서는 안 된다.

c_2. 닭, 소, 돼지 등에게도 불가피한 경우를 제외하고 고통을 주어서는 안 된다.

p_4. 닭, 소, 돼지는 도축 과정에서 고통을 느낀다.

p_5. 닭, 소, 돼지를 도축하는 것은 불가피한 경우가 아니다.

C. 닭, 소, 돼지를 도축해서는 안 된다.

여기에서 함축적 결론에 해당하는 것은 'c_2와 c_3'이다. 물론, 이 논증에서 최종적인 (함축적) 결론은 'C'이다. 그리고 그 결론은 새롭게 추가된 전제인 'p_4와 p_5'로부터 도출된다. 따라서 결국 'C'의 수용 여부는 전제 'p_4와 p_5'를 수용할 수 있는가에 달려 있다는 것을 알 수 있다. 이렇듯 명시적 주장으로부터 이끌어낼 수 있는 함축 또는 함축적 결론 또한 논증을 통해 도출될 수 있다. 따라서 함축 또는 함축적 결론 또한 추가되는 새로운 근거(들)에 의거하여 수용할 수 있는지 여부가 결정될 수 있다. 다음의 예를 통해 그것을 확인해보자.

〈논증 4〉

p_1. (명시적 결론): 어떠한 경우에도 폭력은 정당화될 수 없다.

p_2. (새로운 근거): 교사나 부모의 체벌도 폭력이다.

C_1. (함축적 결론): 교사나 부모의 체벌도 정당화될 수 없다.

〈논증 5〉

p_1. (명시적 결론): 어떠한 경우에도 폭력은 정당화될 수 없다.

p_2. (새로운 근거): 누군가의 폭력에 맞서기 위한 폭력도 마찬가지로 폭력이다.

C_2. (함축적 결론): 누군가의 폭력에 맞서는 것도 정당화될 수 없다.

〈논증 4 & 5〉는 "어떠한 경우에도 폭력은 정당화될 수 없다"는 명시적 주장(또는 결론)에 새로운 근거를 추가함으로써 함축적 결론을 이끌어내고 있다. 이와 같은 함축적 결론 'C_1'과 'C_2'에 대한 평가는 다양할 수 있다. 예컨대, 어떤 사람은 'C_1'과 'C_2' 모두를 수용할 수 있다고 주장할 것이다. 그리고 다른 사람은 'C_1'은 수용할 수 있지만 'C_2'는 수용할 수 없다고 생각할 수도 있다. (그 역도 마찬가지다.) 또는 또 다른 어떤 사람은 'C_1'과 'C_2' 모두를 수용할 수 없다고 평가할 수도 있다. 당신은 세 가지 경우 중 어떤 판단을 하겠는가?

여기서 중요한 것은 당신이 어떤 판단과 결정을 하더라도 그와 같은 판단과 결정에 대한 충분한 이유를 제시해야 한다는 점을 파악하는 것이다. 말하자면, 만일 당신이 〈논증 4 & 5〉의 함축적 결론 'C_1' 또는 'C_2'를 받아들일 수 없다면, 그 주장을 거부하거나 약화시킬 수 있는 납득할 만한 또는 그럴듯한 충분한 이유를 제시하는 논증을 제시해야 한다. (이것에 관해서는 "분석적 요약과 논평"에서 더 자세히 다룰 것이다.)

3
논증적 글쓰기의 단계적 사고 과정과 절차적 구조

우리는 지금까지 논증적인 글을 쓰기 위한 기초인 중요한 요소들을 이해하기 위해 비판적 사고에 관한 간략한 그림을 살펴보았다. 우리는 3장에서 "논증에 기초한 분석적 요약"에 관하여 본격적으로 살펴볼 것이다. 그것에 앞서 1장과 2장에서 설명한 '논증적 글쓰기'의 절차적 구조와 단계적인 사고 과정을 다시 확인하는 것이 도움이 될 것이다. 그것은 다음과 같았다.

〈표 2-9〉 '논증적 글쓰기'의 (단계적인 사고) 과정

단계			내용
분석	1	평면적 요약	중요 요소 분석 잘 읽고 이해하기 & 비분석적 통념 파괴하기
	2	분석적 요약	논증 구성 논리적 구조 이해하기 & 요약문 쓰기
평가	3	분석적 평가	논증 평가 논증의 형식적 타당성 & 내용적 수용가능성 평가
	4	비판적 평가	정당화 글쓰기 (나의) 문제 착안하기 & 논증 구성하기 & 에세이 쓰기

〈표 2-10〉 '논증적 글쓰기'의 (절차적) 구조

		ⓐ 이해하기	분석하기	ⓒ 평가하기	ⓓ 주장하기	
분석	① 평면적 *요약*	중요 요소 분석				올바른 읽기
	② **분석적** *요약*	평면적 요약의 구성 (논증)				비판적 요약
평가	③ **분석적** *평가*		논증 평가			비판적 논평
	④ 비판적 *평가*			(나의) 논증 구성		정당화 글쓰기

〈표 2-9〉와 〈표 2-10〉에서 알 수 있듯이, '논증적 글쓰기'의 핵심 구조는 결국 '〈분석〉과 〈평가〉'라고 할 수 있다. 다시 말하자면, 〈분석〉은 텍스트를 이해하고 요약하는 것에 더 초점이 맞추어져 있으며, 〈평가〉는 분석 내용의 결과에 따라 자신의 생각을 담은 글을 쓰는 것이 더 중요한 작업이라고 할 수 있다.

이와 같은 '〈분석〉과 〈평가〉'의 과정을 우리가 앞으로 해야 할 공부의 과정에 적용하면 어떨까? 『논어(論語)』의 「위정」 편(爲政篇)에 있는 한 구절을 인용해서 생각해보자.

學而不思則罔 (학이불사즉망)
思而不學則殆 (사이불학즉태)

이것은 무엇을 뜻하는가? 이 말의 의미를 문자 그대로 번역하면, "배우기는 하지만 사색하지 않으면 아무것도 남지 않으며, 사색하지만 배우지 않으면 그 또한 남는 것이 없다" 정도일 것이다. 이 말을 조금 더 쉽게 다음과 같이 풀어 쓸 수 있지 않을까. 말하자면,

"어떤 것을 열심히 *많이 읽고 암기*는 하는데(學) 그것의 의미에 대해 *비판적으로 생각*하지 않으면(不思) 남는 것이 없고, 어떤 것을 *골똘히 생각*은 하는데(思) 그 생각을 구체화하고 뒷받침할 수 있는 *근거들과 배경 지식을 공부*하지 않으면(不學) 그 또한 남는 것이 없다."

만일『논어』의「위정」편에 있는 한 구절을 이와 같이 해석할 수 있다면, 우리가 어떤 것에 대해 공부하고 그것에 관한 앎을 갖는다는 것은 결국 그 문제에 관련된 배경지식을 습득하는 것뿐만 아니라 그것을 철저히 '분석'하고 자신의 눈으로 '평가'하는 능력을 포함하는 것이라고 말할 수 있을 것이다. 이러한 맥락에서, 〈분석〉과 〈평가〉는 근거에 기초한 정당화 글쓰기인 '논증적 글쓰기'를 구성하는 중요한 두 요소라고 할 수 있다.

제3장

논증 (재)구성에 기초한 분석적 요약

1

논증 (재)구성에 기초한 분석적 요약이란?

우리가 지금까지 습관적으로 해왔던 요약의 방식과 형태를 떠올려보자. 말하자면, 당신이 지금껏 요약을 어떻게 해왔고 요약문을 어떻게 작성했는지를 생각해보자. 아마도 다음에 제시하고 있는 방식은 우리가 요약문을 작성하는 일반적인 방식이었을 것이다. 즉,

① (주어진) 텍스트를 읽는다.
② (주어진) 텍스트를 읽는 중에 중요하다고 생각되는 부분에 밑줄을 친다.
③ (주어진) 텍스트를 모두 읽은 다음 밑줄 친 부분만을 단순히 연결한다.

결론부터 말하자면, 우리가 지금까지 습관적으로 해왔던 이와 같은 방식의 요약은 적어도 주장을 담고 있는 글에 대해서는 올바른 방식의 요약 또는 〈**분석적 요약**〉이라고 할 수 없다. 이와 같은 방식은 주어진 텍스트의 분량을 단순히 줄여 놓은 것에 불과하기 때문이다. 올바른 방

식의 요약 또는 〈분석적 요약〉은 주어진 텍스트에 대한 '**정확한 이해**'가 요구된다. 말하자면, 〈분석적 요약〉은 분석의 대상이 되는 텍스트에서 중요한 요소들을 찾아낸 다음 그것들을 논리적 사고의 절차에 부합하게 구성하는 것을 말한다. 〈분석적 요약〉의 구체적인 내용과 형식을 자세히 다루기에 앞서 다음과 같은 세 가지 유형의 지도를 비교함으로써 분석적 요약이 어떤 형식을 갖는지를 간략히 설명하는 것이 도움이 될 듯하다.

당신이 서울 지리에 대해 잘 알지 못한다고 해보자. 예컨대, 당신은 업무를 보기 위해 서울을 몇 차례 방문했지만 이곳저곳을 다녀본 것은 아니라고 해보자. 그리고 당신은 지하철과 버스 등 대중교통을 이용하여 인사동의 G 화랑에서 일하고 있는 친구를 방문해야 한다고 해보자. 당신은 KTX를 타고 서울역에 도착한다. 만일 당신이 그 누구의 도움도 받지 않고 오직 지도에만 의존하여 인사동의 G 화랑에 가야 한다면, 당신이 활용할 수 있는 가장 유용하고 적절한 지도는 어떤 것인가? 당연히 세 번째 지도인 '**약도**'일 것이다. 만일 당신에게 '1/100,000 지도'를 주면서 인사동을 찾아가라고 말한다면, 아마도 당신은 "덜 세밀해도 좋으니 더 간략히 정리되어 있는 지도를 달라"고 요구할 것이다. 그 요구에 따라 당신에게 '1/50,000 지도'를 제공한다면 어떨까? 아마도, 당신은 "나는 이렇게 단순히 축적을 줄여 놓은 지도를 찾는 것이 아니다"고 말할 것이다. 말하자면, 당신에게 필요한 것은 인사동의 G 화랑에 가기 위한 '적절하고 필요한 정보'가 담긴 지도(약도)다.

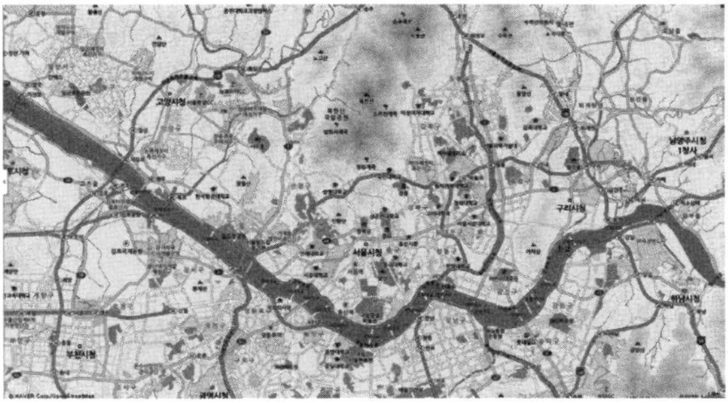

① 1/100,000 지도[1]

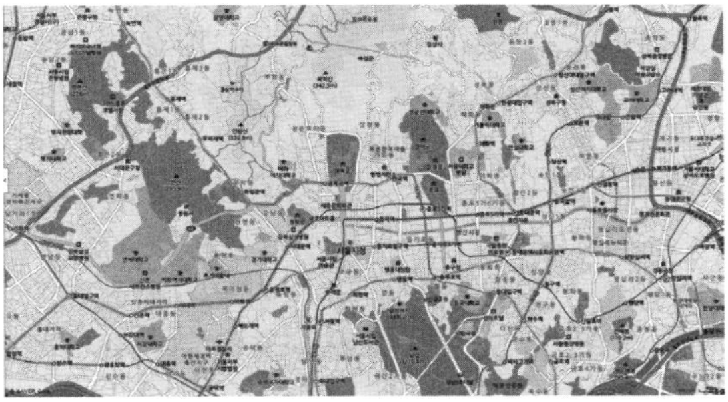

② 1/50,000 지도

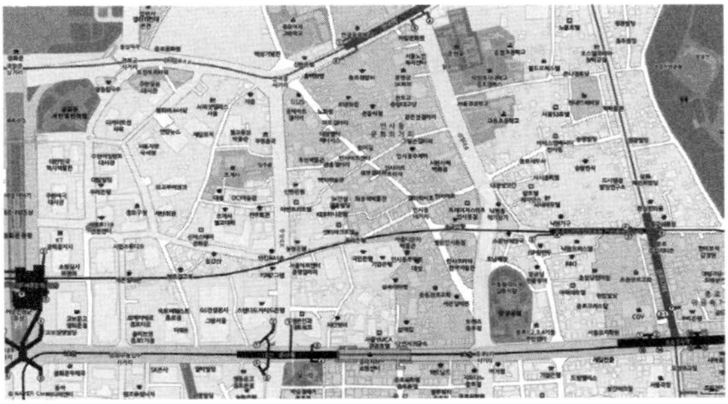

③ 약도

〈그림 3-1〉 요약을 위한 이정표 찾기

1 네이버 지도 참조.

만일 그렇다면, 당신이 인사동 부근을 잘 나타내고 있는 약도에 의존하여 G 화랑을 찾아가기 위해 수행한 사고의 절차를 논증으로 다음과 같이 정리해 볼 수 있다. 예컨대,

p_1. 안국역에 도착하면 x번 출구로 나간다.

p_2. x번 출구에서 횡단보도를 건너 인사동 입구를 찾는다.

p_3. 인사동 입구에서 종로 방향으로 y미터 전방에 있는 B 빌딩을 찾는다.

(…)

p_n. (…)

C. 'p_1~p_n'을 모두 수행하면 G 화랑에 도착한다.

물론, 우리는 일상에서 모든 일들과 상황들을 이와 같은 방식으로 애써 형식화하지는 않는다. 수많은 경험을 통해 그러한 과정을 거치지 않아도 주어진 일과 상황을 익숙하게 해낼 수 있기 때문이다. 하지만 그러한 익숙함은 수많은 관찰과 경험을 통해 '사고의 절차와 내용'이 어느 정도 자동화 또는 체화되었기 때문이다.

우리는 앞선 장에서 비판적 사고와 논증적 글쓰기의 과정에 대해 간략히 살펴보면서 〈분석〉과 〈평가〉에서 중요한 요소들이 아래의 표와 같다는 것을 살펴보았다. 간략히 말해서, 분석적 요약은 〈분석〉에 해당하는 **'중요한 요소'**들을 찾아내어 **'논증'**으로 구성하고, 그것을 문장으로 재기술하는 것이라고 말할 수 있다. 예컨대, 〈분석적 요약〉은 당신이 인사동을 찾아가기 위해 중요한 지표들을 활용하여 재구성한 '약도'를 사용하였듯이, 주어진 텍스트를 이해하기 위해 그 텍스트의 중요한 요소들 활용하여 재구성하는 것을 말한다.

〈표 3-1〉 '분석'과 '평가'의 중요한 내용

✓ 분석	✓ 평가
✓사고 과정의 중요한 요소들을 추려내어 체계적으로 구성하는 것	✓분석된 내용의 개념, 논리성, 함축적 결론의 수용 가능성 등을 따져 보는 것
⇧	⇧
결론적 주장(핵심 주장)	• 함축(적 결론): 핵심 주장과 논의의 맥락 및 추가된 정보로부터 도출할 수 있는 숨은 결론
⇧	⇧
(주장을 지지하는) 이유(근거)들 • 명시적 이유: 텍스트에 드러난 이유 • 생략된 이유: 숨은 또는 암묵적 가정	• 논리성 (타당성과 수용 가능성) • 논의의 맥락(배경, 관점)
⇧	
(이유를 뒷받침하는) 중요 요소들 • 사실적 정보 • 중요한 개념	• 개념의 명료함과 분명함 • 사실의 일치성

분석의 대상이 되는 텍스트를 비판적 사고에 근거하여 요약글을 작성하는 과정은 크게 두 과정으로 구분할 수 있다. 말하자면, 주어진 텍스트에서 '근거와 주장과 같은 중요한 요소들'을 찾아내는 〈**평면적 요약**〉과 근거, 주장 그리고 함축적 내용 등을 고려하여 '논증을 구성'하는 〈**분석적 요약**〉으로 구분할 수 있다. 그리고 이와 같은 사고 과정은 다시 다음과 같은 네 가지 단계로 나누어 생각해볼 수 있다.

[과정]

① 평면적 요약: 중요한 요소들을 찾아내기 (내용적 축약)

② 분석적 요약: 논증을 구성하여 논리적 구조 이해하기

[단계] '기본 요소'와 '부가 요소'[2]

기본 요소	1단계	**문제와 주장 찾기**
	2단계	**개념 정의하기 & 숨은 근거 찾기**
	3단계	**논증 구성하기 (근거들로부터 결론 추론하기)**
부가 요소	4단계	**함축적 결론 제시하기**

논증적인 글을 분석할 때, 핵심이 되는 것은 '**기본 요소**'에 속하는 '**1~3단계**'라 할 수 있다. '부가 요소'에 해당하는 '4단계'는 글의 종류와 내용에 따라 '있을 수도 있고, 없을 수도 있기 때문'이다. 따라서 우리는 '부가 요소'보다는 '기본 요소'에 초점을 맞추어 분석을 수행해야 한다. 우리는 앞선 장에서 분석적 요약을 위한 두 과정과 4단계에 관한 내용을 이미 비교적 자세히 살펴보았다. 여기에서는 〈분석적 요약〉의 4단계의 중요한 내용을 간략히 살펴본 다음 실제적인 〈분석적 요약〉을 연습하도록 하자.

[1단계] (핵심) 문제와 주장 찾기

'분석적 요약'을 하기 위한 첫 번째 단계는 주어진 텍스트에서 제기하

2 3장에서 다루고 있는 〈분석적 요약〉과 4장에서 논의할 〈분석적 논평〉에 관한 내용은 성균관대학교에서 "학술적 글쓰기"와 "비판적 사고"를 강의하는 과정에서 얻은 경험에 많은 것을 빚지고 있다는 것을 밝힌다. "비판적 사고와 학술적 글쓰기"에서는 요약의 중요 요소로 8가지 항목을 그리고 논평의 중요 기준으로 5가지를 제시하고 있다. 앞으로 자세히 살펴보겠지만, 여기애서는 〈분석적 요약〉과 〈분석적 논평〉의 '대응적인 논리적 관계'를 분명하게 보이기 위해 모두 '4단계 과정'으로 축약하고 통일하여 제시하였다. 말하자면, 여기서 다루는 '논증적 글쓰기'에서 〈분석적 요약〉의 분석 단계는 〈분석적 논평〉의 평가 기준에 직접적으로 대응하는 구조를 갖고 있다. 이러한 구조와 형식의 차이는 "원만희 · 박정하 외, 『비판적 사고 학술적 글쓰기』, 성균관대학교출판부, 2015"를 참조함으로써 확인할 수 있다.

고 있는 '(핵심) 문제'와 그것에 대한 답변인 필자의 '주장(결론)'이 무엇인지를 파악하는 것이다. 그리고 필자가 제기한 핵심 문제와 그것에 대한 핵심 주장은 일반적으로 어렵지 않게 찾을 수 있다. 만일 필자가 어떤 중요한 주장을 개진하거나 어떤 것을 정당화하려는 의도를 가지고 글을 쓴 경우라면, 독자에게 그것을 잘 전달하고 보여주는 것이 글의 일차적인 목표이기 때문이다.

그리고 핵심 문제와 주장은 한 쌍(a pair)을 이루고 있다. 말하자면, 필자가 제기한 문제와 그것에 대한 답변인 주장은 서로 상응한다. 예컨대, 다음과 같은 문제 또는 물음에 대해 한 쌍을 이루는 직접적으로 상응하는 답변 또는 주장은 무엇인가?

Q1. 우리 함께 밥 먹을까?
Q2. 너 나랑 사귈래?

이와 같은 물음 또는 문제에 대해 한 쌍을 이루는 직접적으로 대응하는 답변 또는 주장은 아마도 다음과 같은 것이다.

A1. 그래, 함께 밥을 먹자. (또는 아니, 함께 밥을 먹지 않을래.)
A2. 그래, 우리 사귀자. (또는 아니, 나는 사귈 마음이 없어.)

물론, 일상에서는 물음 Q1(또는 Q2)에 대해 다양한 답변이 가능하다. 예컨대, 함께 밥을 먹는 것을 거부하려 할 경우, "나는 방금 먹었어", "시간이 조금 이르지 않아?", "속이 좋지 않아" 등과 같이 부정의 의미를 갖는 표현을 할 수 있다. 하지만 엄밀하게 말해서 그러한 답변은 물음에 대한 직접적인 답변을 한 것은 아니다. 왜냐하면 그러한 답변에 대해 또 다른 이유로 동일한 물음을 제기할 수 있기 때문이다. 예컨대, "(너의 사정이 이러저러하더라도) 함께 밥을 먹을 수 있지 않아?"라고 물을 수 있다.

[2단계] 개념(핵심어) 정의와 숨은 가정 찾기

이미 앞선 장에서 보았듯이, 개념(핵심어)은 단어 또는 용어이기 때문에 논증의 가장 기초적인 요소다. 또한 개념은 중요한 용어를 '**정의(definition)**'하는 것이다. 따라서 중요한 개념(핵심어)과 그것의 정의는 논증의 중요한 근거로 사용되는 경우가 있다.

숨은 가정 또는 암묵적 전제는 텍스트에 명시적으로 드러나지 않는 근거라고 할 수 있다. 그리고 그것들은 텍스트에서 다루고 있는 문제에 대한 필자의 기본적인 입장(stance) 및 관점(point of view)과 밀접한 관련을 갖고 있는 경우들이 있다.

애매어(ambiguous)

여기서 한 가지 짚고 넘어가야 할 것이 있다. 텍스트에서 중요하게 사용하고 있는 개념이 명시적으로 드러나 있는 경우라고 할지라도, 어떤 경우에는 그 개념에 대해 문제를 제기할 수 있는 경우가 있기 때문이다. 다음의 예를 통해 그것을 살펴보자.

〈보기〉

① 연희는 좋은 눈을 가졌어.

② 연희는 지섭이보다 우성을 더 좋아한다.

먼저 ①을 살펴보자. 진술문 ①은 어떻게 해석되는가? 진술문의 앞뒤 맥락이 제시되지 않았기 때문에 그것은 적어도 세 가지 뜻으로 이해될 수 있다. 즉,

> ① 연희는 좋은 눈을 가졌어.
> a) 연희는 시력이 좋다.
> b) 연희는 안목(眼目)이 있다.
> c) 연희는 예쁜 눈을 가졌다.

다음으로 ②를 살펴보자. ②는 어떻게 해석되는가? 이것 또한 진술문의 앞뒤 맥락이 제시되지 않았기 때문에 그 뜻을 정확하게 파악하기 어렵다는 문제가 있다. 하지만 진술문 ②는 적어도 두 가지 의미로 파악된다는 것을 알 수 있다. 즉,

> ② 연희는 지섭보다 우성을 더 좋아한다.
> a) 연희는 지섭과 우성 중 우성을 더 좋아한다.
> b) 연희와 지섭은 모두 우성을 좋아하지만, 연희가 우성을 좋아하는 정도가 지섭이 우성을 좋아하는 정도보다 더 크다.

이와 같이 진술문 ①과 ②가 두 가지 이상으로 다양한 의미를 갖는 경우를 '애매(ambiguous)'하다고 한다.[3] 만일 중요한 개념 또는 개념 정의가

---

3 애매어의 사용으로 진술문의 의미를 올바르게 파악할 수 없는 경우를 "애매어의 오류(fallacy of ambiguous)"라고 한다. 한 예를 보면 다음과 같다. 예컨대,
P1. 일의 끝은 그 일의 완성이다.

애매하다면, 그 의미를 '**명료**(clear)'하게 만들어야 한다.

모호어(vague)

애매어 또는 애매 문장이 의미가 두 가지 이상으로 다양하게 해석되는 경우인 반면에, 모호(vagueness)한 경우는 용어 또는 진술문이 가리키는 대상의 외연이나 크기 또는 속성이나 성질이 분명하지 않은 경우를 말한다. 예컨대 다음과 같은 진술문을 평가해보자.

〈보기〉

③ 우리 조만간 만나서 식사를 하자. 연락할게.

④ 학생은 학생다워야 한다.

먼저 진술문 ③을 살펴보자. 우리는 일상에서 오랜만에 만난 친구나 지인과 우연히 만났을 때 습관적으로 '조만간 식사 한번 하자'거나 '조만간 연락할게'와 같이 말하곤 한다. 그 진술문을 정확하게 이해하기 위해서 반드시 요구되는 것은 무엇인가? 이미 알아챘겠지만, 그 진술문을 정확하게 이해하기 위해서는 '**조만간**'이 어느 정도의 시간과 기간을 가리키고 있는지를 '**분명**(distinct)'하게 알아야 한다. 예컨대, 그 진술문을 말하는 당신에게 '조만간'은 대략적으로 '한 달'을 가리킬 수 있다. 반면에 그 진술문을 들은 당신의 친구에게는 '조만간'이 대략적으로 '일주일 이내'를 지시할 수도 있다. (여기서 말하고 있는 '대략적' 또한 모호한 단어다.) 이

P2. 삶의 끝은 죽음이다.

C. 따라서 죽음은 삶의 완성이다.

와 같이 모호한 용어나 문장을 사용하는 경우는 우리의 일상에서 어렵지 않게 찾을 수 있다. 예컨대, '소금을 **적당히** 넣어주세요'의 '적당히', '이너트는 **대충** 조여주세요'의 '대충'은 모두 '분명'하지 않고 '모호'하다.

다음으로 진술문 ④를 보자. 우리가 "학생은 학생다워야 한다"는 진술문을 올바르게 이해하기 위해 요구되는 것은 무엇인가? 똑똑한 당신은 앞선 논의를 통해 '학생다움'에 대한 기준과 준거가 제시되어야 한다는 것을 이미 파악했을 것이다. 예컨대, 흔히들 말하듯이 '공부를 잘하는 것', '복장이 단정한 것' 또는 '예절이 바른 것' 등은 '학생다움'에 대한 기준으로 충분한가? 아마도 당신은 그것만으로는 학생다움을 정의하기에 충분하지 않다는 것에 쉽게 동의할 수 있을 것이다.

지금까지 살펴본 애매어와 모호어의 문제가 '개념 정의'에 있어 중요한 까닭은 그것들을 명료하고 분명하게 수정하지 않을 경우 일반적으로 수용되는 개념이 전혀 다른 의미로 변질 될 수 있기 때문이다. 다음의 예를 살펴보자.

"보수(保守)[4]는 개혁(改革)[5]합니다."

이 진술문을 문자 그대로 옮기면,

"보전하여 지키는 것(보수)은 새롭게 뜯어 고칩니다(개혁)."

---

4 국어사전은 '보수'를 "① 보전하여 지킴. ② 새로운 것이나 변화를 적극적으로 받아들이기보다는 전통적인 것을 옹호하며 유지하려 함"이라고 정의하고 있다.

5 국어사전은 '개혁'을 "제도나 기구 따위를 새롭게 뜯어고침"이라고 정의하고 있다.

가 될 것이다. 하지만 이와 같은 정의는 이상하다. 말하자면, '보수'와 '개혁'은 모순관계는 아니라고 할지라도 반대관계에 놓여 있는 개념이기 때문이다. 이와 같이 어떤 용어가 갖고 있는 본래의 뜻을 일반적으로 수용되지 않는 전혀 새로운 의미로 사용하는 오류를 '**은밀한 재정의의 오류**(fallacy of illicit redefinition)'[6]라고 한다. 만일 텍스트에서 중요하게 사용하고 있는 중요한 개념이 이와 같은 오류를 저지르고 있다면, 반드시 그 오류를 발견하고 올바르게 수정해야 한다.

[3단계] 논증 구성하기

논증을 구성한다는 것은 주어진 텍스트의 핵심 주장과 그것을 지지하는 중요한 근거들을 논리적 순서에 따라 배치하는 것을 말한다. 논증은 일련의 전제(근거, 이유)와 결론(주장)으로 이루어지며, 논증의 표준 형식으로 (재)구성하는 데 있어 2단계에서 찾은 생략된 전제나 암묵적 가정이 있다면 그것을 채워 넣어야 하는 경우가 있다. 그리고 논증 구성은 〈분석적 요약〉에서 가장 기본적일 뿐만 아니라 중요한 역할을 한다.

논증적 글쓰기를 공부하는 많은 사람들이 〈분석적 요약〉에서 논증을 구성하는 데 어려움을 겪곤 한다. 하지만 분석의 1단계인 〈평면적 요약〉에서 분석의 중요한 요소를 모두 찾아냈다면, 논증을 어렵지 않게 구성할 수 있을 것이다. 이것을 어떻게 쉽게 설명할 수 있을까? 예컨대, 당신

---

6 은밀한 재정의의 오류는 어떤 과정에서 용어나 말의 의미를 자의적으로 변화시키는 것을 말한다. 예컨대 "미친 사람은 정신병원에 수용되어야 한다. 요즘 세상에 뇌물 주는 것을 물리치다니, 미치지 않고서야 그럴 수 있어? 그 친구 정신병원에 보내버려야겠어." 여기서 '미친 사람'이라는 표현이 '뇌물을 거절하는 사람'으로 은밀히 재정의되어 올바른 행위를 한 사람을 정신병원에 보내야 한다는 오류가 발생한 것이다. 김광수, 『논리와 비판적 사고』, 철학과현실사, 2007, 325쪽.

이 냇물을 건너야 한다고 해보자. 당신이 물에 젖지 않고 냇가의 한 편에서 다른 편으로 건너기 위해서는 '**징검다리**'를 놓아야 할 것이다. 그러면 징검다리를 어떻게 놓아야 할까? 당신이 발걸음이 좁은 어린이를 위해 징검다리를 놓는다면, 징검다리의 폭을 촘촘히 놓아야 할 것이다. 반면에 당신이 발걸음 폭이 충분히 큰 성인만을 위한 징검다리를 놓는다면, 전자의 경우처럼 징검다리를 촘촘히 놓을 필요는 없을 것이다. 논증을 구성하는 것도 냇가를 건너기 위한 징검다리를 놓는 것과 다르지 않다. 당신이 출발하는 냇가의 한 편이 '현안 문제'라면, 당신이 도달하려는 냇가의 다른 편이 '결론'이라고 할 수 있다. 그리고 징검다리를 구성하고 있는 개개의 '**돌**'은 냇가의 한 편에서 다른 편으로 건너기 위한 '전제, 이유, 근거'라고 할 수 있다. 어린이를 위한 징검다리와 어른을 위한 징검다리의 폭을 다르게 놓을 수 있듯이, 논증 구성 또한 분석의 대상이 되는 텍스트의 성격에 따라 전제적 이유들을 세세히 제시할 수도 있고, 가장 중요한 핵심적인 전제적 이유들만으로 논증을 구성할 수도 있다.

〈그림 3-2〉 '논증 구성'은 '징검다리 놓기'

[4단계] 함축적 결론 찾기: 부가 요소

간략히 말해서, 함축 또는 함축적 결론은 명시적 결론으로부터 추론할 수 있는 숨겨진 또는 암묵적 결론이라고 볼 수 있다. 물론, 명시적 결론으로부터 함축적 결론을 이끌어내기 위해서는 새로운 근거가 추가되어야 한다. 함축적 결론을 추론하기 위해 추가되는 새로운 근거는 관점과 배경을 포함하는 텍스트의 맥락에 의존하는 경우들이 있다. 또는 필자의 숨은 의도를 보이기 위해 텍스트의 중요한 내용과 관련된 새로운 정보를 추가할 수도 있다.

〈분석적 요약〉을 하기 위한 이와 같은 4단계의 과정은 사실 '**논증 구성**'과 다르지 않다. 간략히 말해서, 주어진 텍스트의 주장(결론)과 그것을 뒷받침하는 근거(전제, 이유)들을 모두 찾아 논증으로 구성한다면, 주장과 근거에 해당하는 명제들을 적절한 접속사나 조사로 연결하는 것만으로도 충분히 '분석적 요약문'을 작성할 수 있기 때문이다. 이제, 몇 가지 텍스트를 통해 〈분석적 요약〉과 '요약문'을 작성하는 연습을 해보자.

2
분석적 요약 연습

다음 글을 읽고 〈분석적 요약〉을 하기 위한 중요한 요소들을 찾아 논증으로 재구성하고 그것에 기초하여 요약문을 작성해보자.

1) 밀(J. S. Mill), 〈자유론〉[7]

우리가 중시해야 할 것은 토론의 자유다. 흔히 우리가 갖고 있는 의견이나 주장은 이성적 · 논리적 사고에 따라 치밀하게 논증된 것이 아니라 그 사회 대부분의 사람들이 옳다고 생각하는 감정이나 여론, 습관에 따라 결정된 것일 가능성이 높다. 보통 사람들은 다수의 의사를 당연한 것, 즉 아무런 의심도 없이 자명하고 정당한 것으로 받아들인다. 하지만 이것은 인류의 착각일 뿐이다.

따라서 토론과 논증을 거치지 않은 견해가 있다면, 그것은 진리가 아

7 이좌용 · 홍지호, 『비판적 사고』, 성균관대학교출판부, 2015.

니라 단지 독단일 수도 있다. 어떤 의견이든, 예를 들어 기독교를 믿는 국민이 갖고 있는 신에 대한 절대적인 믿음조차도 반대 의견을 경청하는 토론을 거침으로써 그것이 진정한 진리라는 것을 입증할 수 있어야 한다. 우리는 모든 견해에 대해 그것이 절대적으로 옳다고 믿는 무오류성의 가정을 버리고 토론을 통해, 즉 갑론을박을 통해 그 견해에 대한 근거를 따져보고 그것의 진리 여부를 판단해야 한다. 토론을 거치지 않고 비판에 열려있지 않는 진리는 진정한 진리라고 말할 수 없다. 어떤 의견도 오류일 수 있다는 가능성을 인정해야 한다.

〈표 3-2〉 분석적 요약

[1단계: 문제와 주장]

〈문제〉 우리의 믿음 중에서 토론으로부터 자유로운 절대적인 믿음이 있는가?
〈주장〉 우리가 가진 (대부분의) 믿음은 토론을 통해 검증되어야 한다.

[2단계: 핵심어(개념)]

① 토론: 믿음의 진리를 사람들 간의 이성적이고 논리적인 사고를 통해 검증하는 이론적인 절차
② 독단: 토론을 거치지 않은 무비판적인 믿음

[3단계: 논증 구성]

〈숨은 전제(기본 가정)〉 (대부분의) 인간은 합리적이고 이성적인 토론이 가능하다.[8]

〈논증〉
p_1. 사람들은 많은 믿음을 다수의 의견이라는 이유로 받아들인다.
p_2. (하지만) 그것들은 거의 대부분 검증되지 않은 것이다.
p_3. 우리가 가진 (그러한) 대부분의 믿음은 정당화되지 않는다.
C. (따라서) 정당화되지 않은 (그러한) 믿음은 토론을 통해 검증되어야 한다.

[4단계: 함축적 결론]

〈맥락(배경, 관점)〉

〈숨은 결론〉

분석적 요약을 통해 위와 같은 논증을 구성하였을 경우, 그 논증을 구성하고 있는 명제들[전제(들)와 결론(들)]을 적절한 접속사와 조사로 연결하는 것만으로도 텍스트에 대한 올바른 이해에 기초함과 동시에 핵심 주장(결론)이 이끌어지는 사고의 흐름을 잘 보여주는 요약문을 쓸 수 있다.

〈요약문 예시〉

사람들은 많은 믿음을 다수의 의견이라는 이유로 무비판적으로 받아들인다. 하지만 그것들은 거의 대부분 검증되지 않은 것이다. 그리고 검증되지 않은 그러한 대부분의 믿음은 정당화되지 않는다. 따라서 정당화되지 않은 그러한 믿음은 토론을 통해 검증되어야만 한다.

2) 흄(D. Hume), 〈자연 종교에 관한 대화〉[9]

집에도 세계에도 창조가 있다고 가정해보자. 그렇다면 집이 완벽하지 않을 때 우리는 누가 비난받아야 하는지 알고 있다. 그것은 집을 만들어 낸 목수나 벽돌공이 될 것이다. 그런데 이 세계 역시 전적으로 완벽하지는 않다. 따라서 세계의 창조자도 완벽하지 않다는 결론이 따라 나온다. 그러나 여러분은 이 결론이 불합리하다고 생각할 것이다. 이 불합리를 피하는 유일한 방법은 그런 결론으로 이끈 가정을 거부하는 것이다. 따라서 세계에는 집과 같은 방식의 창조자가 없다.

---

8 '기본 가정'과 '숨은 전제'를 구분해서 생각할 필요가 있다. 이것을 간략히 정리하면 다음과 같다. '기본 가정'은 텍스트에서 다루고 있는 문제에 대해 또는 세계에 대해 필자가 갖고 있는 기본적인 자세나 관점이라고 할 수 있다. 반면에 '숨은 전제'는 (필자의 기본적인 자세나 관점과 무관하게) 논증에서 결론을 도출하기 위해 반드시 필요한 근거나 전제를 말한다.

9 흄(D. Hume), 『자연종교에 관한 대화』, 이태하 옮김, 나남, 2008.

흄이 이 글을 통해 말하고자 한 것은 무엇인가? 즉, 그가 이 글을 통해 주장하고 있는 것은 무엇인가? 그는 이 글을 통해 "(따라서) 세계에는 집과 같은 방식의 창조자가 없다"는 것을 개진하고 있음을 어렵지 않게 찾을 수 있을 것이다. 앞서 말했듯이, 어떤 주장을 정당화하는 텍스트의 결론을 찾는 것은 비교적 어렵지 않다. 그렇다면, 흄은 그 주장을 지지하기 위해 어떤 근거들을 제시하고 있는가? 달리 말하면, 그가 제시하고 있는 '논증'의 구성과 '추리'의 내용은 무엇인가? 미리 말하자면, 흄은 위와 같은 짧은 텍스트에서 하나의 '**유비논증**'과 하나의 '**귀류논증**'을 사용하여 논증을 구성하고 있다.[10] 흄의 주장을 잘 이해하기 위해 그가 제시한 논증의 구조를 먼저 파악하고, 그것에 따라 〈분석적 요약〉을 작성해보자.

우선, 이 텍스트에 드러난 유비논증을 살펴보자. 유비논증 또는 유비추리는 일반적으로 서로 다른 대상이나 현상이 공통으로 갖고 있는 성질이나 특성의 유사성을 근거로 들어 주장을 정당화하는 추리라고 할 수 있다. 유비논증 또는 유비추리는 우리가 일상에서 아주 익숙하게 자주 사용하는 논증이라고 할 수 있다. 예컨대, 우리는 짜장면을 먹어보지 못한 미국인에게 그것을 설명할 경우, 미국인에게 익숙한 파스타를 예로 들어 짜장면을 설명할 수 있다. 간략히 말해서, 유비논증은 중요한 근거로 사용되는 대상과 유사한 속성을 가진 익숙한 대상의 속성을 비교함으로써 핵심 주장을 정당화하려는 시도라고 할 수 있다. 만일 그렇

---

10 유비논증과 귀류논증에 관한 자세한 내용은 다음의 책을 참고하는 것이 도움이 될 것이다. 코피, 코헨(I. M. Copi, C. Cohen), 『논리학 입문』, 박만준 외 옮김, 경문사, 1988, 453~466쪽; 이좌용 · 홍지호, 『비판적 사고』, 성균관대학교출판부, 2011, 142~155쪽, 188~195쪽; 김광수, 『논리와 비판적 사고』, 철학과현실사, 2007, 60쪽, 193~197쪽.

다면, 흄은 자신의 주장을 지지하기 위해 어떤 것들을 유비적 대상으로 사용하고 있는가? 이미 알아챘겠지만, 그는 '집'과 '세계'의 (설명적) 유사성에 의지하여 논증을 개진하고 있으며, 그것을 간략히 다음과 같이 정리할 수 있다.

〈표 3-3〉 흄의 유비논증

유비논증(argument by analogy)	
집	세계
↑	↑
목수(벽돌공)	창조자(신)
↑	↑
불완전 → 책임	불완전 → 책임

p_1. 집과 세계는 (설명적 구조에서) 유사하다.

p_2. 목수와 창조자는 집과 세계를 제작하였다는 점에서 유사하다.

C_1. 불완전한 집에 대한 책임이 목수에게 있다면, 불완전한 세계에 대한 책임은 창조자에게 있다.

다음으로 귀류논증 또는 귀류추리에 대해 간략히 살펴보자. 귀류논증은 일반적으로 어떤 주장이나 현상을 직접적으로 반박하거나 부정하기 어려운 경우, 그 주장이나 현상을 참으로 가정했을 때 초래되거나 발생하는 불합리한 또는 받아들일 수 없는 결과를 보임으로써 잠정적으로 참으로 가정했던 주장이나 현상을 반박하거나 부정하는 논증을 말한다. 그것을 다음과 같이 간략히 정리할 수 있다.

〈표 3-4〉 흄의 귀류논증

귀류논증(argument by reductio)
이유1. 반박하고자 하는 주장 또는 결론이 참이라고 가정하자. 이유2. 이유1이 참일 경우 해결하기 어렵거나 불합리한 결론이 도출된다. 결론. 따라서 참으로 가정하였던 주장 또는 결론이 거짓이다.

따라서 주어진 텍스트의 귀류논증을 정리하면 다음과 같다.

p_3. (집과 같은 방식의) 창조자가 있다고 하자. (가정)

p_4. (정의에 따라) 창조자는 완전(전지, 전능, 지선)하다.

p_5. 창조자가 완전하다면, 그가 만든 세계도 완전하다.

p_6. (하지만) 세계는 완전하지 않다.

C_2. 따라서 이 세계에는 (집과 같은 방식의) 창조자는 없다. (또는 창조자는 완전하지 않다.)

흄이 "집과 같은 방식의 세계의 창조자는 없다"는 주장을 정당화하기 위해 사용하고 있는 두 가지 논증을 이와 같이 분석할 수 있다면, 〈분석적 요약〉에 기초한 요약문을 다음과 같이 정리할 수 있을 것이다.

〈표 3-5〉 분석적 요약

[1단계: 문제와 주장]

〈문제〉 (집과 같은 방식의) 세계의 창조자가 있는가?
〈주장〉 (집과 같은 방식의) 세계의 창조자는 없다.

[2단계: 핵심어(개념)]

창조자: 세계를 만들어낸 완벽한 존재

[3단계: 논증 구성]

〈숨은 전제(기본 가정)〉 창조자는 완전[전지, 전능, (지고)지선]하다.

〈논증〉
p_1. 만일 세계의 창조자가 있다면, 그는 세계를 만들었을 것이다.
p_2. 집이 완벽하지 않다면, 그 집을 만들어낸 사람을 비난해야 한다.
c_1. 세계가 완벽하지 않다면, 그 세계를 만들어낸 존재를 비난해야 한다.
p_4. (그런데) 세계는 완벽하지 않다.
c_2. (따라서) 그는 비난받아야 한다.
p_5. (그런데) (정의에 따라서) 그는 완전하다. (숨은 전제)
C. (따라서) 세계의 창조자가 이 세계를 만들었다는 가정은 오류다.

[4단계: 함축적 결론]

〈맥락(배경, 관점)〉

〈숨은 결론〉

〈요약문 예시〉

만일 세계의 창조자가 있다면, 그는 세계를 만들었을 것이다. 집이 완벽하지 않다면, 그 집을 만들어낸 사람을 비난해야 한다. 마찬가지로 세계가 완벽하지 않다면, 그 세계를 만들어낸 존재를 비난해야 한다. 세계는 완벽하지 않다. 그는 비난받아야 한다. 하지만 (정의에 따라서) 그는 완전하다. 따라서 세계의 창조자가 이 세계를 만들었다는 가정은 오류다.

3) 아인슈타인(Albert Einstein)[11]

> ① 전능하고 정의롭고 공정한 인격적 신이 존재한다는 관념이 인간에게 위로와 도움과 길잡이가 되어줄 수 있을 것이라는 점은 분명히 아무도 부인하지 않을 것이다. ② 그러나 반대로 이 관념 자체에는 결정적인 약점이 따라다니는데, 그것은 태초부터 고통스럽게 느껴져 왔던 것이다. ③ 만일 이 존재가 전능하다면, 인간의 모든 행동, 인간의 모든 사고, 인간의 모든 감정 및 열망을 포함한 모든 일들은 또한 그의 작품이다. ④ 어떻게 그와 같은 전능한 존재를 앞에 두고서 인간에게 그들의 행위와 사고에 대해 책임을 묻는 것을 생각할 수 있단 말인가?

앞에서 다룬 밀과 흄의 텍스트를 활용한 〈분석적 요약〉 연습은 핵심 주장이 명시적으로 드러나 있는 경우에 해당한다. 반면에 여기서 다룰 아인슈타인의 텍스트는 '명시적 결론'과 그 결론에 숨겨진 전제를 추가함으로써 도출할 수 있는 '함축적 결론'이 모두 있는 경우라고 할 수 있다. 따라서 아래의 글에 대한 〈분석적 요약〉과 그것에 기초한 요약문은 두 가지 형식을 갖는다. 〈분석적 요약〉에 앞서 주어진 텍스트를 간략히 살펴보자. 진술문 ①와 ②는 논증을 구성할 때 직접적으로 사용되지 않는 불필요한 요소라는 것을 알 수 있다. 말하자면, 그것들은 '문제 제기'를 하기 위한 장치로 사용되고 있을 뿐이다. 만일 그렇다면, 결국 이 텍스트에서 핵심 논증을 구성하고 있는 진술문은 ③과 ④라는 것을 알 수 있다. 이제, 아인슈타인이 이 텍스트를 통해 말하고자 하는 것이 무엇인지 〈분석적 요약〉을 통해 살펴보자.

---

11 이좌용 · 홍지호, 『비판적 사고』, 성균관대학교출판부, 2011, 102~105쪽 참조.

〈표 3-6〉 명시적 분석을 통한 논증 구성

[1단계: 문제와 주장]

〈문제〉	인간의 행위와 사고에 대해 책임을 물을 수 있는가?
〈주장〉	인간의 행위와 사고에 대해 책임을 물을 수 없다.

[2단계: 핵심어(개념)]

신(Holy Divine): 전지, 전능, (지고)지선한 존재다.

[3단계: 논증 구성]

〈숨은 전제(기본 가정)〉

사고와 행위를 포함하여 그것을 만든 자에게 책임이 있다.

〈논증〉

p_1. 신은 전능하고 정의롭고 공정하다. (신에 대한 정의)

p_2. 신이 전능하다면, 인간의 모든 행동, 사고, 감정 및 열망을 포함한 모든 일들은 신의 작품이다.

p_3. (인간의 사고와 행위를 포함하여, 그것을 만든 제작자만이 그 산물에 대한 책임이 있다.)

C. 따라서 인간에게 도덕적 책임을 물을 수 없다.

[4단계: 함축적 결론]

〈맥락(배경, 관점)〉

〈숨은 결론〉

〈요약문 예시 1〉 명시적 분석

신에 대한 통념적인 정의에 따르면, 신은 전능하고 정의롭고 공정하다. 그렇다면 신이 전능할 경우 인간의 모든 행동, 사고, 감정 및 열망을 포함한 모든 일들은 신의 작품이다. 그것은 인간의 사고와 행위를 포함하여, 그것을 만든 제작자만이 그 산물에 대한 책임이 있다는 것을 의미한다. 따라서 인간에게 도덕적 책임을 물을 수 없다.

위에서 제시한 〈분석적 요약〉은 '**명시적 분석**에 의거한 논증 구성'이다. 말하자면, 이것은 주어진 텍스트에서 명시적으로 찾을 수 있는 근거만을 사용하여 논증을 구성하고 있다. 반면에 다음에 제시할 〈분석적 요약〉은 '**함축적 분석**에 의거한 논증 재구성'이다. 간략히 말하면, 함축적 분석에 의거한 논증 재구성은 주어진 텍스트에서 명시적으로 제시하고 있지 않은 '숨은 가정이나 암묵적 전제' 또는 주어진 문제에 대한 '필자의 기본적인 관점이나 배경에 따른 맥락'을 '명시적 분석에 의거한 논증'에 추가하여 논증을 재구성하는 것이다.

〈표 3-7〉 함축적 분석을 통한 논증의 재구성

[1단계: 문제와 주장]		
	〈문제〉	신은 전능한가?
	〈주장〉	신이 전증하다는 생각에 문제를 제기할 수 있다. (또는 신은 전능하지 않다.)
[2단계: 핵심어(개념)]		
	신(Holy Divine): 전지, 전능, (지고)지선한 존재다.	
[3단계: 논증 구성]		
	〈숨은 전제(기본 가정)〉 사고와 행위를 포함하여 그것을 만든 자에게 책임이 있다. 인간은 도덕적 책임이 있는 존재다.	
	〈논증〉 p_1. 신은 전능하고 정의롭고 공정하다. (신에 대한 정의) p_2. 신이 전능하다면, 인간의 모든 행동, 사고, 감정 및 열망을 포함한 모든 일들은 신의 작품이다. p_3. (인간의 사고와 행위를 포함하여, 그것을 만든 제작자만이 그 산물에 대한 책임이 있다.) C_1. 따라서 인간에게 도덕적 책임을 물을 수 없다.	

[4단계: 함축적 결론]	
	〈맥락(배경, 관점)〉
	〈숨은 결론〉
	p_4. **(인간은 도덕적 책임이 있는 존재다.)** C. **따라서 신의 전능함에 대해 문제를 제기할 수 있다.(또는 'p1'과 같은 신에 대한 정의에 문제를 제기할 수 있다.)**

〈요약문 예시 2〉 함축적 분석

신에 대한 통념적인 정의에 따르면, 신은 전능하고 정의롭고 공정하다. 그렇다면 신이 전능할 경우 인간의 모든 행동, 사고, 감정 및 열망을 포함한 모든 일들은 신의 작품이다. 그것은 인간의 사고와 행위를 포함하여, 그것을 만든 제작자만이 그 산물에 대한 책임이 있다는 것을 의미한다. 따라서 인간에게 도덕적 책임을 물을 수 없다. 그런데 인간은 도덕적 책임이 있는 존재다. 따라서 신의 전능함에 대해 문제를 제기할 수 있다.

4) 김상봉 교수 칼럼[12]

'김상봉 교수 칼럼'을 분석적으로 요약하기에 앞서 이 텍스트의 구조에 관해 살펴보는 것이 좋을 듯하다. 미리 말하자면, 이 텍스트는 비록 신문에 기고한 칼럼으로서 한정된 지면으로 인해 주요 논증을 아주 꼼꼼히 제시했다고 볼 수는 없다고 하더라도, 정당화 문맥의 '논증적 글쓰

12 김상봉, "학교 체벌에 대하여", 『경향신문』, 2010.08.03., http://news.khan.co.kr/kh_news/khan_art_view.html?artid=201008032104235&code=990000

기'가 갖추어야 할 일반적인 구조를 잘 보여주고 있기 때문이다. 그 까닭을 좀 더 자세히 살펴보자. (이것은 '분석적 논평'과 '논평글 쓰기'와 밀접한 관련이 있다. 이것에 관한 자세한 내용은 제4장에서 다룬다.)

〈표 3-8〉 김상봉 교수 칼럼의 형식적 구조

얼마 전에 팔레스타인 가자지구를 향해 구호물자를 싣고 가던 선박을 이스라엘군이 공격해서 배에 타고 있던 사람들이 최소 19명이나 숨지는 사고가 있었다. 수십 년 동안 계속되는 이스라엘의 야만을 볼 때마다 나는 부당한 폭력에 저항하는 것이 얼마나 중요한가를 새삼 곱씹게 된다.		서론
무슨 말이냐면, 이스라엘이 팔레스타인에 대해 그토록 집요하게 야만적인 폭력을 행사하는 까닭은 그들이 아우슈비츠에서 나치 독일의 야만적 폭력에 저항하지 못했기 때문이다. 30년 전 광주 시민들이 계엄군의 폭력에 맞서 목숨을 걸고 저항했듯 나치 독일의 폭력에 저항할 수 있었더라면 지금 이스라엘도 팔레스타인 사람들에게 그렇게 야만적인 폭력을 무시로 행사하지 않을 수 있었을 것이다. 부당한 폭력에 저항할 줄 아는 사람은 다른 사람도 부당한 폭력에 저항할 수 있음을 안다. 하지만 부당한 폭력에 저항하지 못하고 끝까지 당하기만 했던 사람은 남들이 자신의 부당한 폭력에 저항할 수 있으리라는 생각을 하지 못하고, 폭력을 가하면 자기처럼 굴종하리라 생각한다.	논증 1	
폭력은 또 다른 폭력을 낳아 그리고 더 나쁜 것은, 자기보다 강한 자의 폭력에 저항하지 못하고 당하기만 하는 사람은 반드시 자기보다 약한 자에게 폭력을 행사하게 된다는 사실이다. 폭력도 일종의 힘으로 관성의 법칙을 따른다. 그리하여 저항을 통해 멈추게 하지 않으면 반드시 계속 이어져 다른 곳으로 전달된다. 나치의 폭력에 유대인들이 저항하지 못했으니, 그 폭력은 멈추지 않고 다시 이스라엘에서 팔레스타인으로 이어지는 것이다. 그러므로 세계 평화를 진심으로 염원하는 사람이라면 팔레스타인 사람들의 저항에 연대하는 것이 하나의 도덕적 의무라고 나는 생각한다.	논증 2	본론
그런데 우리의 삶에는 누구든 타인의 폭력에 무방비 상태로 내맡겨져 있는 단계가 있다. 저항하고 싶어도 저항할 수 없는 상황이 있는 것이다. 부모의 폭력이나 교사의 폭력 앞에서 어린이는 저항하고 싶어도 저항할 수 없다. 그것은 물리적으로 불가능할 뿐만 아니라 부도덕한 일이라고 간주되기 때문이다. 그리하여 어린이는 부모와 교사의 폭력 앞에 저항할 수 없는 상태, 전적인 무기력 상태에 놓여 있다.	가능한 반론	

하지만 집에서는 부모에게, 학교에서는 교사에게 무방비 상태에서 얻어맞는 학생은 대개 이스라엘이 팔레스타인에 폭력을 가하듯 자기보다 약한 자에게 폭력을 행사함으로써 자기가 받은 폭력을 보상받으려 한다. 희생자는 자기의 동생일 수도 있고 학교의 후배나 동급생일 수도 있다. 그리고 그런 아이가 어른이 되면 다시 자기 자식이나 가난한 이웃집 어린이가 폭력의 대상이 될 것이다. 어디서든 저항을 통해 부당한 폭력을 멈추게 하지 않으면 폭력은 다른 폭력을 낳으면서 끝없이 이어지게 된다. 이 과정이 계속되면 전 사회적으로 폭력의 총량은 증폭되고 세상은 점점 더 지옥을 닮아가게 되는 것이다.	재반론	
…		결론

〈서론〉

서론은 일반적으로 "문제 상황을 제시하고, 독자의 관심을 유도하며, 필요할 경우 핵심 주장을 제시"하는 것과 같은 내용으로 구성할 수 있다. 이와 같은 기준에 비추어 보았을 때, 이 텍스트의 서론은 비록 두 문장으로 이루어졌지만 그 조건을 잘 충족하고 있는 듯이 보인다. 말하자면,

문제 상황 관심 유도	얼마 전에 팔레스타인 가자지구를 향해 구호물자를 싣고 가던 선박을 이스라엘군이 공격해서 배에 타고 있던 사람들이 최소 19명이나 숨지는 사고가 있었다.
핵심 주장	수십 년 동안 계속되는 이스라엘의 야만을 볼 때마다 나는 부당한 폭력에 저항하는 것이 얼마나 중요한가를 새삼 곱씹게 된다.

〈본론〉

필자는 본론에서 주어진 문제 또는 문제 상황에 대한 자신의 생각과 입장을 보여주어야 한다. 간략히 말해서, 본론은 일차적으로 '핵심 주장과 그 주장을 뒷받침하는 근거(이유, 전제)'로 이루어진 '논증'으로 구성된다. 여기에 더하여 필자의 핵심 주장에 대해 제기될 수 있는 '가능한

반론과 그것에 대한 재반론'이 추가된다면, 필자 자신의 생각만을 보여 주는 것이 아닌 반대 입장을 고려함으로써 논의의 '공정성'과 '충분성'을 확보할 수 있다. (이것에 관해서는 〈분석적 논평〉에서 좀 더 자세히 다룰 것이다.) 이와 같은 본론의 일반적인 내용에 비추어 보았을 때, 이 텍스트는 다음과 같은 구조를 갖고 있다고 볼 수 있다.

〈표 3-9〉 김상봉 교수 칼럼의 논리적 구조

논증 1	① 이스라엘인은 나치 독일의 폭력에 저항하지 못했다. ② 광주 시민은 계엄군의 폭력에 저항했다. ③ (소결론):
논증 2	① 폭력도 일종의 힘으로 관성의 법칙을 따른다. ② 저항을 통해 멈추지 않으면 폭력은 확대되고 재생산된다. ③ (소결론):
가능한 반론	① 폭력에 저항할 수 없는 상태가 있다. ② 폭력에 무방비 상태로 노출되어 있는 경우가 있다.
재반론	① 폭력의 희생자는 다른 이에게 폭력을 행사함으로써 보상을 받으려 한다. ② 이것은 '논증 1 & 논증 2'의 결론에 부합한다.

〈결론〉

결론은 일반적으로 "본론의 핵심 내용을 간략히 요약하거나 핵심 주장을 강조"하는 것으로 구성된다. 여기에 더하여 '필자의 주장이 갖는 의의' 등을 밝힘으로써 자신의 주장이 갖는 중요성을 강조할 수도 있다. 또는 핵심 문제와 관련된 앞으로의 전망이나 새로운 연구 방향 등을 제시함으로써 논의가 나아가야 할 방향을 제시할 수도 있다.

이제, [연습 4: 김상봉 교수 칼럼]을 〈분석적 요약〉에 의거하여 '요약문'을 작성해보자.

〈표 3-10〉 분석적 요약

[1단계: 문제와 주장]

〈문제〉	(부당한) 폭력에 저항해야 하는가? (또는 부당한 폭력에 저항하는 것은 도덕적 의무인가?)
〈주장〉	(부당한) 폭력에 저항해야 한다. (또는 부당한 폭력에 저항하는 것은 도덕적 의무다.)

[2단계: 핵심어(개념)]

(부당한) 폭력: 강자가 약자에게 폭력을 행사함으로써 자기가 받은 폭력에 대한 보상을 받으려는 행위다.
저항: (부당한) 폭력을 멈추기 위해 그것에 맞서는 행위다.

[3단계: 논증 구성]

〈숨은 전제(기본 가정)〉
일상적 언어인 '폭력'은 그것의 내용에 따라 '부당한' 것과 '정당한' 것으로 구분할 수 있다.

〈논증〉
p_1. (부당한) 폭력은 강자가 약자에게 폭력을 행사함으로써 자기가 받은 폭력에 대한 보상을 받으려는 행위다. (부당한 폭력에 관한 정의)
p_2. 이스라엘은 (광주 시민과 달리) 나치 독일의 야만적 폭력에 저항하지 못했다.
p_3. 그들은 팔레스타인에 지속적으로 야만적인 폭력을 행사한다.
c_1. 부당한 폭력에 저항하지 못한 사람은 다른 사람도 부당한 폭력을 인정할 것이라고 생각한다.
c_2. 부당한 폭력에 저항할 줄 아는 사람은 다른 사람도 부당한 폭력에 저항할 수 있음을 안다.
(부당한) 폭력은 또 다른 (부당한) 폭력을 낳는다.
p_4. (부당한) 폭력의 행사가 계속되면 폭력의 총량은 증폭되고 세상은 지옥을 닮아간다.
p_5. ⑥ & ⑦은 수용할 수 없는 결과다. (또는 도덕적으로 수용할 수 없다.)
C. 부당한 폭력에 저항하는 것은 도덕적 의무다.

[4단계: 함축적 결론]

〈맥락(배경, 관점)〉

〈숨은 결론〉

〈요약문〉

5) 피셔(Ernst Peter Fisher), 오류의 편안함

피셔는 아래의 글을 통해 '인간이 과학에서 오류 또는 실수를 저지르는 원인'에 대해 주장하고 있다. 이 텍스트는 앞서 연습한 텍스트에 비해 글의 분량은 더 많지만, 논증 구조를 파악하기는 더 쉽다고 할 수 있다. 피셔의 주장을 〈분석적 요약〉을 통해 파악하고, 그의 핵심 주장이 인간의 과학 활동뿐만 아니라 일상생활을 포함하는 인간의 다른 영역에도 적용될 수 있는지 생각해보자.

과학은 인간의 활동이다. 인간은 오류를 범할 수 있다. 따라서 과학에는 오류들이 있다. 그것도 허다하다. 논리적으로 이토록 단순하고 명백한 사실을 이상하게도 대중은 의아하게 여긴다. 당신도 마찬가지이며 당신은 짜증이 날 정도로 많은 오류를 자주 범한다고 이야기해주면 아마도 눈을 더욱더 부릅뜨며 화를 낼 것이다. 대중은 심지어 몇몇 사실들을 아예 알고자 하지 않는다. 매우 큰 소리로 거듭해서 알려주고 최고로 정확하고 상세하게 설명해도 아랑곳없다. 세 가지 사례를 살펴보자.

가장 간단한 첫 번째 사례는 알베르트 아인슈타인이 열등한 학생이었다는 이야기다. 진실은 정반대다. 실제로 아이슈타인은 학년에서 가장 우수한 학생이었다. 물론 그는 좋은 성적을 받으려고 무섭게 덤비는 학생은 아니었다. 다른 10대들과 마찬가지로 그는 무의미한 암기와 시험을 위한 연습을 증오했다. 하지만 아인슈타인의 성적은 좋았다. 라틴어에서는 적어도 한 번 2점을 받았고, 그리스어에서는 항상 좋은 성적을 받았으며, 수학 성적은 초기에 1점과 2점을 오가다가 결국 1점에 정착했다. 또한 대학에서도 상위권 학생이었다. 교사들은 아인슈타인의 다른 측면에 대하여 아쉬움을 표현했다. 아인슈타인이 스위스 취리히에서 대학에 다닐 때 어느 강사는 이렇게 말했다고 한다. "자네는 영리한 청년이야. 하지만 도무지 말을 안 하는 것은 큰 실수라네."

아무튼, 언제 어떻게 열등생 아인슈타인에 대한 소문이 세상에 떠돌기 시작했을까? 쉽게 설명할 수 있다. 아인슈타인은 한동안 스위스에서 학교에 다녔고, 그곳의 성적은 점수로 매겨진다. 그런데 그 점수가 특이하다. 독일의 최고 점수인 1점은 스위스에서 6점이다. 아인슈타인의 성적표에 기재된 점수가 바로 그것이다. 안타깝게도 아인슈타인의 전기를 처음 쓴 저자는 이 점을 몰랐다. 많은 이들은 그 전기에서 처음으로 열등생 아인슈타인에 대한 이야기를 접했고, 그 이야기는 찬란한 성적을 받지 못한 모든 이들의 (혹은 그들의 자녀들의) 마음에 들었다. 보잘것없는 성적을 받았지만 나중에 아인슈타인이 될 수 있다는 희망을 품게 해주었기 때문이다. 그 희망은 결국 수그러들어도 또 다른 글들을 읽지 않는 한 소문은 남는다.

대중의 오류를 보여주는 두 번째 사례는 약간 더 전문적이다. 아주 유명하지만 읽은 사람은 거의 없는 작품으로, 그레고어 멘델이 1865년에 쓴 "식물 잡종에 관한 실험"이라는 논문이 있다. 그런데 그 논문에는 '유전'이라는 단어도 유전법칙도 등장하지 않는다. 그렇다면 모든 생물학 책들이 '멘델의 법칙'이라는 이름으로 소개하고 모든 학생들이 배워야 하는 그 법칙의 진짜 창안자는 누구인가라는 흥미로운 질문이 제기되어야 할 것이다.

그 질문에 대답하려면 우선 세 명의 유전 연구자들이 같은 시기에 활동했다는 사실을 지적해야 한다. 그들은 수도사 멘델이 했던 것과 유사한 실험을 1900년경에 했다. 물론 실험 동기는 멘델과 달랐고 각자 상이했지만 말이다.

그리하여 유사한 결과들이 얻어졌고, 최초의 발견을 둘러싼 논쟁이 불거질 뻔했지만, 그때까지 읽히지 않은 채 잠들어 있던 멘델의 글이 발견되어 논쟁은 일단락되었다. 멘델은 그렇게 20세기에 발견되었다. 19세기의 사람들은 멘델을 이해하지 못했다. 왜냐하면 (여러 문헌에서 전하는 바와 달리) 멘델의 글이 이해하기 어렵거나 이해할 수 없는 수준이었기 때문이다. 멘델의 논문은 영국 생물학자 윌리엄 베이트슨이 1900년 이후에 영어로 번역한 덕분에 비로소 이해되었다. 번역 과정에서 베이트슨은 멘델이 남긴 불명료한 대목들을 손질하여 원문을 개선했다. 그리하여 영국과 미국의 연구자들은 오로지 개선을 통해 절대적으로 탁월하게 보이는 멘델만을 접했고, 즉시 그를 유전학의 아버지로 떠받들었다. 그리고 독일어권도 언제인가부터 그들의 견해에 동조하게 되었다.

대중적 오류의 세 번째 사례도 유전학과 관련이 있다. 현대의 유전학은 멘델이 재발견된 이래로 유전자가 존재한다는 것을 매우 정확히 알고 있지만, 유전자가 어떻게 작동하는지는 그다지 정확히 알지 못한다. 컴퓨터가 등장한 이후 대중은 '프로그램'이라는 단어에 익숙해졌다. 사실 그 단어는 과거에도 여행 프로그램, 영화 프로그램, 텔레비전 프로그램, 세탁기 프로그램 등의 형태로 일상에 존재했다. 어느새 그 단어는 마법의 주문이 되어 우리에게 생명에도 프로그램이 있을 수 있다는 메시지를 전하는 사람들에 의해 애용된다. 생명의 프로그램은 유전자에 들어 있다고 한다. 유전자가 우리 안에서 유전 프로그램을 작동시키고 그 덕분에 생명이 산출된다고 한다.

이 생각들이 부조리하고 틀렸다는 것을 쉽게 지적할 수 있다. 연극의 무대와 객석만 상상해보면 된다. 이를테면, 희극이 공연되고 있는 무대에서 일어나는 일은 프로그램된 것이다. 왜냐하면 각본이 있고 배우들은 그 각본에 따라 행동하기 때문이다. 그러나 객석에서 일어나는 일은 매일 저녁 동일하고 매우 규칙적이라 하더라도 (사람이 와서 박수를 치며 환호하거나 졸고 돌아간다) 프로그램 된 것이 아니다. 규칙적이고 반복적으로 진행되지만, 그 기반에 확고한 프로그램이 없는 과정들이 생명에도 매우 많이 존재한다. 그러나 컴퓨터에 취한 시대에 이 말을 들어주는 귀는 거의 없다. 귀 있는 자라 할지라도 듣고 싶은 것만 듣기 마련이다. 싸구려 마법의 주문에 기대어 필수적인 반성을 회피하는 것을 보면 다수의 대중은 진실이 무엇인지 전혀 알고 싶지 않은 것 같다.

지금까지 언급한 세 가지 오류의 공통점을 '편안함'이라는 개념에서 찾을 수 있을 것이다. 삶의 행로가 프로그램으로 설명된다면 아주 편안할 것이다. 더 반성할 필요가 없을 것이다. 단 한 명의 천재적인 유전학 창시자를 소리 높여 부를 수 있다면 아주 편안할 것이다. 표면 아래서 실제로 일어난 일들에 대하여 질문할 필요가 없을 테니까. 아인슈타인을 열등생으로 묘사하면 아주 편안할 것이다. 손가락을 들어 선생들을 가리키면서 비웃음을 날릴 수 있을 테니까. 그러면서 다른 세 손가락이 도리어 자기 자신을 가리키고 있다는 사실을 아무렇지도 않게 무시할 수 있을 테니까. 그러나 정말 중요한 것은 그 반대 방향, 오류가 시작되는 지점을 가리키는 그 세 손가락이다.[13]

피셔(Ficher, Ernst Peter), 『과학을 배반하는 과학』, 전대호 옮김, 해나무, 2007.

〈표 3-11〉 분석적 요약

[1단계: 문제와 주장]	
〈문제〉	사람이 오류를 저지르는 이유는 무엇인가?
〈주장〉	사람은 편안함 때문에 오류를 저지른다.
[2단계: 핵심어(개념)]	
	① 오류: 진리(실) 또는 사실이 은폐된 잘못된 지식 또는 정보 ② 편안함: 사람이 오류를 저지르게 만드는 원인
[3단계: 논증 구성]	
	〈숨은 전제(기본 가정)〉 (대부분의) 사람은 편안함을 선호한다.
	〈논증〉 p_1. 아슈타인이 열등생이었다는 통념은 오류다. p_2. 멘델이 유전 또는 유전법칙이라는 용어를 최초로 사용했다고 여기는 생각은 오류다.

13 피셔(Ficher, Ernst Peter), 『과학을 배반하는 과학』, 전대호 옮김, 해나무, 2007.

p_3. 생명에도 (일종의) 프로그램이 있다고 생각하는 것은 오류다.
c_1. 이와 같은 오류는 우리를 편안하게 해준다.
p_4. (사람은 일반적으로 편안한 것을 선호한다.)
c_2. 이와 같은 오류는 편안함으로부터 초래된다.

[4단계: 함축적 결론]

〈맥락(배경, 관점)〉

p_5. 오류는 사실을 은폐한다.
p_6. 사실을 은폐하는 오류는 바로잡아야 할 필요가 있다.

〈숨은 결론〉

C. 우리는 사실과 진리를 파악하기 위해 반성해야 한다.

〈요약문 예시〉

인간은 (신과 같이 완전한 존재가 아니기에) 오류를 범할 수 있다. 만일 그렇다면, 우리는 과학을 포함한 여타의 학문 활동 또한 불완전한 인간이 행하는 것이기 때문에 오류가 있을 수 있다고 추론할 수 있다. 피셔는 과학사에서 대표적인 세 가지 오류의 예를 든다. 첫째, 아인슈타인이 열등생이었다는 통념, 멘델이 유전 또는 유전법칙이라는 용어를 최초로 사용했다고 여기는 생각, 그리고 생명에도 프로그램이 있다고 생각하는 것이다. 이와 같은 오류의 사례들은 한 가지 공통점이 있다. 말하자면, (적어도 과학사에서) 그러한 오류들은 '편안함'으로부터 초래된다. 그리고 이렇듯 편안함으로부터 초래되는 오류는 '사실(진리)'을 은폐한다. 하지만 우리는 오류가 아닌 사실을 파악해야 한다. 그것은 '반성'을 통해 얻어질 수 있다. 따라서 우리는 사실과 진리를 파악하기 위해 끊임없이 반성해야 한다.

제4장
분석적 요약에 기초한 분석적 논평

1

분석적 요약과 분석적 논평의 관계

이번 장에서 다룰 〈분석적 논평〉은 앞서 논의한 〈분석적 요약〉과 밀접한 관련을 가지고 있다. 간략히 말하자면, 분석적 논평은 분석적 요약을 통해 텍스트를 올바르게 이해한 다음 그것에 대해 논평자의 생각과 주장을 개진하는 것이다. 분석적 논평의 구성과 형식에 대해 구체적으로 살펴보기에 앞서 분석적 요약의 중요한 내용 및 요약과 논평의 관계를 다시 한 번 확인하는 것이 도움이 될 것이다.

〈표 4-1〉 '분석'과 '평가'의 중요한 내용

✓ 분석	✓ 평가
✓ 사고 과정의 중요한 요소들을 추려내어 체계적으로 재구성하는 것	✓ 분석된 내용의 개념, 논리성, 함축적 결론의 수용 가능성 등을 따져 보는 것
⇧	⇧
결론적 주장(핵심 주장)	함축(적 결론): 핵심 주장과 논의의 맥락 및 추가된 정보로부터 도출할 수 있는 숨은 결론
⇧	⇧

(주장을 지지하는) 이유(근거)들 • 명시적 이유: 텍스트에 드러난 이유 • 생략된 이유: 숨은 또는 암묵적 가정	• 논리성 (타당성과 수용 가능성) • 논의의 맥락(배경, 관점)
⇧	
(이유를 뒷받침하는) 중요 요소들 • 사실적 정보 • 중요한 개념	• 개념의 명료함과 분명함 • 사실의 일치성

1) 분석적 요약의 중요 내용

〈표 4-2〉 분석적 요약의 요소들

	중요 요소	내용
①	문제	의문문 형식: '~은 무엇인가?'
②	주장	명제 형식: '~는 무엇이다' 또는 '필자는 ~고 주장한다'
③	핵심어	용어(단어)에 대한 정의(definition)
④	기본 가정	숨은 전제: 필자가 암묵적으로 참으로 가정하고 있는 근거
⑤	근거	명제 형식: 개념적 근거 + 사실적(자료적) 근거
⑥	맥락(배경/관점)	글의 배경과 필자의 관점에 따른 맥락의 차이
⑦	함축	맥락과 추가된 근거에 의해 도출할 수 있는 숨은 결론

2) 분석적 논평: 정당화 문맥의 주요 속성

분석의 대상이 되는 텍스트가 어떤 주장을 펼치고 있는 정당화 문맥일 경우 그 텍스트의 각 요소들은 다음과 같은 속성을 가지며, 분석적 논평은 그것을 기준으로 이루어진다.

〈표 4-3〉 '분석적 논평'의 중요한 내용

	요소	내용	기준	
①	문제는	중요하고 적절하며 일관적인가?	(문제의) 중요성	(1)
②	주장은	제기된 문제와 유관하고 명확하게 답변하고 있는가?	(주장의) 유관성과 명확성	
③	핵심어는	애매하거나 모호한 부분이 없는가?	(개념의) 명료함과 분명함	(2)
④	논증은	형식적으로 타당하고 근거와 주장이 정합적인 관계를 형성하고 있는가?	(논증의) 형식적 타당성	(3)
⑤		논증에서 사용된 근거들은 사실적으로 정확하고 합리적으로 수용할 수 있는가?	(논증의) 내용적 수용 가능성	
⑥	(가능한) 반론은	검토되었으며 적절한 재반론을 통해 반박하고 있는가?	(반론 검토를 통한) 공정성과 충분성	(4)

분석적 논평의 중요한 평가 요소는 문제와 주장의 '① 중요성, ② 유관성과 명확성', 개념의 '③ 명료함과 분명함', 논증의 '④ 형식적 타당성, ⑤ 내용적 수용 가능성', 그리고 반론 검토를 통한 '⑥ 공정성과 충분성'과 같이 6가지로 구분할 수 있다. 하지만 위의 표에서 볼 수 있듯이, '① & ②' 그리고 '④ & ⑤'는 한 쌍으로서 함께 검토하고 비판해야 하는 구조를 갖고 있다. 따라서 6가지 중요 구성 요소를

(1) 문제와 주장의 "**중요성, 유관성, 명확성**",
(2) 개념의 "**명료함과 분명함**",
(3) 논증의 "**형식적 타당성과 내용적 수용가능성**",
(4) 반론 검토를 통한 "**공정성과 충분성**"

과 같은 '4가지 요소'로 간략히 구분할 수 있다.

3) 〈분석적 요약〉과 〈분석적 논평〉의 상관관계

앞서 말했듯이, 〈분석적 요약〉과 〈분석적 논평〉은 서로 대응하는 구조로 이루어져 있다고 볼 수 있다. 따라서 〈분석적 논평〉은 〈분석적 요약〉에서 중점적으로 분석한 내용에 대해 논평자의 입장과 관점에서 비판적으로 평가하는 것을 뜻한다. 〈분석적 요약〉과 〈분석적 논평〉의 상관관계와 세부적인 내용을 정리하면 다음과 같다.

〈표 4-4〉 '분석적 요약'과 '분석적 논평'의 대응적 상관관계

	분석적 요약		분석적 논평
(1)	문제 주장과 함축	→	(문제의) 중요성 (문제와의) 유관성과 명확성
(2)	핵심어(개념)	→	(개념의) 명료함과 분명함
(3)	논증	→	논리성 (형식적 타당성, 내용적 수용 가능성)
(4)	제기될 수 있는 반론과 재반론	→	(논의의) 공정성과 충분성

〈표 4-5〉 '분석적 논평'의 중요 요소, 항목, 내용

	중요 요소	항목	내용
①	중요성 유관성 명확성	문제 + 주장	• 중요한 문제를 다루고 있는가? • 문제와 주장은 유관한가? • 문제에 대해 명확한 답변을 하고 있는가?
②	명료함 분명함	핵심어(개념)	• 애매하거나 모호한 개념과 문장은 없는가? • 부당하게 재정의된 개념은 없는가? (은밀한 재정의의 오류)

	중요 요소	항목	내용
③	논리성 (형식적 타당성, 내용적 수용 가능성)	근거 (+ 숨은 근거) 주장	• 근거와 주장은 형식적인 측면에서 타당하게 구성되어 있는가? • 근거와 주장은 정합적이고 강한 관련성을 갖고 있는가? • 개별 근거들은 모두 참이라고 수용할 수 있는가?
④	공정성 충분성	(제기할 수 있는) 가능한 반론과 재반론	• 필자에게 유리한 근거만을 사용하였는가? • 근거와 자료를 자의적으로 해석하였는가? • 논의를 전개하기 위해 필요한 것이 모두 고려되었는가? • 가능한 반론에 대한 재반론은 충분히 이루어졌는가?

〈분석적 요약〉에 의거한 〈분석적 논평〉의 한 예를 '파스칼의 글'을 통해 살펴보자. 아래에 제시한 글은 파스칼의 『팡세』의 일부분이다. 결론부터 말하자면, 이 글은 숨은 전제(암묵적 가정)가 '있고 없음'에 따라 두 가지 형식의 〈분석적 요약〉을 도출할 수 있을 것 같다. 따라서 〈분석적 논평〉 또한 두 가지 형식으로 제시할 수 있을 것이다. 이 글을 분석적으로 요약하면 아래와 같이 정리할 수 있을 것이다.

『팡세』, 파스칼(B. Pascal)

인간은 한 개의 갈대에 지나지 않는다. 자연 중에서 가장 약한 갈대다. 그러나 인간은 생각하는 갈대다. 그를 부수기 위해서는 온 우주가 무장하지 않아도 된다. 한 줄기의 증기, 한 방울의 물을 가지고도 그를 충분히 죽일 수 있다. 그러나 우주가 쉽게 그를 부술 수 있다고 해도 인간은 자기를 죽이는 자보다 존귀할 것이다.

인간은 자기가 반드시 죽어야 한다는 사실과 우주가 자기보다 힘이 세다는 사실을 알고 있지만 우주는 그것을 모르는 것이다. 그러므로 우리의 모든 존엄성은 사고에 있다.

〈표 4-6〉 [분석적 요약1] 명시적 분석에 의거한 논증 구성

[1단계: 문제와 주장]		
	〈문제〉	인간의 존엄성은 사고하는 능력에 있는가?
	〈주장〉	인간의 존엄성은 사고하는 능력에 있다.
[2단계: 핵심어(개념)]		
	사고: 생각하는 능력	
[3단계: 논증 구성]		
	〈숨은 전제(기본 가정)〉	
	〈논증〉 p_1. 인간은 갈대와 같이 약하나 생각하는 존재다. p_2. 인간은 사멸하는 유한한 존재임을 안다. ('p1.'으로부터) c_1. 우주는 (적어도 물리적인 또는 불멸의 측면에서) 인간보다 우월하다. p_3. 우주는 강하지만 생각하지 못한다. p_4. 사고하는 능력은 존엄성을 보장한다. C. 따라서 인간의 존엄성은 사고에 있다.	
[4단계: 함축적 결론]		
	〈맥락(배경, 관점)〉	
	〈숨은 결론〉	

〈표 4-7〉 [분석적 요약2] 함축적 분석에 의거한 논증 구성

[1단계: 문제와 주장]		
	〈문제〉	인간의 존엄성은 사고하는 능력에 있는가?
	〈주장〉	인간의 존엄성은 사고하는 능력에 있다.
[2단계: 핵심어(개념)]		
	사고: 생각하는 능력	
[3단계: 논증 구성]		
	〈숨은 전제(기본 가정)〉 **사고하는 능력을 가진 것이 그렇지 못한 것에 비해 우월(존엄)하다.**	

	〈논증〉 p_1. 인간은 갈대와 같이 약하나 생각하는 존재다. p_2. 인간은 사멸하는 유한한 존재임을 안다. ('p1.'으로부터) c_1. 우주는 (적어도 물리적인 또는 불멸의 측면에서) 인간보다 우월하다. p_3. 우주는 강하지만 생각하지 못한다. p_4. 사고하는 능력은 존엄성을 보장한다. c_2. 따라서 인간의 존엄성은 사고에 있다.
[4단계: 함축적 결론]	
	〈맥락(배경, 관점)〉
	〈숨은 결론〉 p_5. (또한) 사고하는 능력을 가진 것은 그렇지 못한 것에 비해 우월(존귀)하다. C. 따라서 인간은 이 세계에서 가장 존엄하다.

만일 "인간의 존엄성은 사고하는 능력으로부터 나온다"는 파스칼의 주장을 이와 같이 두 가지 형식으로 분석하는 것이 옳다면, 〈분석적 요약 1과 2〉에 의지하여 다음과 같은 〈분석적 논평〉을 얻을 수 있을 것이다. (물론, 아래의 〈분석적 논평〉과 '논평글'은 하나의 예시다. 주어진 텍스트에 대한 논평은 평가자에 따라 다를 수 있다. 말하자면, 아래에 제시한 〈분석적 논평〉은 '필연적인 참'을 담보하는 것은 아니라는 것을 파악해야 한다.)

〈표 4-8〉 분석적 논평 예시

[1단계: 중요성, 유관성, 명확성]	
	인간의 존엄성의 기원을 찾는 것은 중요한 문제다. 또한 필자는 인간 존엄성이 사고하는 능력으로부터 나온다고 명확하게 주장하고 있다. 따라서 비판적으로 논평할 내용은 없다고 볼 수 있다.
[2단계: 명료함, 분명함]	
	이 논증에서 사용되고 있는 핵심어인 '사고하는 능력'을 이해하는 것은 어렵지 않은 듯하다. 의미적으로 명료하고 외연적으로도 어느 정도 분명한 듯이 보이기 때문이다. 또한 적어도 물리적 차원에서 우주는 인간에 비해 무한하고 강한 것은 분명한 듯이 보이며, (적어도 지금까지 밝혀진 과학적 사실에 의하면) 인간이 생각하는 능력을 가진 반면에 우주는 그러한 능력을 결여하고 있다고 보는 것에는 문제가 없는 것 같다.

[3단계: 논리성–형식적 타당성과 내용적 수용 가능성]	
	이 논증은 전제가 모두 참이라면 그 결론을 받아들여야 한다는 측면에서 논리성(형식적 타당성)을 충족하는 듯이 보인다. 하지만 이 논증에서 우월함과 우월하지 않음을 나누는 준거로 제시한 '생각하는 능력'의 유무에 관한 전제를 수용할 수 있을지 여부는 여전히 문제로 남는 것 같다. (분석적 요약 1의 전제 ⑤와 결론 ⑥)
[4단계: 공정성, 충분성]	
	이 논증에서 인간이 우주보다 우월함을 보이기 위해 제시한 준거는 '생각하는 능력' 외에는 없다고 볼 수 있다. 만일 이 논증의 핵심 주장을 "인간의 존엄성은 생각하는 능력으로부터 나온다"로 분석한다면, 제시한 준거가 하나뿐이라는 것이 문제가 되지 않을 수 있다. 하지만 만일 이 논변의 핵심 주장이 "인간은 사고하는 능력을 가지고 있기 때문에 우주(여타의 다른 것)보다 우월하다"라고 분석한다면, "우월함"을 지지하는 근거를 충분히 다루지 않았다고 볼 수도 있다. 또한 같은 측면에서 인간에게만 유리한 근거를 제시하였다는 점에서 공정성을 결여하고 있다고 볼 수 있다.

[논평글 예시 1]

파스칼이 〈팡세〉에서 인간의 존엄성을 보이기 위해 개진한 논증은 전제가 모두 참이라면 그 결론을 받아들여야 한다는 측면에서 논리성(형식적 타당성)을 충족하는 듯이 보인다. 하지만 이 논증에서 우월함과 우월하지 않음을 나누는 준거로 제시한 '생각하는 능력'의 유무에 관한 전제를 수용할 수 있을지 여부는 여전히 문제로 남는 것 같다. 또한 이 논증에서 인간이 우주보다 우월함을 보이기 위해 제시한 준거는 '생각하는 능력' 외에는 없다고 볼 수 있다. 만일 이 논증의 핵심 주장을 "인간의 존엄성은 생각하는 능력으로부터 나온다"로 분석한다면, 제시한 준거가 하나뿐이라는 것이 문제가 되지 않을 수 있다. 하지만 만일 이 논변의 핵심 주장이 "인간은 사고하는 능력을 가지고 있기 때문에 우주(여타의 다른 것)보다 우월하다"라고 분석한다면, '우월함'을 지지하는 근거를 충분히 다루지 않았다고 볼 수도 있다. 또한 같은 측면에서 인간에게만 유리한 근거를 제시하였다는 점에서 공정성을 결여하고 있다고 볼 수 있다.

〈분석적 논평〉을 적극적으로 활용하여 위와 같은 논평글을 작성할 수 있을 것이다. 하지만 이와 같이 분석적 논평의 내용을 단순히 연결하는 것만으로는 논평자의 생각과 주장이 잘 드러나는 '충분한 논평 내용'이 담긴 '논평글 또는 논평 에세이'라고 볼 수 없다. 미리 말하자면, 논평글 또는 논평 에세이는 주어진 문제에 대하여 분석적 논평을 통해 발견한 '**논평자 자신의 입장과 견해**'를 적극적으로 밝히는 글이 되어야 하기 때문이다.

2

〈분석적 논평〉과 논평글(논평 에세이)의 관계

논평글(또는 논평 에세이)은 일반적으로 제시된 텍스트에서 다루고 있는 중요한 문제를 일정한 기준에 따라 평가하는 것에 초점이 맞춰져 있다. 따라서 논평글의 주장은 "이 글은 ~한 점에서 ~하므로 그 주장을 받아들일 수 있다(또는 없다)" 정도로 요약할 수 있다. 하지만 앞서 말했듯이, 〈분석적 논평〉의 내용을 단순히 연결하는 것만으로는 논평글을 적절히 작성했다고 볼 수 없다. 이것은 마치 텍스트의 중요한 부분을 골라낸 다음 단순히 문장들을 연결하는 것이 올바른 방식의 요약문이 될 수 없는 것과 같은 이유다.

〈분석적 요약〉과 〈분석적 논평〉의 과정에 따른 '논평글 또는 논평 에세이 쓰기'는 일반적으로 다음과 같은 절차와 내용을 담고 있다. 다시 강조하자면, 〈분석적 요약〉이 주어진 텍스트를 올바르게 이해하기 위한 논증 구성이 핵심이라면, 〈분석적 논평〉은 그 논증을 몇 가지 핵심 요소에 따라 평가하는 것이다. 우리는 이와 같은 평가 과정을 통해 주어진 텍스트 또는 문제에 대한 '나의 입장과 자세(stance)'를 확인하고, 그 문제에 대해 '내가 어떤 견해를 제시할 것인지'에 관해 결정할 수 있다.

논평글 또는 논평 에세이를 쓸 때 중요한 것은 이와 같이 〈분석적 논평〉을 통해 확인한 나의 입장과 자세로부터 그 문제에 대한 나의 생각과 주장이 무엇인지를 올바른 내용과 절차에 따라 밝혀야 한다는 것이다. 말하자면, 논평글은 **'논평자의 논증을 구성'**하여 그것을 설득력 있게 보이는 글을 쓰는 것이다.

〈표 4-9〉 '분석적 요약'-'분석적 논평'-'에세이 쓰기'의 절차와 관계

분석적 요약

텍스트에 대한 정확한 이해
필자의 주장에 대한 논증 구성 (근거들과 주장)
함축적 주장: 필자의 숨겨진 의도 및 발전적 주장 파악

⇩

분석적 논평

중요성, 유관성, 명확성	→	다루는 문제의 가치 평가
명료함, 분명함	→	핵심어(개념)의 애매함과 모호함 제거
논리성	→	논증의 형식적 타당성과 내용적 수용 가능성
공정성, 충분성	→	가능한 반론과 재반론

⇩

입장 정립: 글의 방향 결정 (신념에 부합하는 방향 설정)
문제 설정: 주된 논평(논증)을 중심으로 글의 전개 방향 수립
핵심 논평 및 문제(주장)에 관련된 '자료/문헌/논증' 조사

⇩

논평글 (에세이)

- ✓ 〈분석적 논평〉을 통해 수립된 필자의 입장이 잘 드러나도록 〈서론-본론-결론〉의 구성으로 작성
- ✓ 필요할 경우 텍스트의 핵심 논증을 구체적으로 제시(분석적 요약)
- ✓ 해당 문제의 의의/전망/대안 etc. 제시

이제 앞서 작성해 보았던 파스칼의 『팡세』에 대한 논평글을 이와 같이 좀 더 세부적인 〈분석적 논평〉의 기준에 따라 논평글 또는 논평 에세이의 형식으로 다시 작성해보자.

〈표 4-10〉 [논평글 예시 수정]: B. Pascal, 『팡세』

파스칼은 인간이 사고할 수 있다는 근거에 의거하여 인간의 존엄성이 사고로부터 나온다고 주장한다. 아마도 그가 실제로 하고 싶은 말은 '인간은 자연과 달리 사고할 수 있기 때문에 세계에서 가장 존엄하다'는 것일 수도 있다. 그의 주장을 받아들일 수 있을까? 나는 그렇지 않다고 생각한다. 그의 주장을 반론하기에 앞서 그가 제시한 논변을 먼저 살펴보는 것이 도움이 될 것이다.	서론
그가 제시하고 있는 논변은 일종의 연역논변이다. 말하자면, 전제가 모두 참이면 그 결론 또한 필연적으로 참이어야 한다. 하지만 우리는 그가 암묵적으로 전제하고 있는 '생각하는 능력, 즉 사고할 수 있음과 없음이 존엄성이 있고 없음을 나누는 기준'이라는 근거에 대해 문제를 제기할 수 있을 것 같다. 우리는 일반적으로 인간만이 '생각할 수 있는' 또는 '이성을 가진 존재'라는 데 동의한다. 물론, 인간은 자연 세계의 여타의 것들에 비해 탁월한 지성을 가지고 있는 존재라는 것을 쉽게 의심할 수 없다. 하지만 인간만이 지성 또는 이성을 갖고 있는가에 대해서는 다양한 의견과 주장이 있다는 것 또한 사실이다. 예컨대, 싱어(P. Singer)와 같은 철학자뿐만 아니라 많은 진화생물학자들은 적어도 몇몇 유인원이 일종의 '지성' 또는 '생각하는 능력'이라고 부를 수 있는 것을 갖고 있다는 데 동의하고 있다. 만일 이러한 주장이 옳다면, 인간이 생각하는 능력을 가지고 있기 때문에 존엄하다면, 적어도 몇몇 유인원 또한 존엄하다고 보아야 할 것이다. 그리고 이와 같은 결론은 인간이 세계에서 가장 존엄하다는 주장을 약화시키는 근거가 될 수 있다. 하지만 더 중요한 것은 '생각하는 능력'이 '존엄성'을 보장하는 준거로 온전하게 사용될 수 있는가에 관한 문제다. 세계에 몸담고 있는 수많은 존재들은 각기 다른 속성들을 갖고 있다. 예컨대, 자동차는 빠른 속성을 갖고 있으며 피아노는 아름다운 소리의 속성을 갖고 있다. 자동차가 빠른 속성을 갖고 있기 때문에 피아도보다 더 훌륭하다고 또는 존엄하다고 말할 수 있을까? 또는 역으로 피아노가 아름다운 소리의 속성을 갖고 있기에 자동차보다 더 훌륭하고 존엄하다고 말할 수 있을까? 우리가 오류를 범하지 않고 말할 수 있는 것은 단지 "~한 측면에서는 더 ~하다" 정도의 결론일 뿐이다. (…) 파스칼의 주장이 그럴듯하다고 하더라도, 이상의 논의가 옳다면 우리는 단지 "인간은 지성의 측면에서 자연세계의 다른 것들에 비해 우월하다" 정도의 주장을 할 수 있을 뿐이다.	본론
…	결론

우리는 앞선 제3장에서 '김상봉 교수의 칼럼'을 〈분석적 요약〉의 단계에 따라 논증을 분석하고 요약문을 작성하였다. 그것을 참고하여 여기서 연습하고 있는 논평의 준거에 따라 〈분석적 논평〉을 해보자.[1]

〈표 4-11〉 [분석적 논평 예시]

[1단계: 중요성, 유관성, 명확성]
현대 사회에서 다양하게 드러나고 있는 폭력성을 비추어 보았을 때, 부당한 폭력에 저항해야 한다는 필자의 주장은 중요하다고 할 수 있다. 또한 필자가 제기한 문제와 그것에 대한 주장은 서로 관련이 있을 뿐만 아니라 명확하다고 할 수 있다. 따라서 비판적으로 논평할 내용은 없는 듯이 보인다.
[2단계: 명료함, 분명함]
김상봉은 이 텍스트에서 폭력에 대한 나름의 재정의를 통해 논증을 개진하고 있다고 볼 수 있다. 말하자면, 폭력은 '부당한 폭력'과 '정당한 폭력'으로 구분될 수 있다고 가정하고 있는 셈이다. 이러한 점에서 '폭력'의 개념이 명료하게 사용되지 않았다고 볼 수도 있다. 하지만 글의 전체 맥락을 고려한다면, 필자가 반대하는 것이 '부당한 폭력'이라는 점은 분명한 듯이 보인다. 또한 필자는 부당한 폭력에 저항해야 한다고 분명하게 주장하고 있으며, 아마도 그와 같은 경우에 해당하는 힘의 행사를 정당한 폭력으로 간주하고 있는 듯하다. 따라서 이 텍스트는 전체적으로 보았을 때, 분명하고 명료한 개념을 사용해 주장하였다고 평가할 수 있다.
[3단계: 논리성-형식적 타당성과 내용적 수용 가능성]
이 텍스트에서 부당한 폭력의 예로 제시한 사례들은 모두 사실에 기반하고 있다고 볼 수 있다. 예컨대, 이스라엘이 팔레스타인으로 향하는 구호단체를 피격한 것이나 학교나 가정에서 빈번하게 폭력이 자행되고 있다는 것은 여러 매체를 통해 쉽게 찾아볼 수 있다. (여기서 폭력이 대물림되거나 증폭되는가 여부는 근거에 해당하는 사실적 정보의 내용에 포함되지 않는다. 왜냐하면 그것은 이 논증의 한 주장에 해당하기 때문이다.) 그리고 이 논변은 전제 ③에 대해 문제를 제기할 수 있을 것 같다. 말하자면, (부당한) 폭력에 저항하지 못한 사람들도 다른 사람이 부당한 폭력에 저항하리라고 생각할 수 있기 때문이다. 또한 광주 시민의 예와 나치 독일에 대한 유태인의 예가 적절한 유비적 관계를 가지고 있는지에 대해서도 의문을 제기할 여지가 있는 것 같다. 그럼에도 불구하고 필자의 핵심 주장이 '부당한 폭력에 저항하는 것은 중요하다(또는 도덕적 의무이다)'임을 고려한다면, 전체적인 맥락에서 필자의 주장을 수용할 수 있을 것 같다.

1 제3장 114~148쪽 참조.

[4단계: 공정성, 충분성]

	이 텍스트는 부당한 폭력에 초점을 맞추어 논의를 전개하고 있다. 필자는 부당한 폭력을 상정함으로써 정당한 폭력이 있을 수 있음을 암묵적으로 가정하고 있다. 만일 그렇다면, 논의를 더 명확하게 만들기 위해 정당한 폭력의 한 사례를 제시하는 것이 좋을 것이다. 예컨대, 우리는 역사적으로 '앙시앙레짐(구제도)'에 항거하여 일어난 프랑스 대혁명, 근대 민주주의의 초석을 마련한 영국의 명예혁명 등과 같은 사례를 제시할 수도 있을 것이다.

〈표 4-12〉 [논평글 예시]

우리는 일반적으로 우리 사회가 너무 많은 폭력에 노출되어 있다는 데 동의할 수 있을 것이다. 김상봉은 이와 같이 폭력이 만연한 사회에 대한 반성을 요구하고 있다. 그는 부당한 폭력에 저항하여 그것을 멈추게 하지 않는다면 폭력의 총량은 증폭되고, 결과적으로 이 사회는 지옥을 닮아갈 것이라고 말한다. 따라서 그는 우리가 부당한 폭력에 저항해야 하는 것은 일종의 '도덕적 의무'라고 주장한다. 그의 주장을 비판 없이 수용할 수 있을까? 결론부터 말하자면, 그의 논변을 구성하는 몇몇 근거와 예시는 오해를 불러일으킬 여지가 있다. 하지만 그가 말하고자 하는 본래의 주장을 올바르게 파악할 수 있다면, 그러한 오해는 쉽게 해소될 수 있다는 것을 알 수 있다. 그것들이 무엇인 좀 더 자세히 살펴보자.	서론
첫째, 그는 폭력에 대한 나름의 재정의를 통해 논변을 개진하고 있다고 볼 수 있다. 말하자면, 그는 폭력은 부당한 폭력과 정당한 폭력으로 구분될 수 있다고 가정하고 있는 셈이다. 그의 주장에 문제를 제기하고자 하는 사람은 그의 정의에 따라 정당한 폭력이 있을 수 있다는 것을 받아들인다고 하더라도, 그 또한 다른 형태의 폭력일 뿐이라고 주장할 수 있을 것이다. 하지만 그와 같은 반론은 역사적 사실을 드는 것만으로 쉽게 재반박할 수 있다. 예컨대, 우리가 향유하고 있는 민주주의는 그냥 주어진 것이 아니다. 역사적으로 보았을 때, 조금 멀게는 프랑스 대혁명으로부터 조금 가깝게는 여러 형태의 민주화 운동을 통해 어렵게 얻어진 것이다. 우리가 이미 알고 있듯이, 그 과정에서 이름을 알 수 없는 수많은 시민들은 자유와 평등을 쟁취하고 수호하기 위해 구제도(ancien régime)에 그리고 독재와 폭압에 저항하였고, 당연히 그 과정에서 물리적인 힘도 행사되었다. 하지만 우리는 부당한 폭력인 구제도 그리고 독재와 폭압에 저항하기 위해 시민들이 행사한 힘의 행사 또한 부당한 폭력이라고 말하지 않는다. 만일 이와 같은 분석이 옳다면, 물리적 힘의 행사라는 의미의 폭력을 정당한 것과 부당한 것으로 구분하는 것은 반드시 필요한 작업이라고 할 수 있다. 둘째, 겉으로 보기에 '부당한 폭력에 저항해야 한다는 주장'을 지지하기 위한 근거처럼 보이는 몇몇 명제들, 말하자면 '부당한 폭력에 저항하지 못한 사람은 다른 사람도 부당한 폭력을 인정할 것이라고 생각한다' 또는 '부당한 폭력은 또 다른 부당한 폭력을 낳는다'와 같은 진술문이 사실을 성급하게 일반화하고 있다고 반론할 수 있다. 하지만 이와 같은 반론 또한 쉽게 반박할 수 있다. 우선, 김상봉이 말하고자 하는 본질적인 주장과 논변 을 고려했을 때, 성급한 일반화의 혐의를 받고 있는 두 진술문은 근거로 사용되었다기 보다는	본론

그가 말하고자 하는 또 다른 결론(주장)에 해당된다. 말하자면, 그는 부당한 폭력에 저항해본 사람만이 또 다른 부당한 폭력에도 저항할 수 있다는 것을 말하고자 한 것이다. 게다가 비록 그 진술문들이 주장을 근거 짓기 위한 전제로 사용되었다고 하더라도 문제될 것은 없는 듯이 보인다. 왜냐하면, 앞서 말했듯이 그 두 진술문이 '부당한 폭력에 저항한 경험의 있고 없음'에 차이가 있다는 것을 의미한다면, 우리는 일반적으로 경험의 차이가 다른 결과를 낳을 것이라 것에 동의할 수 있기 때문이다. 이러한 측면에서, 그가 독자의 이해를 돕기 위해 들고 있는 유태인과 팔레스타인 그리고 광주시민의 예 또한 문제될 것 같지는 않다. 마지막으로 …	
…	결론

다음 글에 대한 〈분석적 요약〉과 〈분석적 논평〉을 제시하고, 그것에 기초하여 논평글을 작성해보자.

경제학의 아버지 애덤 스미스는 "우리가 밥을 먹을 수 있는 것은 푸줏간 주인, 양조장 주인, 빵집 주인들의 자비심 때문이 아니라, 그들이 자기 이익을 챙기기 때문이다"라는 유명한 말을 했다.

이 말은 지난 30여 년간 세계를 지배해 온 시장주의 경제학의 가장 중요한 전제 – 즉, 인간은 모두 이기적이라는 전제 – 를 잘 요약해 준다. 개인들이 본성대로 자기 이익을 추구하다 보면, 시장 기제라는 '보이지 않는 손'을 통해 조화가 이루어지고, 그 과정에서 사회 전체가 이익을 본다는 것이다.

그런데 최근 이러한 인간의 '본성'에 어긋나는 일들이 많이 벌어지고 있다. 세계 여러 나라에서 일부 부자들이 나서서 부자들에게 세금을 더 매기자고 주장하고 있는 것이다.

미국에서는 유명한 금융투자가 워런 버핏이 이끄는 일군의 갑부들이 더 이상 부자감세 정책은 안 된다며 경제 위기 속에서 '고통 분담'을 위해 최상층 부자들(mega-rich)에 대한 세금을 올려야 한다고 주장하고 나왔다. 특히 버핏은 뉴욕타임스 기고를 통해 자신의 실질 소득세율은 18% 정도로 자기

직원들보다도 낮다며 미국 의회가 최상층 부자들을 마치 무슨 멸종위기에 처한 동물이라도 되는 것처럼 보호해 왔다고 공개적으로 비난하였다.

프랑스에서는 프랑스 최고의 여성 부자인 로레알 그룹의 최대주주 릴리안 베탕쿠르 등 16명의 갑부들이 공개서한을 통해 경제위기 극복을 위해서는 1년에 50만 유로 이상 돈을 버는 고소득자들이 한시적으로 세금을 더 내야 한다고 제안하였다.

미국이나 프랑스에서 '부자 증세' 운동을 주도하는 사람들과 같은 초갑부들은 아니지만, 독일에서도 '부유세를 지지하는 부자들의 모임'이라는 단체가 결성돼 50만 유로 이상의 재산을 가진 사람들에게 당분간 재산세를 더 물려야 한다고 주장하고 나섰다. 세금뿐이 아니다. 마이크로소프트 창립자 빌 게이츠는 재산의 99%를 기부하기로 약속했고, 워런 버핏도 재산의 대부분을 기부하기로 약속했다.

(…)

그러나 기부가 사회에 진정으로 도움이 되기 위해서는 적절한 조세, 그리고 적절한 규제와 삼위일체를 이루지 않으면 안 된다. 버핏처럼 부자들이 기부도 더 하고 세금도 더 내야 한다고 생각하는 사람도 있지만, 기부를 강조하는 사람들 중 많은 이들이 기부를 세금에 대한 대체물로 보는 경향이 있다. 이들의 논리는, 개인의 자유를 강조하는 자유시장주의적 사고에 따른 것으로, 정부가 강제로 돈을 빼앗아가는 세금보다는 돈 있는 사람이 자진해서 돈을 내는 기부가 개인의 자유를 덜 침해하면서 부를 더 넓게 나누는, 더 바람직한 길이라는 것이다. 부자들이 더 기부를 많이 해야 한다고 이야기하는 사람들이 동시에 부자 감세 정책을 추진할 수 있는 것이 바로 이런 이유이다.

그러나 기부가 세금을 대체할 수는 없다. 첫째, 자기 재산의 99%를 기부한 빌 게이츠나 85%를 기부한 워런 버핏 같은 사람들도 있지만, 많은 사람들이 돈이 있어도 기부하지 않는다. 기부가 훌륭한 행위라고 칭송받는 것이 바로 대부분의 사람이 기부를 하지 않는다는 증거라고 할 수 있다. 기부를 많이 한다고 하는 미국에서도 1년 기부액이 국민총생산의 2%가 채 안 되는 데, 이에 의존해서 정부 재정을 운용할 수는 없다. 자신의 재산을 거의 전부 기부한 버핏이 자신을 비롯한 부자들이 세금을 더 내도록 법을 바꾸자고 하는 것이 바로 이런 이유에서이다.

둘째, 기부하는 사람들이 자기가 기부한 돈이 어떻게 쓰일지를 지정하는 것이 인지상정이고 관례인데, 이는 기부할 수 있는 돈이 많은 사람들이 정하는 대로 돈이 쓰이게 된다는 것을 의미한다. 얼핏 생각하면 별 문제가 없는 것 같지만, 여러 가지 다른 견해를 가진 사람들이 공존해야 하는 민주사회에서는 문제가 될 수 있다. 예를 들어, 우리나라에서 기부하는 사람들은 주로 빈곤층 아동의 교육 문제에 관심이 많아 그런 쪽에 기부를 많이 하는데, 그렇게 되면 자연히 노인 문제, 여성 취업 문제, 이주 노동자 문제 등 다른 중요한 문제들이 상대적으로 경시될 수밖에 없다. 물론 정부예산 중에서 기부가 많이 되는 쪽에 쓰이는 부분을 전용하여 상대적으로 기부가 적은 쪽에 쓸 수 있지만, 경직적인 정부 예산의 성질상, 시시각각으로 바뀌는 기부의 액수와 지정 용도에 따라 예산 구성을 바꿀 수는 없는 노릇이다.

셋째, 같은 액수의 돈을 내더라도, 세금이 아닌 기부로 내게 되면, 개인이 돈을 많이 벌고 적게 벌고는 전적으로 개인의 능력과 노력에 따른 것이라는, 시장주의 이데올로기를 강화하게 된다. 세금을 내는 것은 아무리 능력이 뛰어난 개인이라도 사회의 덕을 보아 성공했고, 따라서 자신이 번 돈의 일정 부분을 사회에 돌려줄 의무가 있다는 전제에서 출발하는 것이고, 기부를 하는 것은, 성공한 사람은 기본적으로 자기가 잘나고 열심히 노력해서 성공한 것이므로 자기 소득의 일부를 사회에 돌려줄 의무는 없지만, 그래도 좋은 마음에서 되돌려주는 것이라는 전제에서 출발하는 것이니, 얼핏 보기에는 비슷한 것 같아도, 완전히 다른 접근 방법이다. '성공은 전적으로 개인에게 달린 것'이라는 사고가 퍼지게 되면, 개인들이 자신을 키워 준 사회에 환원하는 것이 '선택 사항'이 되면서 결국 기부 문화의 기반마저 좀먹게 될 수 있다.

적절한 세제와 더불어 제대로 된 기부 문화의 확립에 또 한 가지 필요한 것은 이윤 추구 활동에 대한 적절한 규제이다. 시장주의자들은 흔히 기업들이 괜히 어쭙잖게 '사회적 책임'을 지려 하는 것보다, 냉혹하게 이윤을 극대화하고 그를 통해 국민소득을 최대화하는 것이 기업이 진정으로 사회에 공헌하는 길이라고 주장한다. 기업가가 그래도 다른 사람을 더 직접적으로 도와주고 싶으면, 극대화한 이윤에서 일부를 헐어 기부하면 되니까, 기부를 많이 하기 위해서도 이윤을 극대화하는 것이 효과적이라고 주장한다.

그러나 문제는 이윤 극대화 과정에서 기업이 사회적인 해악을 끼칠 수 있다는 것이다. 공해 문제가 대표적인 예이지만, 작업장의 안전 경시, 중소기업 착취, 소비자 권익 침해 등, 제대로 규제를 안 할 경우에 기업의 이윤 추구에는 도움이 되지만, 다른 사회 구성원들의 복지를 해칠 수 있는 것들이 많다. 극단적인 예를 들자면, 마약 거래상이 마약을 더 많이 팔아 번 돈으로 기부를 더 많이 한다면 그것이 사회적으로 좋은 것인가 아닌가를 생각해보면 된다.

기부를 강조하는 시장주의자들은 대개 규제완화를 주장하는데, 규제를 완화하여 돈을 많이 번 기업주가 기부를 더 많이 한다고 해도, 만일 그 규제완화 때문에 다른 사회적 문제가 생긴다면, 기부를 더 하는 것이 사회에 진정한 도움이 되지 않을 수도 있는 것이다.

기부는 아름다운 일이고 사회적으로 장려돼야 한다. 그러나 요즘 우리나라의 시장주의자들이 생각하는 것처럼 최대한 규제완화를 하고 감세를 하여 기업들이 돈을 많이 벌게 하고, 그 다음에 기부를 많이 하도록 장려해 복잡한 현대사회의 문제들을 해결할 수 있다고 생각하면 오산이다. 기부가 세금과 규제와 삼위일체를 이룰 때만이 진정으로 '함께 사는' 사회가 건설될 수 있는 것이다.

장하준, "부자들의 기부만으로는 부족하다", 『경향신문』, 2011.09.06.[2]

이 텍스트에 대한 〈분석적 요약〉을 다음과 같이 제시할 수 있다. 하지만 앞서 말했듯이, 분석적 요약에 의거한 논증 구성은 오직 '하나'만 있는 것은 아니다. 말하자면, 분석하는 사람에 따라 논증 구성은 좀 더 세밀하고 꼼꼼하게 제시될 수도 있고 가장 핵심이 되는 근거만을 제시하

2 http://news.khan.co.kr/kh_news/khan_art_view.html?artid=201109061905555&code=990000

는 방식으로 좀 더 간략하게 구성될 수도 있다. 그럼에도 불구하고, 그것이 세밀하고 꼼꼼하게 구성한 논증이든 핵심만으로 구성한 간략한 논증이든 간에 좋은 논증은 '결론을 지지하는 중요한 근거'들이 분명하게 드러나야 한다. 다음의 두 〈분석적 요약〉의 예시 사례를 살펴본 다음 〈분석적 요약〉에 기초한 〈분석적 논평〉의 한 사례를 살펴보자.

〈표 4-13〉 [분석적 요약]

[1단계: 문제와 주장]

〈문제〉

부자들의 기부에만 의존하여 현대사회의 문제들을 해결할 수 있는가?

〈주장〉

① 현대 사회의 어려운 문제들을 해결하기 위해서는 기부, 세금, 그리고 규제가 조화를 이루는 균형 있는 정책을 시행해야 한다.

② (기부가 사회에 진정으로 도움이 되기 위해서는 적절한 조세, 그리고 적절한 규제와 삼위일체를 이루지 않으면 안 된다.)

[2단계: 핵심어(개념)]

① 기부: 개인이 자신을 키워 준 사회에 대해 창출된 부의 일부분을 환원하는 선행

② 세금: 개인이 자신을 키워 준 사회에 대해 창출된 부의 일부분을 환원할 의무

③ 규제: 이윤 창출 과정에서 사회적 해악을 금지하고 이익을 창출하려는 제도

[3단계: 논증 구성]

〈숨은 전제(기본 가정)〉

세금은 의무이기 때문에 면제받거나 대체될 수 있는 것이 아니다.

〈논증〉

P_1. 세금은 의무이지만, 기부는 기부자의 자발적인 의사에 따른 선행이다.

P_2. 만일 P1이라면, 기부 행위는 칭찬받아 마땅하지만 기부하지 않는다고 하여 비난할 수 없다.

C_1. 따라서 기부는 개인에게 강제할 수 있는 또는 의무적인 책임을 지울 수 있는 것이 아니다.

P_3. 기부자는 자신이 기부한 돈이 어떻게 쓰일지를 결정하기를 원한다.

P_4. 만일 P3이라면, 기부금이 시급하거나 장기적인 사회적 문제를 해결하기보다는 기부자의 의향에 따라 사용되기가 매우 쉽다.

C_2. 따라서 기부금만으로는 시급한 또는 장기적인 사회적 문제를 해결하기 어렵다.

P_5. 세금과 기부는 자유 시장에서 개인이 창출한 부를 사회에 환원한다는 점에서 구조적으로 유사하다.

P_6. 세금은 일정 소득에 따라 의무적으로 정해지는 반면에 기부금은 그렇지 않다(P1).

P_7. 만일 P6이라면, 세금을 기부로 대체할 경우 소득에 따른 기부금을 강제할 방법은 없기에 개인이 부를 창출할 수 있도록 도와준 사회에 대해 환원하는 것은 '의무'가 아닌 '선택'이 된다.

C_3. 만일 P5~P7이라면, 자유주의 사상이 만연되어 기부의 정신이 훼손된다.

C_4. 따라서 만일 C1~C3이라면, 기부는 세금을 대체할 수 없다.

P_8. 기업은 본질적으로 최대의 이윤 창출을 목표로 한다.

P_9. 만일 P9이고 적절한 규제(사회적 책임)가 없다면, 기업은 최대의 이윤 창출을 하는 과정에서 사회적 해악을 무시할 가능성이 매우 높다.

P_{10}. 기업의 최대 이윤 창출을 장려하고, 다음으로 창출된 이윤을 기부의 형식으로 사회 환원하는 것을 공식화할 경우 기업이 이윤 창출 과정에서 일으키는 사회적 해악을 무시할 가능성이 매우 높다.

C_5. 따라서 기업의 사회적 책임에 대한 규제를 배재한 채 기부금에 의존하는 것은 사회적 해악을 초래할 수 있다.

C. 만일 C_1~C_4가 옳다면, 현대 사회의 어려운 문제들을 해결하기 위해서는 기부, 세금, 그리고 규제 가 조화를 이루는 균형 있는 정책을 시행해야 한다.

[4단계: 함축적 결론]

〈맥락(배경, 관점)〉

〈숨은 결론〉

〈요약문 예시〉

기부문화 확립을 위해 감세와 규제완화를 추진해야 하는가? 저자는 이 문제에 대해 기부가 진정으로 사회에 도움이 되기 위해서는 적절한 조세와 규제가 동반되어야 한다고 말한다. 그 이유는 크게 두 가지, 기부가 세금을 대체할 수 없다는 것, 그리고 규제완화로 인해 발생할 사회적 문제가 적은 기부액보다 치명적이라는 것으로 나뉜다.

우선 기부가 세금을 대체할 수 없는 이유는 다음과 같다. 첫째로, 기부에만 의존해 정부재정을 운용하는 것은 불가능하다. 대가 없이 자신의 돈을 남에게 주는 일은 쉽지 않기에, 대다수의 사람들은 돈이 있어도 기부를 하지 않는다. 따라서 절대적인 액수는 부족할 수밖에 없다. 둘째로, 기부자가 원하는 곳에서만 예산이 운용된다면 다른 중요한 문제들이 상대적으로 경시된다. 기부를 통해 모인 돈이 쓰여야 할 곳은 다양하다. 하지만 관례에 따라, 기부하는 사람들은 자신의 돈이 어디에서 쓰일지 정하고자 한다. 혹자는 정부의 예산 운용을 조정할 수 있다고 할 것이다. 하지만 정부의 예산 운용은 경직적이므로, 시시각각 변하는 기부 액수와 기부자가 지정한 용도에 따라 정부의 예산 구성을 바꾸는 것은 쉽지 않다고 필자는 말한다. 셋째로 세금이 기부를 대체하게 된다면 개인의 사회에 대한 환원이 선택사항이 된다. 자신이 번 돈을 사회에 돌려줄 의무가 있다는 전제를 바탕으로 하는 세금과 다르게, 기부는 자신의 소득을 환원할 의무가 없음에도 좋은 마음으로 돌려주는 것을 의미한다. 즉, 세금과 다르게 기부는 개인의 성공이 전적으로 개인에게 달렸음을 내포하며, 이는 기부 문화의 기반을 무너뜨린다.

그리고 규제완화로 인해 발생할 사회적인 문제가 치명적인 이유는 다음과 같다. 기업은 기본적으로 이윤을 극대화하고자 한다. 동시에 기업은 사회를 기반으로 성장하기 때문에, 사회적 책임을 지닌다. 그런데 그 사회적 책임을 지는 방법에는 이윤을 극대화하여 기부하는 것 또한 포함된다. 이는 기업에 대한 규제 완화를 통해 가능하다. 하지만 규제완화는 기업의 이윤 극대화에는 도움이 될 수 있으나 다른 사회구성원들의 복지를 해칠 염려가 있다. 다시 말해, 규제완화로 인해 다른 사회적 문제가 생긴다면 기부를 더 하는 것이 사회 전반에 놓고 봤을 때 도움이 되지 않을 수 있는 것이다.

〈표 4-14〉 분석적 논평

[1. 중요성, 유관성, 명확성]

자본주의 경제구조 사회에서 세금, 규제 그리고 기부의 관계를 검토하고 논의하는 것은 중요한 문제라고 할 수 있다. 필자는 이 텍스트에서 제기한 그와 같은 문제에 대해 직접적이고 명확한 주장을 개진하고 있다. 따라서 비판적으로 검토한 논평 지점은 없는 듯하다.

[2. 명료함, 분명함]

중요한 개념으로 사용하고 있는 '기부, 세금, 규제'에 대한 정의는 일반적으로 수용할 수 있는 뜻으로 사용되었다. 따라서 비판적으로 검토할 내용은 없다.

[3. 논리성: 형식적 타당성과 내용적 수용 가능성]

필자는 "현대사회의 어려운 문제들을 해결하기 위해서는 기부, 세금 그리고 규제가 조화를 이루는 균형 있는 정책을 시행해야 한다"는 결론을 도출하기 위해 먼저 4개의 작은 논증을 구성하고, 다음으로 각각의 작은 논증에서 도출한 결론이 참일 경우 핵심 주장이 참임을 보이는 전체 논증을 구성하고 있다. 세금과 기부가 서로 다른 속성과 특성을 갖고 있다는 것으로부터 핵심 주장을 도출하는 논증의 전체적인 형식적인 타당성은 큰 문제가 없는 것 같다.

여기서 주목할 것이 있다. 즉, '세금과 규제' 그리고 '기부'가 어떤 측면과 특성에 차이가 있는지를 좀 더 구체적이고 자세히 보여줄 필요가 있다는 것이다. 아마도 필자는 신문 칼럼이라는 제한된 지면 때문에 그것을 보여주지 못한 것 같다. 필자의 핵심 주장을 거부감 없이 수용하기 위해서는 그러한 차이를 좀 더 자세히 보여주어야 한다고 생각한다.

[4. 공정성, 충분성]

필자는 본문에서 비교적 기부 문화가 활성화된 미국, 프랑스 등의 사례를 보여줌으로써 기부를 통한 사회 문제의 해결이 갖는 한계점을 보여주었을 뿐만 아니라 비록 충분한 정도의 검토는 아니라 할지라도 '마약상의 예에 의한 논증'을 통해 자신의 주장에 대해 제기될 수 있는 반론에 대해서도 검토하였다고 볼 수 있다. 따라서 비판적으로 검토할 내용은 없는 것 같다.

3

논평글: 현안 문제에 대한 자신의 입장 확인하기

〈분석적 논평〉 그 자체가 '논평글' 또는 '논평문'은 아니다. 간략히 말해서, 〈분석적 논평〉은 논평글을 쓰기 위한 기초 자료를 마련하는 단계이고, 논평글은 〈분석적 논평〉에서 마련한 기초 자료를 토대로 논평자의 입장과 견해를 반영하여 글을 쓰는 것이라고 할 수 있다. 따라서 〈분석적 논평〉을 통해 분석의 대상이 되는 텍스트에 대한 비판적 논점이나 어떤 문제를 발견하였다면, 그 텍스트의 핵심 주장에 대한 자신의 기본적인 '입장과 견해'에 의거하여 논평글을 쓸 수 있다. 만일 〈분석적 논평〉과 논평글의 관계를 이와 같이 정리할 수 있다면, 논평자 A와 논평자 B가 분석의 대상이 되는 텍스트에서 동일한 비판적 논점과 문제를 발견하였다고 하더라도 그것에 대한 논평 내용과 방향은 사뭇 달라질 수 있다.

분석의 대상이 되는 텍스트의 핵심 주장에 대한 논평자의 입장을 스스로 확인하는 방법은 다양할 수 있다. 당연한 말이지만, 모든 사람은 비록 동일한 텍스트를 읽고 분석한다고 하더라도, 그 텍스트에서 다루고 있는 중요한 문제와 핵심 주장에 대해 서로 다른 생각과 견해를 가질 수 있기 때문이다. 이러한 측면에서 논평자의 입장과 견해를 스스로 확인하고 파악하기 위한 어떤 고정된 절차나 모형을 제시하는 것은 자칫 논평자의 사고의 흐름과 범위를 제한할 수 있는 위험이 있다. 그럼에도 불구하고, (비록 완전한 것은 아니라고 하더라도) 논평자 스스로 어떤 절차를 통해 자신의 입장과 견해를 확인하고 파악하려고 시도하는 것은 중요하다. 그 과정을 통해 논평자는 그 문제에 대한 자신의 '신념'과 '생각'에 부합하는 또는 적어도 신념과 생각에 위배되지 않는 논평글을 쓸 수 있기 때문이다.

그런데 여기서 한 가지 짚고 넘어가야 할 것이 있다. 세상만사 모든 일이 찬성과 반대로 분명하게 구분되는 것은 결코 아니다. 어떤 문제는 진리와 거짓, 옳음과 그름 그리고 선함과 악함을 선불리 판단할 수 없는 경우들도 있고, 또 다른 경우에는 다루고 있는 문제가 단지 개인적인 선호의 문제이기 때문에 참과 거짓 또는 옳음과 그름을 나누는 것 자체가 오류일 때도 있을 수 있다. 게다가 사실적 내용을 단순히 서술하고 있는 경우에는 일반적으로 '가치' 문제가 개입하지 않기 때문에 그것에 대한 가치를 평가하는 것이 불필요한 경우도 있을 수 있다.

하지만 현재 우리가 관심을 갖고 있는 텍스트는 어떤 주장을 담고 있는 것들이다. 그러한 텍스트는 어떤 문제에 대한 필자의 주장을 '정당화'하는 글이기 때문에 일반적으로 평가를 통해 가치판단을 할 수 있는 글들이라고 할 수 있다. 예컨대, 이와 같이 어떤 주장을 담고 있는 정당화 문맥의 글들에 대한 입장은 크게 핵심 주장을 긍정하는 〈논제(these)〉와 그것을 부정하는 〈반대 논제(anti-these)〉로 나뉠 수 있다. 만일 논평의 대상이 되는 정당화 문맥의 텍스트에 대한 최초의 또는 일차적인 입장을 〈논제(these) vs. 반대 논제(anti-these)〉로 구분하는 것이 적절한 것이라면, 그 문제에 대해 논평자가 자신의 입장과 견해를 확인하는 절차와 방법으로 다음과 같은 방식을 제안해 볼 수 있다. 여기서 논제(these)는 분석의 대상이 되는 텍스트의 주장(입장, 견해)이고 반대 논제(anti-these)는 논평자가 취할 수 있는 다양한 입장과 견해라고 할 수 있다. 논평은 본성상 비판적인 자세와 눈으로 분석의 대상이 되는 텍스트가 가진 (논리적) 구조와 문제를 파악하는 것이라고 할 수 있다. 만일 그렇다면, 논평자의 최초 입장은 반대 논제의 입장에서 텍스트를 분석해야 하며, 그 과정에 따른 결론에 따라 자신의 입장과 견해가 어떤 위치에 놓이는지를 확인할 수 있을 것이다.

〈표 4-15〉 논제에 대한 자신의 입장을 확인하는 방법적 절차

논제(These)				반대 논제(Anti-These)		
기존 이론 및 견해				나의 입장		
1st		2nd		3rd	4th	···→
P	→	P(①)	→	P		
	↘		↘	N		
		N(②)	→	P		
			↘	N	···→	···→
N	→	P(③)	→	P		
	↘		↘	N		
		N(④)	→	P		
			↘	N		

[여기서 'P'=긍정(positive), 'N'=부정(negative)을 가리킨다.]

만일 이와 같은 단계와 절차를 통해 논평자의 입장을 확인할 수 있다면, 각 단계와 절차에 따른 입장과 견해를 다음과 같이 설명할 수 있다.

(여기서는 논의를 간략히 하기 위해 두 번째 단계까지의 입장만을 살펴보기로 한다.)

① P-P: 필자의 주장에 완전히 동의하는 경우
② P-N: 필자의 주장에 전반적으로 동의하지만 몇몇 논점의 보완이 필요한 경우
③ N-P: 필자의 주장에 전반적으로 동의하지 않지만 몇몇 논점을 수용할 수 있는 경우
④ N-N: 필자의 주장에 완전히 동의할 수 없는 경우

이와 같이 논평자 자신의 입장과 견해를 확인하였다면, 〈분석적 논평〉에서 발견하였거나 찾아낸 논평의 내용을 그 입장과 견해에 잘 부합하도록 서술하는 일이 남는다. 그리고 그 일을 수행하는 것이 곧 '논평글 또는 논평문'을 작성하는 것이다.

다음 글에 대한 〈분석적 요약〉과 〈분석적 논평〉을 제시하고, 그것에 기초하여 필자의 주장에 대한 자신의 입장과 견해에 부합하는 논평글을 작성해보자.

[왜 불평등해졌는가?]

경제적 불평등은 '가진 것'의 차이와 '버는 것'의 차이로 구분한다. 가진 것의 격차는 재산 불평등이고, 버는 것의 격차는 소득 불평등이다. 기존의 불평등에 관한 논의는 이 두 가지 불평등의 차이를 간과하고 있거나 혼재되어 있으며, 일반 사람들의 관심은 대부분이 가진 것의 격차, 즉 재산 불평등에 초점이 맞추어져 있다. 그 이유는 이론적으로 자본주의에서 자본이 자본을 만드는 속성으로 인하여 재산 불평등이 소득 불평등을 악화시키는 주요

한 원인이 되기 때문이다. 또한 대부분의 나라에서 재산 불평등이 소득 불평등보다 더 심하며, 그러한 재산 불평등이 소득 불평등을 초래하는 것이 일반적인 현상이기 때문이다. 한국의 상황은 꼭 그런 것이 아니다. 한국도 다른 나라와 마찬가지로 재산 불평등이 소득 불평등보다 심하다. 그러나 한국은 재산 불평등이 소득 불평등을 만들어내는 주요한 원인이 아직은 아니다. 한국에서 불평등한 상황으로 인하여 절대다수의 국민들이 경제적 고통을 겪는 것은 재산 불평등보다는 '버는 것'의 격차, 즉 소득 불평등으로부터 오는 것이다. 그리고 소득 불평등의 근본적인 원인은 고용 불평등이다. 한국에서의 불평등에 대한 논의들은 바로 이 점을 간과하고 있다. 여기에서 필자의 생각은 기존의 불평에 대한 논의들과 구별된다.

일반 국민들은 불평등이라는 단어를 들으면 대부분 '빈부의 격차'를 연상한다. 불평등을 부자와 가난한 자의 차이로 인식하는 것은 '가진 것'의 차이로 보는 것이다. 그러나 대다수 국민들의 일상적인 삶의 질은 '가진 것'보다는 '버는 것'이 결정된다. '가진 것'의 격차가 의미가 있는 경우는 '가진 것'의 차이로 인하여 '버는 것'의 차이가 만들어질 때다. 다시 말하면 재산이 소득을 만들어서 재산 불평등이 소득 불평등을 만드는 원인이 될 때 빈부의 격차가 중요한 관심사가 되는 것이다. 한국의 소득 불평등은 재산격차가 아니라 임금격차가 만들어낸 것이기 때문에 불평등에 대한 원인 규명과 대안 마련을 위해서는 관심의 초점을 재산보다는 소득에 맞추어야 한다.

모든 계층에서 노동소득이 전체 소득의 90% 이상을 차지하고 있고, 평균적인 가계의 경우에 재산소득은 가계소득의 1%도 되지 않는다. 심지어 소득 상위 10%에 속하는 고소득층의 경우에도 재산이 만들어내는 소득은 5%도 되지 않는다. 이자나 임대료, 배당과 같은 재산으로 벌어들이는 소득은 전체 소득 불평등을 결정할 만큼의 수준이 아니며, 불평등을 만들어내는 원인은 임금으로 받는 노동소득이다. 물론 소득 상위 1% 또는 0.1%에 속하는 초고소득층은 상당한 소득을 재산으로 벌어들이고 있다. 그러나 그들은 극소수이며, 거의 모든 가계들은 재산의 대부분이 소득을 만들어내지 못하는 거주용 주택이기 때문에 재산을 갖고 있다 해도 소득에 별반 도움이 되지 못한다. 따라서 한국에서는 재산 불평등이 소득 불평등의 주요한 원인이 되지 않는 것이다. 전체 국민의 절대다수에게는 재산격차가 아니라 임금격차, 즉 가진 것이 아니라 버는 것의 차이가 불평등을 만들어서 중산층이 줄어들고 저소득층과 저임금 노동자가 늘어나고 있는 것이다.

임금격차가 소득 불평등을 만드는 원인이라면, 임금격차가 왜 생겨났는지를 생각해보아야 한다. 그래야 불평등을 어떻게 바로잡을 것인지의 두 번째 질문에 답할 수 있을 것이다. 결론부터 말하자면 임금격차가 확대되는 이유는 고용 불평등과 기업 간 불균형이다. 즉 정규직과 비정규직 그리고 대기업과 중소기업 간의 임금격차가 갈수록 확대되고 있는 것이 소득 불평등을 악화시키고 있는 절대 원인인 것이다.

비정규직 임금은 정규직의 절반에도 미치지 못한다. 비정규직 노동자가 정규직으로 전환되는 비율은 노동법이 정하고 있는 고용 기간 2년이 지나도 열 명 중 두 명에 불과하다. 비정규직은 정규직으로 가는 징검다리가 아니라 빠져나오지 못하는 함정인 것이다. 1990년대 초반까지는 비정규직이라는 개념 자체가 없었다. 비정규직에 관한 통계조차 존재하지 않는다. 비정규직은 외환위기 이후에 나타난 새로운 고용 형태이며, 기업은 비정규직을 낮은 임금을 지급할 뿐 아니라 임의로 해고하는 수단으로 악용해 왔다. 고용 불안정과 낮은 임금이라는 두 가지 부당함을 감수하고 있는 비정규직 노동자가 정부 통계로는 노동자 세 명 중 한 명 그리고 노동계 통계로는 노동자 두 명 중 한 명이다. 이러한 고용구조 때문에 한국은 같은 직장에서 1년 미만 근무하는 노동자가 세 명 중 한 명일 정도로 고용 불안정이 OECD 국가 중에서 최악이다. 불평등한 고용구조가 한국 불평등의 근본적인 원인이며, 이러한 구조를 만든 장본인은 대기업이다.

중소기업 임금은 대기업의 60% 수준이다. 중소기업과 대기업 간 임금격차가 오래전부터 큰 것은 아니었다. 1980년대 중소기업 임금은 대기업의 90%가 넘는 수준일 정도로 격차가 작았는데, 지난 30년 동안 격차가 지속적으로 확대된 것이다. 중소기업과 대기업의 임금격차가 커진 반면에 중소기업에서 일하는 노동자는 크게 늘었다. 중소기업의 임금이 대기업과 거의 같은 수준인 97%이었던 1980년 중소기업에서 일하는 노동자는 전체 노동자의 절반을 조금 넘는 53%였다. 임금격차가 60%로 커진 2014년에는 전체 노동자의

81%가 중소기업에서 일하고 있다. 임금격차가 커졌을 뿐 아니라 국민 절대 다수가 임금이 상대적으로 낮아진 중소기업에서 일하기 때문에 소득 불평등이 가속적으로 악화된 것은 당연한 결과다.

한국에는 약 50만 개의 기업이 있다. 한국 모든 기업의 매출액 중에서 재벌그룹에 속하는 100대 기업의 매출액이 차지하는 비중은 29%이고, 모든 중소기업은 35%를 차지한다. 이들 재벌 100대 기업이 고용하고 있는 노동자는 전체 노동자의 4%에 불과한 반면에 중소기업은 72%이다. 더욱 심각한 불균형은 순이익이다. 재벌 100대 기업은 한국 모든 기업의 순이익 60%를 자치한 반면에 중소기업은 35%에 불과하다. 대기업과 중소기업의 하청 구조 정점에 있는 초대기업이 고용을 만들어내지 않으면서 이익을 독차지하고 있기 때문에 절대다수의 고용을 담당하고 있는 중소기업은 정상적인 임금을 지급하지 못하고 간신히 생존하고 있는 것이다. 그 결과로 2차 하청기업의 임금은 원청기업인 초대기업 임금의 3분의 1이고, 3차 하청기업은 4분의 1 수준에 불과한 극심한 격차를 보이고 있다. 동일한 생산 사슬에 있는 원청기업과 하청기업 사이의 이렇게 엄청난 임금 불평등은 어떤 합리적인 경제 이론으로도 설명될 수 없는 것이다. 고용을 창출하지 않는 초대기업이 순이익을 독차지하는 지극히 불균형한 기업 생태계는 대기업이 '갑의 힘'이라는 시장 외적 요인으로 만들어낸 것이지 공정한 시장이 작동한 결과가 아니다.

한국의 소득 불평등은 재산소득으로 만들어진 것이 아니라 노동소득 때문이다. 다시 강조하자면 한국에서 불평등의 원인은 궁극적으로 정규직과 비정규직으로 양분된 고용 불평등과 대기업과 중소기업, 원청기업과 하청기업 간의 불균형으로 인해서 만들어진 것이다. 그럼에도 불구하고 기존의 불평등에 관한 적지 않은 논의들은 이자나 배당과 같이 자본이 소득을 만들어내는 재산 불평등에 초점을 맞추고 있다. 그리고 재계뿐 아니라 노동계의 일부 기득권까지도 저임금과 고용 불안정이라는 두 가지 불이익을 당하고 있는 비정규직과 중소기업 노동자를 외면하고 있다. 더구나 일부 진보 세력들은 소득 불평등의 원초적 책임이 있는 재벌의 불공정하고 불법적인 행태를 외면하고 오히려 한국 경제의 미래라고 옹호하기까지 한다. 필자는 기존의 이러한 논의들과 생각을 달리한다. 한국의 불평등 근원은 재산의 격차보다는 소득의 격차이며, 소득의 격차는 임금의 격차로 만들어진 것이다. 임금의 격차는 고용의 격차와 기업 간 불균형에서 찾아야 하며, 고용의 격차와 기업 간 불균형의 책임은 재벌 대기업에게 있다는 것을 이 책에서 논증하고 있는 것이다.

장하성, 『왜 분노해야 하는가』, 헤이북스, 2016, 24~28쪽

〈표 4-16〉 분석적 요약 예시

[1단계: 문제와 주장]

〈문제〉
한국 사회의 경제적 불평등의 주요 원인은 무엇인가?
〈주장〉
한국 사회의 경제적 불평등의 주요 원인은 재벌 대기업에게 있다.

[2단계: 핵심어(개념)]

① 경제적 불평등: 재산 소득과 임금 소득에 의해 발생하는 경제적 격차
② 재산 소득 또는 불평등: 가진 것의 차이로 발생하는 경제적 격차
③ 임금 소득 또는 불평등: 버는 것의 차이로 발생하는 경제적 격차
④ 재벌: 경제적 이익을 독식하는 한국 경제 특유의 대기업

[3단계: 논증 구성]

〈숨은 전제(기본 가정)〉
대기업의 독점적인 경제 활동으로 인해 고용 불평등이 발생한다. (대기업의 갑의 논리가 고용 불평등을 양산하고 있다.)

〈논증〉

P_1. 경제적 불평등은 재산 불평등과 소득 불평등으로 나뉜다.
P_2. 모든 계층에서 노동 소득이 전체 소득의 90% 이상을 차지하고 있다.
P_3. 평균적 가계의 경우 재산 소득이 1%도 되지 않는다.
P_4. 소득 상위 10%에 속하는 고소득층의 경우에도 재산이 만들어내는 소득은 5%도 되지 않는다.
P_5. (물론) 소득 상위 1% 또는 0.1%에 속하는 초고소득층은 상당한 소득을 재산으로 벌어들이고 있다. 그러나 그들은 극소수이며, 거의 모든 가계들은 재산의 대부분이 소득을 만들어내지 못하는 거주용 주택이기 때문에 재산을 갖고 있다 해도 소득에 별반 도움이 되지 못한다.
C_1. (따라서) 한국의 불평등은 소득 불평등 때문에 발생한다.

P_6. 비정규직 임금은 정규직 임금의 절반에도 미치지 못한다.
P_7. 정규직 노동자가 정규직으로 전환되는 비율은 노동법이 정하고 있는 고용 기간 2년이 지나도 열 명 중 두 명에 불과하다.
C_2. (따라서) 임금(소득) 불평등의 주요 원인은 고용 불평등이다.
P_8. 대기업의 독점적인 경제 활동으로 인해 고용 불평등이 발생한다. (숨은 전제)
C_3. 고용 불평등을 만든 장본인은 대기업이다.

⋮

P_9. 중소기업 임금은 대기업의 60% 수준이다.
P_{10}. 임금격차가 60%로 커진 2014년에는 전체 노동자의 81%가 중소기업에서 일하고 있다.
P_{11}. 임금(소득) 불평등의 주요 원인은 기업 간 임금의 불균형이다.
C_4. (따라서) 임금(소득) 불평등의 주요 원인은 기업 간 임금의 불균형이다.

⋮

P_{12}. 한국 모든 기업의 매출액 중에서 재벌그룹에 속하는 100대 기업의 매출액이 차지하는 비중은 29%이고, 모든 중소기업은 35%를 차지한다.
P_{13}. 100대 기업이 고용하고 있는 노동자는 전체 노동자의 4%에 불과한 반면에 중소기업은 72%이다.
P_{14}. 100대 기업은 한국 모든 기업의 순이익 60%를 자치한 반면에 중소기업은 35%에 불과하다.
P_{15}. 순이익의 불평등으로 인해 2차 하청기업의 임금은 원청기업인 초대기업 임금의 3분의 1이고, 3차 하청기업은 4분의 1 수준에 불과한 극심한 격차를 보이고 있다.
C_5. (따라서) 임금(소득) 불평등의 주요 원인은 기업 간 순이익의 불균형이다.
C_6. 임금 불평등의 주요 원인은 기업 간 불균형이다.
C_7. 임금 불평등의 주요 원인은 고용 불평등과 기업 간 불균형이다.

⋮

P_{16}. 동일한 생산 사슬에 있는 원청기업과 하청기업 사이의 이렇게 엄청난 임금 불평등은 어떤 합리적인 경제 이론으로도 설명될 수 없다.
P_{17}. 이러한 기업 간 불균형은 대기업이 '갑의 힘'이라는 시장 외적 요인으로 만들어낸 것이지 공정한 시장이 작동한 결과가 아니다.
C. 기업 간 불균형을 만들어 낸 것은 대기업이다.

[4단계: 함축적 결론]

〈맥락(배경, 관점)〉

불평등이 심화되는 한국 사회에서 불평등의 원인을 재산 소득 차이에서 해명하려는 기존의 논의를 비판하려고 시도하고 있다.

〈숨은 결론〉

한국 사회의 경제적 불평들을 초래한 재벌 대기업을 규제하고 개혁함으로써 소득 불평등으로 인해 발생하는 경제적 불평등을 해소해야 한다.

〈표 4-17〉 분석적 논평 예시

[1. 중요성, 유관성, 명확성]

한국 사회의 경제적 불평등의 원인을 규명하고 해결 방안을 모색하는 것은 중요한 문제다. 또한 필자는 그 문제에 대해 명확하고 유관한 주장을 개진하고 있다. (따라서 특별히 비판적으로 논평할 내용은 없다.)

[2. 명료함, 분명함]

애매하거나 모호한 개념을 사용하고 있지 않으며, 일반적인 의미와 동일하게 주요 개념들을 사용하고 있다. 다만, 한국의 상황을 비춰볼 때, 아파트나 토지와 같은 부동산의 시세차익으로 인한 부의 증가를 재산 소득으로 포함하고 있어야 할 것으로 보이는데, 필자가 그에 대해서 어떤 견해를 지니고 있는지 명확하지 않다. 본문에서는 '이자나 임대료, 배당과 같은 재산으로 벌어들이는 소득'을 재산소득으로 분류하고 있는 것으로 나와 있지만, 시세 차익에 따른 소득은 어떻게 구분하고 있는지 제시되어 있지 않다.

[3. 논리성: 형식적 타당성과 내용적 수용 가능성]

필자의 주장을 면밀히 검토하기 위해서는 논증의 형식적 타당성의 '형식적 오류와 비-형식적 오류' 모두를 검토해야 할 필요성이 있다. 이 글은 논리적인 연역논증은 아니지만 경험적으로 받아들이기에 무리가 없는 귀납논증으로 구성된 형식을 가지고 있는 것으로 볼 수 있다.

1. 주장의 함축 중 받아들이기 힘든 것은 없는가?:

주장의 함축 중에서 대기업의 개혁이 반드시 좋은 효과를 가져온다는 보장이 없기 때문에 그에 대한 구체적인 방안과 추가적인 논거 제시가 있어야 할 것으로 보인다. 하지만 이는 어디까지나 필자의 주장에 또 다른 정보, 근거가 주어졌을 때 얻어지는 함축이기 때문에, 저자가 가령 낙수효과나 대기업 주도의 경제성장에 대해서 긍정적인 평가를 한다거나 하는 정보와 근거에 동의하지 않을 경우에는 별다른 문제 제기가 될 수 없을 것으로 보이며, 이는 사실판단과 정보의 객관성의 측면(과연 낙수효과가 맞는지, 혹은 대기업 주도의 경제성장이 한국에서 불가피한 것이거나 보편적으로 긍정적인 면이 많은지 등등에 관해)에서 논의되어야 할 것으로 보인다.

2. 전제들의 합리적 수용 가능성 (전제들이 사실에 부합하는가, 전제들은 믿을 수 있는 자료에서 나왔는가 등):

필자가 암묵적으로 가정하고 있는 P8(숨은 전제)과 P16은 근거에 있어서 많은 사람들이 또 다른 견해를 가질 수 있을 것으로 보인다. 추가적인 객관적인 자료가 없다면 이러한 근거는 객관적이거나 사실과 부합한다는 신뢰성을 확보하기 어려워 보일 수도 있다.

[4. 공정성, 충분성]

1. 논의의 공정성 측면에서: 자의적 해석 혹은 유리한 근거들만 사용했는가, 자신의 관점, 배경에서만 문제를 바라보고 논증을 구성하지는 않았는가, 또는 문제를 다루는 또 다른 관점 맥락은 없는가?

대기업의 독점적 경제활동 혹은 '갑의 힘'에 의해 비정규직이 양산되고 기업 간 불균형이 심화되었다는 설명은 공정성을 결여하고 있다는 평가를 받을 수 있다. 비정규직 문제나 기업 간 불균형의 경우 몇 번의 경제 위기를 돌파하기 위한 정부 정책에 따라 형성된 한국 경제의 구조적 특성에 의해 발생한 것일 수도 있다. 따라서 이러한 문제의 책임을 대기업에게 일방적으로 귀착시키는 것은 저자가 자신의 입장을 효과적으로 전개하기 위하여 의도적으로 비판 대상을 좁혀 설정한 것일 수 있다.

2. 논의의 충분성의 측면에서: 논의 전개상 필요한 중요한 부분들이 모두 다루어졌는가, 또는 가능한 반론에 대한 재반론이 이루어졌는가?

대기업의 입장에서는 저자의 문제 제기와 원인분석에 대한 다양한 반론을 제기하게 될 것이다. 특히 한국 경제 성장의 중추를 담당했던 대기업의 역할에 대한 충분한 고찰을 하지 않은 상태에서 불평등이 대기업 때문에 심화된 것이라는 결론을 내리는 것은 부당하다는 반론을 제기할 수 있다. 또한 대기업 중심 체제를 유지하면서 불평등을 줄일 수 있는 다양한 가능성을 논의하는 것이 불가능한 것은 아니다. 따라서 저자는 이와 같은 반론을 충분히 고려하고 재반론을 전개하는 방식으로 논의를 펼칠 필요가 있다.

아래의 글은 프롬(E. Fromm)의 『사랑의 기술(*The Art of Loving*)』 중 일부를 발췌한 것이다. 지금까지 연습한 〈분석적 요약〉과 〈분석적 논평〉의 방법과 절차에 따라 분석과 논평을 해보자.

(…) 인간은 태어나자마자 개인으로든 인류로서든 결정되어 있는, 본능처럼 결정되어 있는 상황으로부터 비결정적이고 불확실하며 개방적인 상황으로 쫓겨난다. 확실한 것은 과거뿐이고 미래에 확실한 것은 오직 죽음뿐이다.

인간에게는 이성이 부여되었다. 인간은 '자기 자신을 아는 생명'이다. 인간은 자기 자신을, 동포를, 자신의 과거를, 자신의 미래의 가능성을 알고 있다. 분리되어 있는 실재로서의 자기 자신에 대한 인식, 자신의 생명이 덧없이 짧으며, 원하지 않았는데도 태어났고 원하지 않아도 죽게 되며, 자신이 사랑하던 사람들보다도 먼저 또는 그들이 자신보다 먼저 죽게 되리라는 사실의 인식, 자신의 고독과 자신의 분리에 대한 인식, 자연 및 사회의 힘 앞에서 자신의 무력함에 대한 인식, 이러한 모든 인식은 인간의 분리되어 흩어져 있는 실존을 견딜 수 없는 감옥으로 만든다. 인간은 이 감옥으로부터 풀려나서 밖으로 나가 어떤 형태로든 다른 사람들과, 또한 외부 세계와 결합하지 않는 한 미쳐버릴 것이다.

분리 경험은 불안을 낳는다. 분리는 정녕 모든 불안의 원천이다. 분리되어 있다는 것은 내가 인간적 힘을 사용할 능력을 상실한 채 단절되어 있다는 뜻이다. 그러므로 분리되어 있는 것은 무력하다는 것, 세계(사물과 사람들)를 적극적으로 파악하지 못한다는 것을 의미한다. 분리되어 있다는 것은 나의 반응 능력 이상으로 세계가 나를 침범할 수 있다는 것을 의미한다. 따라서 분리는 격렬한 불안의 원천이다. 게다가 분리는 수치심과 죄책감을 일으킨다. 분리 상태에서 느끼는 죄책감과 수치심 경험은 성서에 아담과 이브의 이야기로 표현되어 있다.

아담과 이브는 '선과 악을 알게 하는 지혜의 열매'를 먹은 다음에, 그들이 복종하지 않게 된 다음에(불복종의 자유가 없으면 자유도 없다), 자연과의 본래의 동물적 조화로부터 벗어나 인간이 된 다음에, 다시 말하면 인간 존재로서 탄생한 다음에, '발가벗고 있다'는 사실을 알고 부끄러워하게 되었다. 이와 같이 오래된 단순한 신화에도 19세기적인 관점과 고상한 척하는 윤리가 있는데, 이 이야기의 핵심을 우리는 성기(性器)가 보임으로써 느끼게 된 곤혹에 있다고 생각해야 할 것인가? 결코 그렇지 않을 것이며, 이 이야기를 빅토리아 시대의 정신으로 이해한다면 우리는 다음과 같은 중요한 점을 간파하게 될 것이다. 곧 남자와 여자가 자기 자신과 서로를 알게 된 다음, 그들은 분리되어 있고, 그들이 서로 다른 성(性)에 속하는 것처럼 서로 차이가 있다는 것을 알게 된다. 그들은 서로 분리되어 있다는 것을 인정하면서도 아직 서로 사랑하는 것을 배우지 못했기 때문에 남남으로 남아 있다. (이것은 아담이 이브를 감싸기보다는 오히려 비난함으로써 자신을 지키려고 한 사실에서도 명백하게 드러난다.) 인간이 분리된 채 사랑에 의해 다시 결합하지 못하고 있다는 사실의 인식, 이것이 수치심의 원천이다. 동시에 이것은 죄책감과 불안의 원천이다.

그러므로 인간의 가장 절실한 욕구는 이러한 분리 상태를 극복해서 고독이라는 감옥을 떠나려는 욕구이다. 이 목적의 실현에 '절대적으로' 실패할 때 광기가 생긴다. 우리는 외부 세계로부터 철저하게 물러남으로써 분리감이 사라질 때에 완전한 고립의 공포를 극복할 수 있기 때문이다. 이때는 인간이 분리되어 있던 외부 세계도 사라져버린다.

(…)

(단순한 물리적 결합인) 공서적 합일과는 대조적으로 성숙한 사랑은 '자신의 통합성', 곧 개성을 '유지하는 상태에서의 합일'이다. 사랑은 인간에게 능동적인 힘이다. 곧 인간을 동료에게서 분리하는 벽을 허물어버리는 힘, 인간을 타인과 결합하는 힘이다. 사랑은 인간으로 하여금 고립감과 분리감을 극복하게 하면서도 각자에게 각자의 특성을 허용하고 자신의 통합성을 유지시킨다. 사랑에서는 두 존재가 하나로 되면서도 둘로 남아 있다는 역설이 성립한다.

만일 우리가 사랑을 활동이라고 말한다면, 우리는 '활동'이라는 말의 애매한 의미 때문에 난점에 봉착한다. 이 말의 현대적 용법에서 '활동'이라는 말은 에너지를 소비하여 기존의 상황을 변화시키는 행위를 의미한다. 따라서 사업을 하거나, 의학 공부를 하거나, 끝없이 돌아가는 컨베이어 벨트 위에서 일하거나, 책상을 만들거나, 스포츠에 종사하는 사람은 활동적인 사람으로 생각된다. 이러한 모든 활동의 공통점은 외부적 목표 달성을 목적으로 한다는 것이다. 고려되지 않고 있는 것은 활동의 '동기'다.

예를 들면, 어떤 사람은 깊은 불안감과 고독감에 쫓겨 끊임없이 일하고, 또 어떤 사람은 야망이나 돈에 대한 탐욕에 쫓겨 끊임없이 일한다. 이 모든 경우에 사람들은 열정의 노예이고, 그들은 쫓기고 있으므로 사실 그들의 활동은 '수동적'이다. 곧 그들은 '행위자'가 아니라 '수난자(수신자)'이다. 한편 자기 자신, 그리고 자신과 세계의 일체성을 경험하는 것 말고는 아무런 목적이나 목표도 없이 조용히 앉아서 명상을 하는 사람은 아무것도 하고 있지 않기 때문에 '수동적'이라고 생각된다. 사실은 정신을 집중시킨 이러한 명상적 태도는 최고의 활동이며, 내면적 자유와 독립의 상태에서만 가능한 영혼의 활동이다. 활동에 대한 한 가지 개념, 곧 근대적 개념은 외부적 목적 달성을 위한 에너지 사용을 가리킨다.

그러나 활동에 대한 또 하나의 개념은 외부적 변화가 일어났든, 일어나지 않았든 인간의 타고난 힘을 사용하는 것을 가리킨다. 스피노자는 활동에 대한 후자의 개념을 가장 명백하게 정식화했다. 그는 감정을 능동적 감정과 수동적 감정, 곧 '행동'과 '격정'으로 구별한다. 능동적 감정을 나타낼 때 인간은 자유롭고 자기 감정의 주인이 된다. 그러나 수동적 감정을 나타낼 때 인간은 쫓기고 자기 자신은 알지도 못하는 동기에 의해 움직여지는 대상이 된다. 이렇게 해서 스피노자는 덕(virtue)과 힘이 동일하다는 명제에 도달한다. 선망, 질투, 야망, 온갖 종류의 탐욕은 격정이다. 그러나 사랑은 행동이며 인간의 힘을 행사하는 것이고, 이 힘은 자유로운 상황에서만 행사할 수 있을 뿐, 강제된 결과로서는 결코 나타날 수 없다.

사랑은 수동적 감정이 아니라 활동이다. 사랑은 '참여하는 것'이지 '빠지는 것'이 아니다. 가장 일반적인 방식으로 사랑의 능동적 성격을 말한다면, 사랑은 원래 '주는 것'이지 '받는 것'이 아니라고 설명할 수 있다.[3]

(…)

---

3 에리히 프롬(E. Fromm), 『사랑의 기술(*The Art of Loving*)』, 황문수 옮김, 문예출판사, 2006, 24~40쪽 발췌 및 일부 수정.

〈표 4-18〉 분석적 요약 예시

[1단계: 문제와 주장]

〈문제〉 진정한 사랑은 무엇인가?

〈주장〉 사랑은 수동적인 감정이 아니라 능동적인 활동이고, 그것을 통해 분리(감)로부터 합일 상태로 나아가는 것이다.

[2단계: 핵심어(개념)]

분리(감): 본질로부터 떨어져 나간 상태
합일: 분리(감)를 극복한 상태

[3단계: 논증 구성]

〈숨은 전제(기본 가정)〉
인간은 (원초적으로) 분리되어 있기 때문에 불안하다.

〈논증〉

P_1. 인간에게는 이성이 부여되었다.
P_2. 인간은 자신이 놓인 환경에 대한 (죽음, 고독, 무력함 등과 같은) 여러 한정적인 사실들을 인식하게 된다. ('P1'로부터)
C_1. 인간은 무엇으로부터 떨어져나간 분리(감)를 느낀다. ('P2'로부터)
P_3. 분리는 모든 불안의 원천이고, 따라서 분리 경험은 불안을 낳는다.
P_4. 분리감은 무력감을 의미하고, 그것은 세계를 적극적으로 파악하는 힘을 상실했음을 의미한다.
P_5. 인간은 분리(감)로부터 오는 불안으로부터 벗어나기를 원한다.
P_6. 외부 세계와의 단절을 통한 분리(감)의 극복은 성숙한 사랑이 아니다.
C_2. 합일은 자유로운 주체로서 자기 감정을 드러내는 '능동적인 활동'에 의해 완성된다.
P_7. 사랑은 행동이며 인간의 힘을 행사하는 것이고, 이 힘은 자유로운 상황에서 행사할 수 있을 뿐, 강제된 또는 수동적인 결과로서 나타날 수 없다.
C. 성숙한 사랑은 능동적인 힘으로서 자신의 개성을 유지하는 상태에서 타인과 결합하는 합일이다.

[4단계: 함축적 결론]

〈맥락(배경, 관점)〉
P_8. 진정한 사랑이 상실되어 인간이 소외되는 사회에 대한 반성

〈숨은 결론〉
C. 적극적인 활동을 통해 진정한(또는 성숙한) 사랑을 해야 한다.

〈표 4-19〉 분석적 논평의 실제

[1. 중요성, 유관성, 명확성]	
[2. 명료함, 분명함]	
[3. 논리성: 형식적 타당성과 내용적 수용 가능성]	
[4. 공정성, 충분성]	

제5장

학술 에세이 쓰기

모든 글은 항상 '무엇에 대한' 글이다. 시와 소설은 시인과 작가가 갖고 있는 '세계에 대한 고찰과 사색'에 관한 글이고, 기행문은 '여행에 대한 기억과 감상'에 관한 글이라고 할 수 있다. 이렇듯 우리는 대부분의 경우 언제나 '~에 대해서' 글을 쓴다고 할 수 있다. 이러한 맥락에서, 정당화 문맥에 있는 논증적인 '비판적 글쓰기'는 우리가 해결하고자 하는 '현안 문제'에 대한 '논증'을 제시하는 글이라고 할 수 있다.

우리는 제3장에서 주어진 텍스트의 논증을 분석함으로써 '올바르게 이해한 방식'으로 요약문을 작성하는 분석적 '요약'의 구조와 형식을 이해하고 연습하였다. 다음으로 제4장에서 분석적 요약을 통해 파악한 논증에 대해 '형식적인 타당성'과 '내용적인 수용 가능성'을 중심으로 분석적 '논평'의 구조와 형식을 파악하고 훈련하였다. 분석적 요약과 분석적 논평의 주된 관심사는 주어진 텍스트의 논증을 올바르게 분석하고 평가하는 데 있다고 말할 수 있다. 반면에 이제부터 우리가 연습하고자 하는 '에세이 쓰기'는 주어진 현안 문제에 대한 '나의 논증'을 구성하고, 그 논증에 기초하여 현안 문제를 정당화하는 글을 쓰는 과정이라고 할 수 있다. 분석적 요약과 논평 그리고 학술 에세이 쓰기의 사이에 놓인 절차적인 단계와 차이를 '**논증 구성으로부터 에세이 쓰기(from Argument to Writing)**'로 정리할 수 있다.

〈표 5-1〉 논증 구성으로부터 '에세이 쓰기(from Argument to Writing)'

from	분석적 요약 & 논평	to	논증적 에세이 쓰기
단계	텍스트 분석에 기초한 논증 구성		논증 구성에 기초한 에세이 쓰기
내용	중요 요소에 기초한 텍스트 분석 텍스트의 논증 구성 분석한 논증에 대한 평가	→	자신의 논증 구성 논증에 기초하여 에세이 구성 자신의 주장에 대한 객관적 평가

1

학술 에세이:
개요 발표와 논증적 에세이 쓰기의 절차와 내용

에세이 개요를 발표하는 프레젠테이션(PPT) 슬라이드를 아래와 같은 방식으로 구성하여 교수자와 동료 학습자에게 발표하는 것이 에세이를 작성하는 데 도움이 될 수 있다. 아래에서 각 항목에 대해 자세한 설명을 덧붙이겠지만, 아래와 같은 형식으로 에세이 개요에 해당하는 틀(frame-work)을 제시할 경우 교수자는 학습자가 어떤 주제에 대해 어떤 논증을 구성하여 에세이를 작성하려 하는지에 대해 파악할 수 있기 때문이다. 또한 학습자는 개요 발표를 통해 자신의 논증을 교수자와 동료 학습자들로부터 실제로 글을 쓰기에 앞서 검토를 받음으로써 자신이 작성하고자 하는 에세이의 완성도를 높일 수 있는 기회로 삼을 수 있다.

학습자는 프레젠테이션을 작성하고 발표함으로써 자신의 논증을 검토하고 부족한 부분을 보완 및 수정하여 에세이를 작성할 수 있다. 학습자가 이와 같은 절차를 통해 1차 에세이를 작성하여 제출하면 교수자는 1차 에세이 대해 개별적인 '면담지도'를 통해 비판적인 논평을 제공함으로써 학습자가 자신의 에세이를 완성도 있게 마무리할 수 있도록 도와야 한다. 마지막으로, 학습자가 이와 같은 일련의 과정을 통해 작성한 최종 에세이는 동료 학습자와 공유하는 것이 학습자와 동료 학습자의 글쓰기 역량을 함께 기르는 데 도움이 될 것이다. (적어도) 한 편의 에세이를 쓰기 위해 노력한 일련의 과정과 노력을 동료 학습자와 공유하는 과정을 통해 학습자 간의 좋은 점을 서로서로 벤치마킹할 수 있는 기회를 가질 수 있기 때문이다.

이제, 에세이의 개요를 작성하기 위한 프레젠테이션 5단계의 세부적인 내용을 살펴볼 차례다. 그 과정과 세부적인 내용을 살펴봄으로써 프레젠테이션 개요 발표와 실제적인 논증적인 에세이 쓰기가 어떻게 연결되어 있는지를 확인할 수 있을 것이다.

〈표 5-2〉 프레젠테이션의 구성과 에세이 작성 과정

1st slide				
주제 선정 이유	2nd slide			
(배경지식)	논증 구성	3rd slide		
	(근거+주장)	부연 설명	4th slide	
		(근거의 출처)	가능한 반론	5th slide
			(비판적 검토)	참고문헌
				(활용할 자료)

↓

1차 에세이

↓

면담: 비판적 논평

↓

최종 에세이

↓

소통과 공유: 동료들의 주장 검토를 통한 지식의 확장과 발전

1) 1st slide: 주제 선정 이유 & 배경지식

첫 번째 슬라이드는 크게 '1) 주제 선정 이유'와 '2) (현안 문제의) 배경지식'으로 구성된다. 일반적으로, '~에 대해서 쓴다'라고 하는 기본 구조를 갖는 글쓰기는 무엇에 대하여 쓸 것인가에 관한 고민으로부터 시작되기 마련이다. 말하자면, 주제를 선정하는 것이 곧 글쓰기의 시작이라고 할 수 있다. 그런데 우리가 여기에서 다루고자 하는 글은 시나 소설 또는 기행문과 같은 글쓰기가 아닌 정당화 문맥에 있는 논증적인 글쓰기라는 점을 염두에 두어야 한다. 만일 그렇다면, 주제 선정 이유와 배경지식은 아래의 표와 같이 좀 더 구체적인 준거에 따라 구성할 필요가 있다.

〈표 5-3〉 주제 선장이유와 배경지식

1) 주제 선정 이유	① 다루어 볼 수 있는 중요한 문제인지에 대한 평가 ② 현안 문제를 해결함으로써 이룰 수 있는 목적에 대한 평가
2) 배경 지식	① 기존 논증에 대한 분석 및 평가 ② 현안 문제와 관련된 사실적 정보와 중요한 개념 요약

(1) 주제 선정 이유

① 다루어 볼 수 있는 '중요한 문제'인지에 대한 평가

② 현안 문제를 해결함으로써 이룰 수 있는 목적에 대한 평가

① 다루어 볼 수 있는 '중요한 문제'인가?

어떤 것이 정당화 문맥의 논증적 글쓰기의 주제가 될 수 있을까? 글의 주제는 글감에 따라 무엇이든 될 수 있다. 하지만 앞서 말했듯이, 우리가 여기서 다루고 있는 논증적인 글의 주제는 다소 제한적일 수밖에 없다. 정당화 문맥의 논증적 글쓰기의 목적은 글을 통해 독자, 즉 글을 읽는 사람을 '논리적'이고 '합당한' 방식으로 설득시키거나 납득시키는 데 있기 때문이다. 게다가 논증적인 글을 포함하여 대부분의 글은 **'글쓴이 자신'이 아닌 '독자'**를 위한 것이다. 따라서 개인의 지극히 주관적인 체험이나 느낌 또는 어떤 대상에 대한 감각적인 감성과 같은 것들은 애초에 논증적인 글쓰기의 주제가 되기 어려운 측면이 있다. 예컨대, 당신이 친구와 함께 냉면을 먹고 있다고 가정해 보자. 그리고 그 친구가 당신의 취향과는 다르게 '상당히 많은 양의 식초'를 냉면에 넣어 먹는다고 해보자. 아마도 당신은 그와 같은 상황에서 친구에게 다음과 같이 말할 수도 있다. (예를 구성하기 위해 당신을 '연희'로, 당신의 친구를 '아라'라고 하자.)

① 연희: 냉면에 식초를 그렇게 많이 넣으면 냉면의 맛을 느낄 수 있어?

② 아라: 무슨 소리! 냉면은 식초를 많이 넣어 시큼해야 시원한 맛을 느낄 수 있지.

이와 같은 사례에서 '연희'와 '아라'가 함께 갖고 있는 현안 문제를 굳이 찾는다면 '냉면에 어느 정도의 식초를 넣어야 하는가' 정도가 될 것이다. 달리 말하면, 연희와 같이 냉면 본연의 맛을 느끼기 위해 식초를 냉면에 넣지 않거나 최소한만 넣어야 할 것인가, 아니면 아라와 같이 시원한 맛을 극대화하기 위해 가능한 한 많은 양의 식초를 냉면에 넣어야 할 것인가에 관한 논의라고 할 수 있다. 그런데 여기서 우리가 살펴보아야 할 중요한 문제는 이렇다. "연희는 아라를 (합리적으로) 설득할 수 있을까?" 또는 반대로 "아라는 연희를 (합리적으로) 설득할 수 있을까?"

똑똑한 당신은 이미 짐작했겠지만, 이와 같은 사례에서 연희 또는 아라의 지극히 주관적 경험에 근거하는 주장을 바꾸는 것은 쉽지 않을 것이다. 연희(또는 아라)의 순수한 주관적 경험 자체는 아라(또는 연희)의 논박에 그 자체로 면역되어 있기 때문이다. 간략히 말해서, 그 문제는 단지 개인의 성향과 취향에 관한 것일 따름이다. 이와 같이 지극히 주관적인 경험에 기초하고 있는 주제는 논증적 글쓰기의 주제로 적합하지 않다. 정당화 문맥의 논증적 글쓰기의 주제는 다루고자 하는 주제에 대한 자신의 주장이 형식적으로 타당하고 내용적으로 수용할 수 있는지 여부를 따져 볼 수 있는 가능성이 열려 있는 것이어야 하기 때문이다. 달리 말하면, 다루고자 하는 문제에 대해 의견을 달리하는 상호 간에 서로 비판적으로 접근할 수 있는 주제가 논증적 글쓰기의 대상이 될 수 있다는 것이다. 물론, 여기에 더하여 우리가 선택하는 주제는 '나'뿐만 아니라 '그 문제에 관심이 있는 사람들'이 흥미와 관심을 가질 수 있는 주제가 되어야 할 것이다.

만일 지금까지의 논의가 옳다면, 우리는 대체로 사회적인 이슈와 관련된 논제들, 아직 명료한 해법이 제시되지 않은 고전적인 문제들 그리고 다양한 분과 학문들에 걸쳐져 있는 중요한 문제들에 대한 나름의 답을 구하는 주제를 선정하는 것이 가능한 한 방법이 될 수 있다고 말할 수 있다.

② 현안 문제를 해결함으로써 이룰 수 있는 목적은 무엇인가?

'논증적인 글쓰기'를 통해 이루려는 '목적'이 '주제 선정'과 밀접한 관련이 있다는 것을 많은 지면을 할애하여 설명할 필요는 없는 듯이 보인다. 앞선 단계에서 착안하였거나 발견한 문제가 다루어볼 만한 중요한 문제라면, 그 문제를 해결함으로써 도달하거나 이룰 수 있는 목적 또한 명확할 것이라고 추측할 수 있기 때문이다. 예컨대, 당신이 기존의 앞선 연구나 현상적인 사회적 문제들로부터 '기본 소득제를 도입해야 하는가?'와 같은 논증적 글쓰기의 주제를 설정하였다면, 당신이 설정한 현안 문제를 해결함으로써 이룰 수 있는 목적은 자연스럽게 '기본 소득제를 도입하는 것의 장점 또는 단점을 밝히는 것' 등이 될 수 있다.

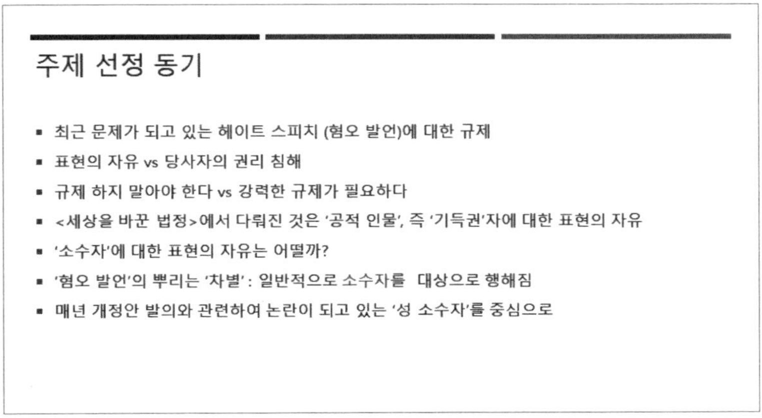

〈그림 5-1〉 PPT slide 작성 예시 1

⑵ 배경 지식

① 기존 논증에 대한 분석 및 평가
② 현안 문제와 관련된 사실적 정보와 중요한 개념 요약

① 기존 논증 분석 및 평가

미리 말하자면, 기존 논증을 분석하고 평가하는 단계는 일반적으로 제3장에서 살펴본 '분석적 요약'과 제4장에서 논의한 '분석적 논평'의 과정에서 이루진다고 볼 수 있다.

학문이 융합되고 복합되는 정보사회에서 앞선 연구 결과, 이론 또는 현상적 조사 분석 등으로부터 완전히 무관한 주제를 착안하거나 발견하는 것은 결코 쉬운 일이 아니다. 말하자면, 우리가 착안하거나 발견한 현안 문제와 주제는 대부분의 경우 기존의 입장이 있기 마련이다. 더 나아가 당신이 아주 새로운 주제를 선정해서 아무런 기존의 입장이나 이론이 없는 상황이라고 가정하더라도, 그와 유사하거나 공통의 문제의식을 갖고 있는 기존의 견해들이 있을 가능성이 매우 높다. 만일 그렇다면, 창의적인 주제를 착안하고자 하는 바람으로 인해 모든 것을 완전히 새롭게 마련하려는 시도는 매우 위험하다고 볼 수 있다. 그와 같은 시도는 '**창의적**(creative)'인 것이 아니라 오히려 '**창조적 또는 창발적** (emergence)'인 것이라고 할 수 있기 때문이다. 간략히 말해서, '창의적인 것은 기존에 있는 것으로부터 기존에 시도하지 않은 방안과 방식을 시도하는 것인 반면에, 창조적인 것은 기존에 없던 것으로부터 새로운 것을 만드는 일이라고 할 수 있다.'

앞선 단계에서 주제를 선정하고 문제의 배경을 정리함으로써 논증적 글쓰기를 시작할 수 있는 최소한의 토대를 마련하였지만, 본격적인 글을 쓰기에는 아직 충분하지 않다. 대학에서 이루어지는 일반적인 강의와 시험이 대체로 그렇듯이 출제자로부터 논의 주제가 주어지는 경우도 사정은 크게 다르지 않다. 자신이 스스로 선정한 주제든 출제자에 의해 선정된 주제든 무관하게 우리는 일반적으로 해당 주제에 대해 어느 정도의 이해를 갖고 있기 마련이다. 하지만 그 정도의 자료와 이해에 기초해서는 곧바로 본격적인 논증적인 글을 쓰는 것은 무모하다고 볼 수 있다. 현안 문제와 선정한 주제에 대해 이해한 내용과 애써 마련한 자료가 사실과 다르거나 부족하다면, 합리적이고 설득력 있는 논증적인 글을 쓸 수 없기 때문이다. 예컨대, '기본 소득제'에 관한 논증적인을 글을 쓰기 위해서는 그 법에 관한 대강의 내용이 아닌 적확하고 세세한 내용을 이해하는 것이 요구되기 때문이다. 만일 당신이 선정한 주제가 현재 일어나고 있는 시사적인 현안 문제라면, 그 주제를 둘러싸고 있는 일련의 사건들을 요약해보는 것도 도움이 될 것이다. 또한 만일 당신이 착안한 주제가 근본적이고 고전적인 논제라면, 그 주제와 관련된 역사적 사건, 대표적인 선행 연구자의 논증 또는 해당 문제의 전문가들의 주요한 견해들을 고찰하는 과정을 거쳐야 할 것이다. 심지어 기존의 입장들이 모두 형편없는 것들로 보인다고 하여도, 사람들이 왜 그런 견해들에 영향을 받아 왔는가를 꼼꼼히 이해하는 것이 중요하다. 자신의 글이 타인을 설득시키는 것이 목적이라는 것을 다시 떠올려 보자. 다른 사람들의 오해와 실수마저 잘 이해할 때 자신의 주장을 더욱 설득력 있게 펼칠 수 있다. 물론 이러한 고찰을 통해 자신의 독단도 발견할 수 있을 것이다.

우리는 이와 같은 자료를 마련하기 위해 제3장과 제4장에서 기존의 연구 결과와 이론 및 현실적인 문제에 대한 다양한 견해를 '분석하고 평가'하는 과정을 연습하고 훈련하였다. 따라서 여기에서는 기존 논증들을 확인하고 근거들을 검토하는 과정에서 유의할 점들을 요약하는 것만으로도 충분할 것이다.

ⓐ 주장: 현안 문제(쟁점이 되는 문제)와 관련된 각각의 주장들을 확인한다. 주장들은 찬반양론으로 나뉘는 경우도 있고 다양한 관점에 따른 여러 가지 선택지들로 나뉘는 경우도 있다. 후자의 경우는 전자보다 많은 노력이 요구된다. 여러 가지 주장들을 최대한 찾아낸 다음 유사성이 발견된다면 비슷한 것들은 서로 묶어서 분류해야 한다.

ⓑ 근거: 각각의 주장들에 대한 확인이 끝나면, 그러한 주장들에 대한 근거가 무엇인지를 세밀하게 따져야 한다. 각각의 근거들은 단순하게 독립적으로 주장을 지지해 줄 수도 있고 복잡한 구조 속에서 주장을 지지해 줄 수도 있다. 근거들의 논리적 구조를 유의해 가며 엄밀하게 파악해야 한다. 효과적인 논박을 위해서는 가장 중요한 근거들을 공략해야 하기 때문이다.

ⓒ 반론: 기존의 논증들은 이미 많은 경쟁자들과의 논쟁과 토론을 겪으면서 형성된 경우가 많다. 우리는 각각의 상이한 견해들이 상호 간에 어떤 논점을 둘러싸고 어떤 공방을 벌이면서 발전해 왔는지를 면밀히 따져 보아야 한다.

이러한 세 가지 단계를 모두 거쳐서 이해된 기존 입장이야말로 설득력 있는 글을 쓰기 위한 좋은 밑바탕이다. 현안 문제를 둘러싼 기존의 논쟁들에 대한 검토 없이 '자신의 입장만을 주장하는 글'은 '설득력'이 없다. 나와 다른 입장도 논증적 글쓰기를 통해 주장된 것인 한, 그러한 주장을 뒷받침하는 근거가 있기 마련이다. 따라서 나와 다른 입장을 뒷받침하고 있는 근거를 정확하게 알아야 한다. 나아가서는, 나와 같은 주장의 근거도 정확하게 알아야 한다. 입장 자체는 나와 같다고 해도 그것을 뒷받침하는 근거들은 다를 수 있기 때문이다.

아래의 〈분석적 요약〉 예시 사례는 익명의 학습자가 자신의 주제를 찾기 위해 "세상을 바꾼 법정" 중 '표현의 자유'와 관련된 내용을 분석한 것이다. 학습자는 이와 같은 활동을 통해 기존의 논의를 더 면밀히 이해할 수 있을 뿐만 아니라, 자신의 쓰고자 하는 핵심 문제와 주제를 착안할 수 있다.

〈표 5-4〉 예시: "세상을 바꾼 법정" 중 '표현의 자유'에 대한 분석적 요약

[1단계: 문제와 주장]	
	〈문제〉 공적 인물에 대한 표현의 자유를 어느 범위까지 인정할 수 있는가? 〈주장〉 공적 인물에 대한 표현의 자유는 사실뿐만 아니라 풍자일 경우 또한 인정해야 한다.
[2단계: 핵심어(개념)]	
	① 수정헌법 1조: 언론의 자유를 막거나 출판의 자유를 침해하는 등 정부에 대한 탄원의 권리를 막는 어떠한 법 제정도 금지하는 미국의 헌법 수정안 ② 명예훼손: 다른 사람에 대한 허위 사실을 기재한 글을 유포하여 그 사람의 평판을 떨어뜨리는 것 ③ 풍자: 현실적인 권력과 권위를 가진 사람을 부정적으로 제시하고 그의 모습을 과장하거나 왜곡하여 우스꽝스럽게 나타내는 표현 방법 ④ 자유: 남에게 구속을 받거나 무엇에 얽매이지 않고 행동하는 일 ⑤ 감정적인 고통: 가해자의 모욕적인 행동에 의해 발생한 감정의 깊은 상처 ⑥ 중상모략: 근거 없는 말로 남을 헐뜯고 사실을 왜곡하거나 속임수를 써 남을 해롭게 함 ⑦ 비방죄: 상대에게 부정적인 말을 하거나 글을 출판하는 행위로 위법행위임. 그러나 진실 여부에 따라 죄의 성립 여부는 달라질 수 있음 ⑧ 선동적: 타인의 마음을 움직여 정치적 행동을 하게 만드는 행위

[3단계: 논증 구성]

〈숨은 전제(기본 가정)〉

① 언론기관이 정부 정책을 사실대로 보도할 수 있어야만 일반 대중에게 올바른 정치적 견해를 형성하는 정보를 제공할 수 있다.

② 권력자에게 불만을 표시하고 항의할 수 있는 권리는 자연권이다.

〈논증〉

P_1. 코스비 총독은 피터 젱어를 선동적, 중상모략적, 허위적 비방죄로 고소했다.

P_2. 선동적, 중상모략적, 허위사실 중 하나라도 만족하지 못한다면 비방죄는 성립하지 않는다.

P_3. 피터 젱어의 유죄를 판결받기 위해선 위 세 가지 요소가 모두 입증되어야 한다.

C_1. 내용의 '허위' 여부 판단은 피터 젱어의 판결에 중요하다.

P_4. 내용이 진실하다면 능력 없는 집행부에 반대하는 것이 정당화된다.

P_5. 권력자에게 불만을 표시하고 항의할 수 있는 권리는 자연권이다.

C_2. 이러한 권리의 제한은 허위일 때에만 법률적으로 제한할 수 있다.

P_6. 내용이 사실일 경우 비방죄는 성립하지 않는다.

P_7. 피터 젱어의 기사는 사실을 다루고 있다.

C_3. 따라서 피터 젱어의 비방죄는 성립되지 않았다.

C_4. 그러므로 공적 인물에 대한 비판이 사실일 경우 표현의 자유로 받아들일 수 있다.

P_8. 폴웰은 명예훼손, 사생활침해, 감정적인 고통을 원인으로 손해배상 책임을 플린트에게 청구했다.

P_9. 명예훼손은 다른 사람에 대한 허위사실을 기재한 글을 유포하여 그 사람의 평판을 떨어뜨릴 때 성립한다.

P_{10}. 풍자나 패러디가 도저히 믿을 수 없는 것이라면 당사자의 평판을 떨어뜨리지 못한다.

C_5. 배심원단은 허슬러의 광고를 도저히 믿을 수 없는 것이라고 판결한다.

C_6. 허슬러의 광고는 폴웰의 평판에 해를 주지 못한다.

C_7. 플린트는 명예훼손에 따른 손해배상 책임이 없다.

P_{11}. 사생활 침해에 대한 책임은 유명인의 명성이나 초상권을 악용하여 이득을 취했을 때 발생한다.

P_{12}. 사람들이 유명인에 대한 광고를 진지하게 받아들이지 않는다면, 그 광고로 그 사람의 명성이나 초상권을 수단으로 하여 이득을 볼 수 없다.

P_{13}. 폴웰에 대한 광고는 터무니없는 내용을 담고 있었기에 진지하게 받아들이는 사람이 존재한다는 사실은 입증하기 어렵다.

P_{14}. 사람들이 이 광고를 진지하게 받아들였다는 사실을 입증하기 어렵다면, 광고 제작자가 그 광고로 이득을 취했다는 사실을 밝혀내기 어려울 것이다.
C_{8}. 사생활 침해에 대한 책임이 성립한다고 보기 어렵다.

P_{15}. 감정적 고통에 의한 손해배상이 성립하기 위해선 현실적인 악의를 입증하고, 동시에 그 표현이 허위라는 점을 증명해야 한다.
P_{16}. 플린트가 사용한 표현방식은 풍자였다.
P_{17}. 사실관계의 진술은 '허위'나 '진실' 여부를 판단할 수 있는 명제를 말한다.
P_{18}. 사람들은 풍자를 '허위'나 '진실' 여부 판단의 대상이라고 생각하지 않는다.
C_{9}. 풍자는 사실관계 판단의 대상이 아니다.
C_{10}. 플린트의 표현방식은 사실관계 판단의 대상이 아니다.
C_{11}. 플린트의 표현은 '허위'가 아니다.
C_{12}. 플린트에게 감정적 고통에 의한 손해배상을 청구할 수 없다.

P_{19}. 폴웰과 플린트의 재판은 수정헌법 1조의 해석의 문제를 다루고 있다.
C_{13}. 플린트가 한 폴웰에 대한 풍자 패러디처럼 공인에 대한 풍자도 다른 표현들처럼 수정헌법 1조의 보호를 받아야 한다.

C. C_{4}와 C_{13}에 따라서 공적 인물에 대한 표현의 자유는 사실뿐만 아니라 풍자일 경우 또한 인정해야 한다.

[4단계: 함축적 결론]

〈맥락(배경, 관점)〉
미국은 개별적인 판례(Case Law)를 채택한 국가이다.

〈숨은 결론〉

② **현안 문제와 관련된 사실적 정보와 중요한 개념 요약**

우리는 제2장에서 올바른 분석을 하기 위해 요구되는 '중요 요소'들을 살펴보았으며, 제3장에서 '분석적 요약'을 연습하는 과정을 통해 주장을 지지하는 근거들은 반드시 **'사실적 정보'와 '중요한 개념'**에 의해 다시 한 번 검토해야 한다는 것을 확인하였다. 따라서 당신이 착안한 현안 문제에 대해 올바른 논증을 개진하기 위해서는 기존의 논의와 논증 그리고 당신이 개진하고자 하는 논증에서 사용될 사실적 정보와 중요한 개념이 논의에 참여하는 모든 사람들에게 일반적으로 소통되고 공유될 수 있는 것들인지에 대한 충분한 검토가 반드시 이루어져야 한다.

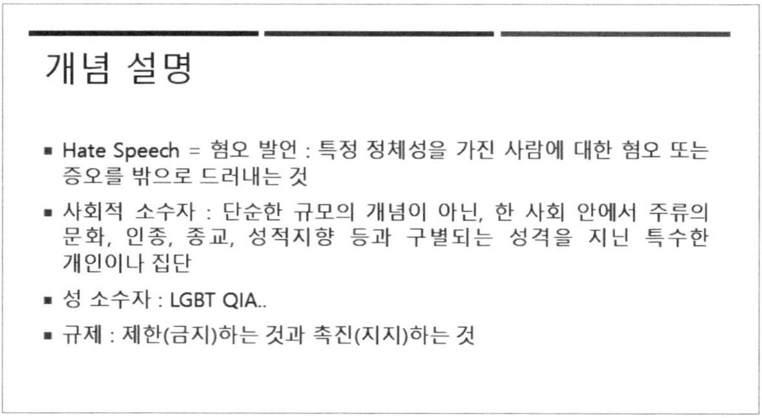

〈그림 5-2〉 PPT slide 작성 예시 2

2) 2nd slide: (자신의) 논증 구성

(1) 논증 구성하기

'주제 선정 이유와 배경 지식(1st slide)'을 정리하는 과정을 통해 현안 문제에 대한 논의에 대해 철저하게 이해했다면, 이제 우리는 본격적으로 자신의 입장(stance)과 견해(point of view)를 보여주는 논증을 구성하여 제시해야 한다.

현안 문제 또는 설정된 논제에 대한 본격적인 논평과 비판은 그 문제에 대한 자신의 입장이 정해진 다음에야 가능하다고 볼 수 있다. 선행 이론과 기존 입장들에 대한 검토는 자신의 입장을 결정하기 위해 필요한 과정이지만, 자신의 입장이 정해진 다음에는 기존 입장과 견해에 대한 비판적인 관점이 생성될 수 있기 때문이다. 여기서 우리가 주목할 점은 '**비판**(critic)'과 '**비난**(condemn)'은 다르다는 것이다. 간략히 말해서, 비판은 나름의 합당한 근거에 의지하여 기존 견해나 입장을 '옹호'하거나 '반대'하는 것을 말한다. 반면에 비난은 비판과 달리 주장을 지지할 수 있는 적절한 근거를 제시하지 않은 채 '무조건적'으로 반대하는 것을 의미한다.

앞서 말했듯이, 논증적 글쓰기란 어떤 주제에 대해 자신의 입장과 견해를 글로써 설득력 있게 주장하는 것이다. 그런데 처음에 자신의 입장을 스스로 명확하게 해 두지 않은 채 글을 쓰면, 결국 상대방은 글쓴이의 입장이 무엇인지 알 수 없다. 그러한 경우에는 상대방이 내 주장이 타당한지 아닌지를 따져 보는 것 자체가 불가능하므로 내 글은 아무런 설득력을 가질 수 없다. 물론 처음에 수립한 입장을 전개해 나가다 보면 입장 자체가 바뀌는 경우가 있을 수도 있다. 그렇다고 하더라도 글을 쓰기 전에 자신의 입장을 명확히 하지 않으면, 글은 나아가야 할 방향성이 없으므로 중구난방으로 끝나기 십상이다. 여기서 우리는 다시 한 번 다음과 같은 방법적 절차(methodological procedure)를 통해 현안 문제에 대한 자신의 입장을 확인할 수 있을 것이다.[4]

〈표 5-5〉 논제에 대한 자신의 입장을 확인하는 방법적 절차

논제(These)			반대 논제(Anti-These)			
기존 이론 및 견해			나의 입장			
1st		2nd		3rd	4th	⋯›
P	⋯›	P(①)	⋯›	P		
	↘		↘	N		
		N(②)	⋯›	P		
			↘	N		
P	⋯›	P(③)	⋯›	P		
	↘		↘	N		
		N(④)	⋯›	P		
			↘	N		

[여기서 ‘P’=긍정(positive), ‘N’=부정(negative)을 가리킨다.]

만일 이와 같은 단계와 절차를 통해 논평자의 입장을 확인할 수 있다면, 각 단계와 절차에 따른 입장과 견해를 다음과 같이 설명할 수 있다.

① P−P: 필자의 주장에 완전히 동의하는 경우
② P−N: 필자의 주장에 전반적으로 동의하지만 몇몇 논점의 보완이 필요한 경우
③ N−P: 필자의 주장에 전반적으로 동의하지 않지만 몇몇 논점을 수용할 수 있는 경우
④ N−N: 필자의 주장에 완전히 동의할 수 없는 경우

4 제4장 151쪽 참조.

당신이 설정한 주제에 대한 자신의 주장은 여러 가지 방식으로 성립될 수 있다. 우리가 쉽게 결정할 수 있는 몇 가지 가능한 선택지를 살펴보자.

① 기존의 여러 입장들을 검토해 본 후 가장 설득력 있는 한 견해를 선택한다.
② 기존의 여러 입장들을 종합적으로 통합하고 융합한다.
③ 기존의 여러 입장과 다른 새로운 견해를 제시한다.

이미 짐작했겠지만, 우리가 취할 수 있는 가장 손쉬운 선택지는 ①이라고 할 수 있다. 물론 선택지 ①에 약간의 새로운 사실적 정보나 논증을 추가하는 방식으로 기존 논증의 단점을 극복하거나 장점을 부각시킬 수도 있다. 하지만 중요한 것은 논증적인 글은 언제나 '자기만의 논증'과 새로움이 있어야 한다는 것이다. 기존 견해를 그대로 답습하여 반복하는 것은 바람직한 논증적 글쓰기가 아니다. 따라서 자신이 선택한 견해가 왜 가장 타당한 것인지에 대한 자신만의 논증이 반드시 뒤따라야 할 것이다.

선택지 ② 또한 흔히 취할 수 있는 입장이 될 수 있다. 이와 같은 입장이나 글쓰기 전략을 택하는 것이 틀린 것은 아니다. 하지만 선택지 ②는 자칫 현안 문제에 대한 자신의 생각과 주장이 전혀 없는 기존 연구에 대한 '단순한 요약'에 그칠 위험성이 매우 높다고 할 수 있다. 따라서 이와 같은 입장으로부터 논증적인 글을 쓰려 할 경우, 필자는 기존의 각 입장들 중에서 '장점'인 것과 '단점'인 것에 대한 충분한 분석을 제시해야 한다. 다음으로 다양한 입장들의 장점들을 종합하고 융합했을 때 기대할 수 있는 효과를 설득력 있게 논증할 수 있어야 한다.

선택지 ③은 겉으로 보기에 매우 도전적이고 창의적인 시도로 평가될 수 있다. 하지만 이와 같은 유형의 글쓰기가 항상 창의적이거나 성공적인 글쓰기를 담보할 수 없을뿐더러 가장 어려운 시도라고 할 수 있다. 우선, 기존의 입장과 전혀 다른 새로운 견해를 제시하기 위해서는 선택지 ①과 ②에서와 같이 앞선 논의에 대한 충분한 논의가 선행되어야 할 것이다. 새로운 견해는 그와 같은 분석과 논의가 충분히 이루어진 다음에야 나올 수 있기 때문이다. 물론, 기존 견해들을 새롭게 종합한 다음 기존 견해들이 놓친 새로운 길을 제시하거나 현안 문제를 진짜 문제가 아닌 가짜 문제로 재해석함으로써 현안 문제를 해소할 수도 있다. 예컨대, 짜장면을 먹을 것인가 또는 짬뽕을 먹을 것인가를 둘러싸고 논의가 진행되고 있다면, (지나친 포만감을 감수해야 하겠지만) 둘 모두를 먹기로 결정하거나 소위 짬짜면이라고 불리는 것을 선택함으로써 제기된 문제를 해소할 수도 있다. 또는 반대로 짜장면이나 짬뽕이 아닌 비빔밥을 먹는 결정이 합당함을 보이거나 현재 상황에서는 다이어트를 위해 금식을 하는 것이 합리적이라는 것을 논증함으로써 제기된 문제가 거짓 문제임을 보일 수도 있다.

주어진 문제에 대해 자신의 입장을 결정하는 방식은 매우 다양할 수밖에 없다. 여기서 간략히 구분한 유형은 매우 기본적이고 기초적인 분류에 불과하다. 흔히 하는 말로 '**글의 (유형의) 수는 글을 쓰는 사람의 수만큼 많다**'고 할 수 있기 때문이다. 따라서 여기에서 다양한 글쓰기의 유형을 모두 구분하여 기술하는 것은 불가능하다. 하지만 우리는 다음과 같은 유형에 관한 유혹으로부터 벗어나야 한다. 말하자면, 우리가 논증적인 글을 쓸 때 쉽게 가질 수 있는 다음과 같은 '강박적인 관념'은 반

드시 경계해야 한다. 즉,

④ 논증적인 글쓰기는 무조건 기존의 입장을 반대해야 한다.
⑤ 논증적인 글쓰기는 무조건 기존의 입장과 다른 새로운 대안을 제시해야 한다.

논증적인 글이라고 해서 기존의 입장을 반드시 논박해야 하는 것은 아니다. 기존의 견해와 논증을 분석한 결과 그 논증에 어떠한 문제도 없을뿐더러 합리적이라면, 그 논증이 '왜 합리적이고 받아들일 수 있는지에 관한 자신의 논증을 제시함'으로써 기존의 입장을 '옹호'하고 '강화'하는 글을 쓸 수도 있다. 쉽게 말해서, 기존의 입장을 옹호할 것인가 또는 반대할 것인가는 앞서 제시한 '방법적 절차'를 통해 현안 문제에 대한 자신의 입장을 철저히 분석하여 확인한 다음에야 결정할 수 있는 것이다. 게다가 다루고 있는 현안 문제에 대해 제3의 길이라고 부를 수 있는 새로운 대안을 제시하는 것이 항상 가능한 것도 아니다. 만일 그와 같은 일이 손쉬운 일일뿐더러 항상 가능하다면 우리가 발 딛고 있는 이 세계에서 해결하지 못할 문제와 일은 없을 것이다. 하지만 우리가 항상 경험하고 있듯이 우리가 속한 세계는 해결하기 어려운 문제로 넘쳐나고 있다는 것 또한 사실이다. 따라서 우리는 입장 ④, ⑤와 같은 입장을 반드시 고수할 까닭이 없다.

자신의 입장을 확립했다면, '내'가 어떤 이유로 그 입장을 선택했는지가 분명하게 드러나야 한다. 어렴풋하게 대충 이러저러한 이유로 선택했다고 넘어가선 안 된다. 본격적인 글을 쓰기 전에 자신의 '주장을 지지하는 근거'가 무엇인지 정확하고 분명하게 확인해야 한다. 논증적 글쓰기에서 가장 기본이 되는 것은 바로 '근거(전제적 이유)'다. 아무런 근거(전제적 이유) 없이 단지 주장만 내세우는 글은 아무런 설득력을 가질 수 없다. 설득력은 논증의 타당성에서 나오며, 논증의 타당성은 주장과 근거의 관계에서 나온다. 논증적 글쓰기가 글쓴이와 독자의 대화라면, 논증적 글쓰기는 독자가 제기하는 물음, 즉 '당신은 왜 그렇게 주장하는가?'에 대해 글쓴이가 대답해 나가는 것이다. 따라서 논증적인 글의 진정한 가치는 주장 그 자체라기보다 오히려 그 주장을 뒷받침하는 근거에 있다고 말할 수 있다. 아무리 독창적인 주장을 하더라도 그것을 뒷받침하는 근거가 없거나 빈약하다면, 그 주장은 더 이상 독창적인 것이 아니라 단지 헛소리에 불과한 것이 되고 만다. 만약 이 근거 확인 단계가 분명하게 이루어지지 않는다면, 주제 조사나 기존 입장에 대한 조사 단계로 다시 되돌아가서 천천히 문제를 다시 살펴보도록 하자.

(2) 논증 구성과 논증적 글쓰기의 관계

당신이 선정하거나 착안한 주제에 대한 논증을 구성하는 방식은 3장에서 다룬 분석적 요약에서 주어진 텍스트의 논증을 구성하는 방식과 다르지 않다. 그 둘은 단지 '(타인이 쓴) 주어진 텍스트의 논증을 분석하여 구성'하는 것과 '(내가 써야 할) 나의 논증을 구성'하는 방향성의 차이가 있을 뿐, 형식과 내용에 있어서의 차이는 없다고 보아야 한다. 예컨대, 'A. 분석적 요약'과 'B. 논증적 에세이'의 논증 구성이 〈표 5-6〉과 같다고 해보자.

〈표 5-6〉 논증의 표준 형식과 에세이의 형식인 구조

단계	A. 분석적 요약	B. 논증적 에세이
대상	분석의 대상이 되는 텍스트	자신의 견해를 보여줄 수 있는 논증
논증 구성	P_1. P_2. P_3. C_1. (소결론) P_4. P_5. P_6. C_2. (소결론) … C_3. (소결론) … C. (최종 결론)	P_1. P_2. P_3. C_1. (소결론) P_4. P_5. P_6. C_2. (소결론) … C. (최종 결론)

논증 구성이 이와 같다면, 분석의 대상인 '텍스트 A'는 소결론 'C_1, C_2, C_3'으로부터 최종 결론 'C'를 도출하는 구성을 가지고 있다고 분석한 것이다. 따라서 '텍스트 A'는 적어도 최종 결론을 지지하는 3개의 '장(chapter)이나 절(section)' 또는 '문단'으로 작성된 글이라는 것을 파악할 수 있다. 같은 이유로, 만일 당신이 자신의 글을 쓰기 위해 'B'와 같이 'C_1, C_2'로부터 최종 결론(C)을 도출하는 논증을 구성하였다면, 당신은 최종 결론(C)을 지지하기 위한 관련성 있는 별도의 논의를 개진하는 2개의 '장(chapter)이나 절(section)' 또는 '문단'을 가진 형식으로 글을 작성해야 할 것이다.

〈표 5-7〉 에세이의 형식적 구조와 분석적 요약의 관계

단계	A. 분석적 요약	B. 논증적 글쓰기
대상	분석의 대상이 되는 텍스트	자신의 견해를 보여줄 수 있는 논증
글의 구성	1. 서론 2. 본론 2.1 (본론 1) ← 소 논증 1 2.2 (본론 2) ← 소 논증 2 2.3 (본론 2) ← 소 논증 3 3. 결론	1. 서론 2. 본론 2.1 (본론 1) ← 소 논증 1 2.2 (본론 2) ← 소 논증 1 3. 결론

전체 논증

1. 소수자에 대한 혐오 발언은 보호 받아야 할 자유권인가 규제 대상인가
   1.1. 역행하는 대한민국 (사례분석)
   1.2. 혐오 발언은 제한 규제가 필요하다

2. 혐오 발언 제한규제의 양면성에 대한 해결책
   2.1. 혐오 발언 법제화의 양면성
   2.2. 혐오 발언 규제 방안: 소수자 표현의 자유의 증진, '지지하는 규제'
   2.3. 구체적인 해결 방안 : 문화, 교육 방면에서의 성 소수자에 대한 지원

1.1. 역행하는 대한민국 : 공적 인물들의 성 소수자 혐오 발언

P1. 국제인권규약 자유권규약 20조 2항에는 혐오 표현 금지를 명시하고 있다.

P2. 인종차별철폐협약 4조에는 혐오표현을 형사범죄로 명시하고 있다.

P3. 타 국가들에서도 혐오 표현, 특히 '성적 지향'에 대한 것을 그 형태 중 하나로 명시하며 법제화가 이루어지고 있다. (뒷장 근거에 대한 부연 설명)

P4. 2019년 11월 12일 안성수 의원 대표로 40명의 국회의원이 발의한 국가인권위원회법(인권위법) 개정안 : 인권위법의 차별금지 사유에 '성적 지향을 삭제'하고 '성별'에 대한 규정을 '남성 또는 여성 중의 하나를 말한다' 로 바꾸자고 주장했다.

P5. 2014년 인권교육지원법안은 동성애에 대한 어떠한 조항도 없었지만 친동성애 교육을 강화할 수 있다는 사유로 철회되었다. (204쪽)

P6. '다양한 가족 형태'라는 표현이 동성혼을 보호한다며 '아동복지법'과 '한부모가족지원법'에 반대하는 운동이 일어났다.

C1. 대한민국에는 소수자, 특히 '동성애자'에 대한 공적 인물들의 혐오 발언이 만연하며 이는 국제사회의 흐름에 반한다.

1.2. 혐오 발언은 제한규제가 필요하다

P1. 헌법 제 37조 2항에 따르면 "국민의 모든 자유와 권리는 국가안전보장, 질서유지, 또는 공공복리를 위하여 필요한 경우에 한하여 법률로써 제한할 수 있으며, 제한하는 경우에도 자유와 권리의 근본적인 내용을 침해할 수 없다."

P2. '혐오 발언'은 표현의 자유의 한 형태이다.

C1. 혐오 발언을 제한하는 것은 표현의 자유를 제한하는 것이다.

P3. 그러나 혐오 발언은 차별로 이어져, 발언이 향하는 대상의 기본적인 권리를 침해한다.

P4. 인간의 기본적인 권리를 침해하는 행위에 대해서는 규제가 필요하다.

P5. 혐오 발언의 규제화는 꼭 형사범죄화가 아니어도, 시민사회를 향해 혐오표현을 관용하지 않는다는 사회적 가치를 확인시켜줄 수 있는 상징적 기능을 가진다.(164)

C2. 혐오 발언에 대한 최소한의 제한규제가 필요하다.

2.1. 혐오 발언 법제화의 양면성

P1. 소수자에 대한 인식과 사회적 차별이 우선적으로 개선되지 않으면, 소수자에 대한 '혐오 발언'에 대한 형사범죄화는 사회적 반항만 낳을 위험이 있다.

P2. 표현의 자유는 다양하고 광범위하므로, 이를 제한하는 규제는 오용되거나 주관적으로 해석될 소지가 있다.

P3. 혐오 발언 규제화 또는 법제화를 통해 표현의 자유에 대한 논의가 다원화되지 않고 '합법'과 '불법'으로 이분화 될 수 있다. (160)

P3. 대한민국 성 소수자 혐오발언의 근본적인 원인은 본인과 다르다는 이유로 하는 성 소수자에 대한 사회적 '차별'에 있다.

C1. '혐오 발언' 자체에 대한 제한적 규제에 우선하여, 사회적 차별 개선 규제가 시행되어야 한다.

C2. 소수자들이 각자의 목소리를 낼 수 있는 표현의 자유 지지 정책이 필요하다.

2.2. 혐오발언의 뿌리와 제 3의 해결책 : 소수자 표현의 자유의 증진

P1. 레이디가가는 그 동안 HIV와 AIDS 예방 및 감염된 사람들에게 직접적인 도움을 주는 프로그램을 운영하거나는 '맥 비바글램 캠페인'에 홍보모델로 참여해 지속적으로 성적결정권과 소수자의 권리에 대해 호소하고 있다.

P2. 그녀를 포함한 공적 인물들의 소수자를 지지하는 사회적 활동은 성소수자에 대한 대중의 인식에 영향을 미치고 있다.

P3. 아이슬란드의 경우, 전국성소수자연합(National Queer Organisation)이 발족되어 자유화 운동의 본격적 추진된 이후 자신이 성소수자임을 드러내는 사람들이 급속히 증가했고, 그 이후 성 소수자를 존중하는 사회적 분위기가 형성되었다.

C1. '소수자의 표현의 자유 증진'은 사회적 가치를 수용하는 태도에 영향을 미친다.

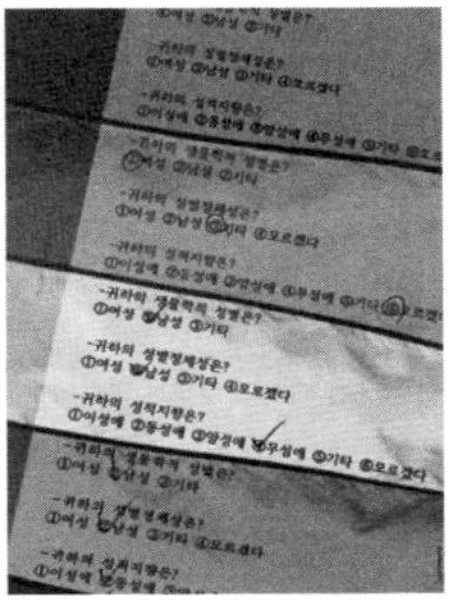

〈그림 5-3〉 PPT slide 작성 예시 3

3) 3rd slide: (논증에 대한) 부연 설명

만일 당신이 두 번째 단계에서 제법 꼼꼼하고 엄밀한 논증을 구성하였다면, 논증적인 글을 쓰기 위한 가장 중요한 일을 성공적으로 마무리했다고 보아도 좋을 것이다. 앞서 살펴보았듯이, 전체적인 논증 구성은 곧 작성할 글의 전반적인 모습을 보여주기 때문이다.

세 번째 단계인 '3rd slide: (논증에 대한) 부연 설명'에서는 논증의 세부적인 근거들 중 현안 문제와 관련된 논의에 새롭게 들어온 사실이나 추가적인 설명이 필요한 개념 또는 사항들에 관한 자료들을 수집 및 정리하고 제시해야 한다. 이와 같은 작업이 충실히 수행된다면, 글을 쓰는 과정에서 본론의 내용에 적극적으로 반영하여 활용할 수 있는 방법을 모색해볼 수도 있다. 이 부분은 긴 지면을 할애하여 설명할 필요가 크지 않다. 따라서 아래와 같은 예시 사례를 제시함으로써 이 단계에서 해야 할 작업이 무엇인지 보여주는 것으로 충분할 것이다.

1.1. 근거에 관한 부연설명

프랑스 : **인종과** 성적 지향 **등을 이유로 명예훼손 및 모욕성 언사를 하면 6개월 이상, 1년 이하의 징역에 처하고,** 우리 돈 **약 5,800만 원의 벌금형에 처하게 된다**

캐나다 : 피부색, 인종, 종교, 출신 국가, 연령, 민족, 성적 지향, 성별, 장애 등 **해당 집단에 대해 공개적으로 증오를 선동하거나, 그 선동이 공동체의 평화를 훼손할 가능성이 있다고 여겨지면 사법 기관을 통해 2년 이하의 징역을 내릴 수 있다.**

영국의 평등법 :
연령, 장애, 성전환, 인종, 종교, 성별, 성적 지향, 신앙 등에 관한 **언어적 괴롭힘을 규제**하고 있다.

스웨덴 : 인종, 피부색, 민족적 또는 종족적 기원, 종교적 신념,성적 지향 등과 관련하여 어떤 집단을 위협하거나 멸시하는 말을 퍼뜨리는 행위를 처벌

>>2004년 동성애를 "사회의 본질에 도덕적으로 파괴적인 효과'를 끼치는 '성적인 일탈 성향'으로 간주하며 동성애의 '문란한 생활방식'을 비난하는 내용이 담긴 전단지를 뿌린 사람들이 처벌된 사례가 있음

[출처] 국가인권위원회, 각국의 혐오 표현 규제 현황 & 홍성수, 말이 칼이 될 때 171쪽

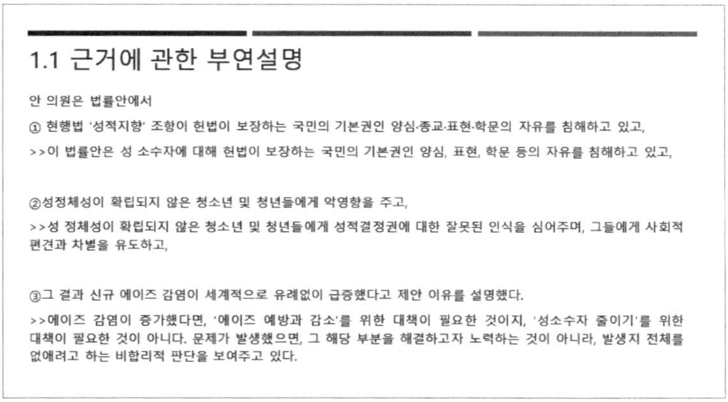

〈그림 5-4〉 PPT slide 작성 예시 4

4) 4th slide: (자신의 주장에 대한) 가능한 반론과 재반론

자신의 주장에 대해 제기될 수 있는 가능한 반론과 재반론에 대한 탐구는 앞서 살펴본 '4장. 분석적 논평'의 평가 항목 중 '공정성과 충분성' 준거와 밀접한 관련이 있다.

당신이 다른 사람의 글을 논평할 수 있듯이, 당신의 글 또한 다른 사람들의 논평의 대상이 될 수 있다는 점을 염두에 두어야 한다. 간략히 말해서, 만일 당신이 실제 작성한 논증적인 글이 현안 문제에 대한 '자신의 입장과 견해'만을 개진하고 있을 뿐, 당신의 입장에 대해 반대편에 서 있거나 적어도 의문을 제기할 수 있는 사람들의 입장과 견해를 전혀 고려하지 않는다면 당신의 글은 '공정성'을 결여하고 있다는 비판으로부터 결코 자유로울 수 없다. 반복되는 이야기이지만, 정당화 문맥의 논증적인 글의 공정성은 현안 문제와 관련된 '찬(pros)과 반(con)' 모두의 논리적 근거들을 함께 다룰 때 확보될 수 있기 때문이다.

논증적 글쓰기란 단지 내 주장을 뒷받침한다고 여겨지는 논거들을 일방적으로 제시하는 것이 결코 아니다. 필자가 아닌 독자의 입장에서, 내가 제시한 논거들에 대해 제기될 수 있을 법한 비판(예상 반론)들을 상정하여 언급해야만 한다. 우리는 그 비판들에 대한 재반박까지도 논증의 과정에 반드시 담아야 함을 결코 잊어서는 안 된다. 나와 다른 주장을 비판적으로 검토할 때의 엄밀한 잣대를 내 주장의 논증 과정에도 들이대면서 논거를 구성한다면, 나의 주장은 자연스럽게 더 큰 설득력을 가지게 될 것이다. 논증이란 나의 주장과 나 아닌 다른 주장과 논쟁하고, 나아가서 내 주장에 대해 독자와 논쟁하는 과정이기 때문이다.

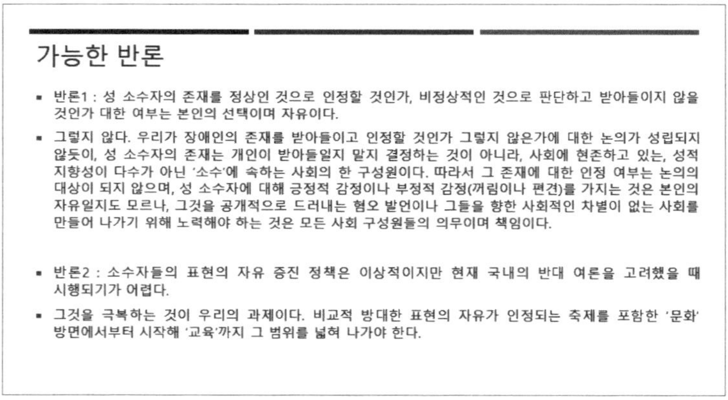

〈그림 5-5〉 PPT slide 작성 예시 5

5) 5th slide: 참고문헌 및 활용할 자료 정리

(1) 출처

자신의 글이 다루고 있는 주제에 대한 다른 사람의 생각을 (긍정적으로든 부정적으로든) 활용하는 것은 독단적인 글이 되지 않기 위한 지름길이다. 다만, 자신이 아닌 다른 사람의 생각을 **인용**했을 때에는 반드시 그 출처를 밝혀야 한다. 출처를 밝히지 않은 채 그것을 마치 나의 생각인 것처럼 지면에서 말하는 것이 바로 **표절**이다. 즉, 나의 생각과 남의 생각을 독자가 쉽게 구별할 수 있게 해야 한다. 남의 생각을 자신의 생각이라고 말하는 것만이 표절이 아니다. **다른 사람의 생각을 자신의 생각으로 오해할 소지를 남기는 것** 역시 표절이다. 또한, 활용한 통계나 지표 등의 자료에 관해서도 독자가 그것의 사실 여부를 확인할 수 있도록 정확한 출처를 밝혀야 한다.

출처를 밝히는 방법에는 일반적으로 각주 또는 미주를 사용한다. 글의 말미에서 출처를 한꺼번에 밝히는 것(미주)보다 인용한 내용이 있는 쪽 아래에서 그때그때마다 밝히는 것(각주)이 독자가 읽기에 편하다.

인터넷에서 가져온 인용의 출처는 URL 주소로 표기한다. 인용한 문헌을 표기하는 양식은 여러 가지가 있으나, 어떤 양식을 택하든 글쓴이, 책 이름(논문 이름), 출판사(학술지 이름), 출판연도, 인용한 쪽수를 명기하는 것이 일반적이다. 어떤 양식을 택하든지 글 전체에서 하나의 양식을 **통일**해서 사용해야 한다. 다음은 여러 방식의 인용표기 중 하나이다.

〈예시〉

단행본:

원빈, 『아저씨 개론』, 서울: 탐구당, 1991, 62쪽.

Johnson Dwayne, *How to be an action star*, London: Longman, 2017, p. 125.

→ 저자명 또는 편저자명, 책이름, 출판지: 출판사, 출판연도, 쪽수 (동양인명: 성 이름, 서양인명: 성 이름 혹은 성, 이름)

논문:

이나영,「000 연구」,『000학회』제2집(1952), 15쪽.

Patton Paula, "The Research of 00000," *000 Journal*, 11:1(1982), pp. 43~45.

→ 저자명, 논문명, 잡지명(편저일 경우에는 편저자, 편서명), 권수(출판연도), 쪽수(서양어 논문은 「」 대신 " "으로 표기)

인터넷 자료:

김용성, "요즘 대학생들 공부 안 해 걱정", 명륜왕 블로그, 2018년 8월 15일 수정, 2018년 9월 1일 접속, http://blog.never.co.kr/yosmdaehacksang.

→ "웹페이지명", 사이트명, 0000년 00월 00일 수정, 0000년 00월 00일 접속, URL.

(2) 참고 자료(참고문헌)

본문에서 인용한 자료가 많지 않은 경우에는 굳이 하지 않아도 무방하지만, 일반적으로 글의 가장 마지막에는 인용한 자료들의 출처를 모아서 표기한다. (각주가 아닌 미주를 사용한 경우에는 참고 자료를 또다시 나열하지 않아도 무방하다.) 다음은 여러 방식의 참고문헌 표기 중 하나이다.

〈예시〉

단행본:

홍길동, 『哲學史槪論』, 울산: 문숙출판사, 1979.

Cruise Tom, *How to make an argument*, Cambridge, Massachusetts, The MAT Press, 2018.

논문:

홍길순, 「바늘 끝에 몇 명의 천사가 앉을 수 있는가」, 『한국천사학회』 1004호, 2004, 19~39쪽.

Sosa Semi, "The Pyrrhonian Problem," *philosophical Review* 85, 1997, pp. 54-74.

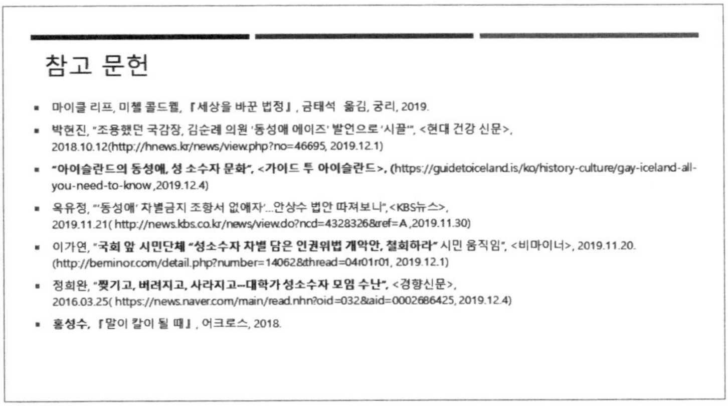

〈그림 5-6〉 PPT slide 작성 예시 6

2
논증적 글쓰기의 절차

작성할 글의 전체적인 모습을 보여주는 프레젠테이션(개요)을 작성하였다면, 그것에 기초하여 실제적인 글쓰기를 시작할 수 있다. 개요 프레젠테이션의 각 슬라이드는 아래의 표와 같이 〈서론-본론-결론〉 및 〈출처〉와 〈참고문헌〉을 작성하는 데 직접적으로 활용할 수 있다.

논증적인 글은 일반적으로 〈서론(머리말)-본론(몸말)-결론(맺음말)〉의 형식을 가지고 있다. 만일 일반적 형식에 따라 글을 쓴다면, 우리는 자연스럽게 〈서론〉을 먼저 작성해야 한다고 생각하기 쉽다. 하지만 (적어도) 논증적인 글은 〈본론〉을 먼저 작성하는 것이 완성된 글의 전체적인 통일성(unity)과 정합성(coherence)을 확보하는 데 도움이 될 수 있다. 그 까닭은 〈그림 5-8〉의 '본론 쓰기-결론 쓰기-서론 쓰기'를 설명하는 과정에서 밝혀질 것이다.

〈표 5-8〉 개요 프레젠테이션에 대응하는 논증적 글쓰기 상관관계

1st slide 주제 선정 이유 & 배경 지식	→	서론의 자료 (본론의 자료)
2nd slide 논증 구성	→	본론의 자료 (결론의 자료)
3rd slide 부연 설명		
4th slide 가능한 반론		
5th slide 참고할 문헌	→	참고 문헌

1) 본론 쓰기

(1) 핵심 주장 제시

본론은 글쓴이의 핵심 논증이 명확히 드러나게 작성되어야 한다. 앞서 설명했듯이, 본론은 글쓴이가 여러 개의 소논증을 구성하여 최종 결론을 지지하고자 할 경우, 논증 구성 단계의 각 소논증은 실제 글쓰기에서 '장(chapter)'과 '절(section)' 또는 구분되는 '문단'으로 나누어 서술되어야 한다. 그리고 주장 또는 근거들과 관련된 주요 개념들을 명확히 할 필요가 있을 경우, 본론의 시작 또는 서론에서 분명하게 정의하거나 설명해야 한다. 개진하는 주장의 공정성을 확보하기 위해 기존 텍스트에 제시된 근거들을 비판적으로 검토하여 보완하거나 추가해야 한다는 점도 염두에 두어야 한다. 앞에서도 강조했지만, 논증적인 글쓰기는 정당화 문맥의 글쓰기이기 때문에 독자의 관점에서 근거가 그 자체로 받아들여질 수 없다고 판단되면 부속 논증을 구성하여 근거의 수용 가능성을 강화할 필요가 있다.

(2) 장(chapter)/절(section) 구성하기

2)에서 보았듯이, 전체 논증이 여러 개의 작은 논증으로 구성되어 있는 경우, 즉 여러 개의 작은 논증의 소결론이 전체 논증의 전제적 이유의 역할을 하는 논증으로 구성되어 있는 경우, 각각의 작은 논증은 실제 글쓰기에서 하나의 '장' 또는 '절'로 구성되어야 한다.

〈표 5-9〉 논증 구성과 논증적 글쓰기

단계	논증 구성	논증적 글쓰기
2. 본론	P_1. P_2. … C_1. (소결론 1)	2.1 소제목
	P_1. P_2. … C_2. (소결론 2)	2.2 소제목
	P_1. P_2. … C_3. (소결론 3)	2.3 소제목
	C.	(최종) 결론

본론에서 개진하고 있는 내용에 따라 '장'과 '절'을 구분하여 표기하는 방식은 다양하다. 따라서 글의 전체적인 내용과 논증의 구성 형식을 고려하여 독자가 가장 읽기 좋은 방식으로 작성하는 것이 바람직하다. 〈표 5-10〉은 글쓰기에서 가장 일반적으로 사용하고 있는 몇 가지 방식을 보여주고 있다.

〈표 5-10〉 '장(chapter)/절(section)' 표기 방식들

행정부 형식	도서 형식	스피노자/비트겐슈타인 형식
1. 가. (1) (가) 1) 가)	제1장 제1절 제1항 제2장 제1절 ...	1. 1.1 1.1.1 2. 2.1 ...

2) 결론 쓰기

본론에서 필자의 핵심 주장과 중요한 일련의 논증을 모두 개진하였다면, 이제 결론에서 글을 마무리해야 한다. 결론은 일반적으로 다음과 같은 역할을 한다.

① 본론의 핵심 주장을 명료하고 간략하게 정리할 수 있다.
② 논제에 대한 재고와 함께 문제 해결 과정을 분명하게 보여줄 수 있다.
③ 필자의 주장(결론)이 갖는 의미를 제시할 수 있다.
④ 현안 문제와 관련된 향후 전망과 제언을 제시할 수 있다.

하지만 결론에서 이와 같은 모든 내용을 모두 다룰 수 없을뿐더러, 모두 작성해야 할 이유도 없다. 결론은 본론의 내용에 비추어 위에 제시한 일반적인 항목 중 필요한 내용만으로 구성하는 것이 바람직하다. 위에 제시한 '①~④'의 내용을 필요 이상으로 과도하게 작성할 경우, '결론'이 아닌 '본론'을 다른 방식과 표현을 빌려 작성하는 오류를 저지를 수

있기 때문이다. 또한 너무 상투적이고 구태의연한 표현 또는 '청유형' 표현은 삼가야 한다. 결론을 작성할 때 유의할 점을 간략히 정리하면 다음과 같다.

①′ : 과도한 요약은 또 다른 본론이 될 수 있다.
②′ : 문제 해결 과정의 절차는 서론에서 제시할 수도 있다.
③′ : 의미를 과장할 경우, 오히려 글의 가치가 훼손될 수 있다.
④′ : 향후 전망의 제시는 새로운 논의의 시작이 되어서는 안 된다.

3) 서론 쓰기

서론은 일반적으로 '독자로 하여금 글을 읽고 싶은 마음'이 들도록 유인하고, 필자가 본론에서 개진하고 있는 논증의 흐름을 소개하고, 필요한 경우 필자의 '핵심 주장'을 분명하게 먼저 밝힐 수도 있다. 그러한 까닭에, 전체적인 글쓰기 과정에서 〈서론〉은 마지막에 작성되어야 한다. 필자가 서론에서 밝혀야 할 일반적인 내용을 간략히 정리하면 다음과 같다.

(1) 필수 요소: what? why? how?

① What: 무엇에 관해 쓸 것인가? (논제)
② Why: 왜 이 문제를 논의해야 하는가? (논제의 '문제성'을 부각)
③ How: 어떤 방식으로 접근할 것인가? (전체 분량에 따라 분량 조절)

(2) 선택 요소: 본문을 읽고 싶게 만드는 장치들, 필요에 따라 선택

① 개념 풀이를 통한 도입

② 현실 상황을 통한 도입

③ 주어진 텍스트 풀이를 통한 도입

④ 기타 재치 있는 장치들을 활용한 도입: 거짓 딜레마, 귀류논변 등

(3) 기타 필요에 따라 서론에 포함할 내용들

① 본론의 내용을 간략하게 소개 (짧은 에세이에선 불필요)

② 학술적인 성격이 강한 글에선 결론을 미리 밝힐 수 있다.

4) 논증적 글쓰기 작성 예시

다음의 글은 학습자가 '① 개요 프레젠테이션 작성 및 발표 → ② 교수자 및 동료 학습자의 비판적 논평 → ③ 논평 내용을 반영하여 에세이 수정'의 절차에 따라 작성한 에세이다. 제5장의 '1)~5)'에서 제시한 'PPT slide 사례 예시'와 비교하면서 아래의 글을 비판적으로 검토함으로써 '논증 구성으로부터 에세이 쓰기(from Argument to Writing)'가 어떻게 이루어지는지를 확인할 수 있을 것이다.

대한민국 성 소수자에 대한 혐오 발언
- 소수자 내부와 외부에서의 연대를 통해 근본적으로 해결해나가자

○○학과 △△△

1. 대한민국 성 소수자에 대한 혐오 발언, 이제는 대책이 필요하다

모든 사회에는 특정 집단에 대한 혐오의 태도를 보이는 양상이 있다. 그러나 혐오 발언이 정치인과 같은 '공적 인물들'에 의해 이루어지며, 그 양상이 확산·심화되고 있다면 우리에겐 반드시 대책이 필요하다. 2018년까지 KBS 공영방송 이사로 지냈던 조우석은 방송을 통해 동성애자가 '국가의 재정을 파탄'내는 '전염병' 같은 존재라는 발언을 했다. 2017년 대선에서도 동성애에 반대하느냐는 질문에 한시의 고민도 없이 바로 '그럼요'라고 대답한 후보자들이 당시 큰 반향을 가져왔다. 'Hate Speech', 즉 '혐오 발언'은 누군가를 향해 직접적으로 적대적인 말을 하지 않아도 그들의 존재를 부정하고 혐오하는 시선이 담긴 발언들을 모두 포함하고 있다. 혐오 발언의 대상은 개인이 될 수도, 사회적 소수자가 될 수도, 큰 집단이나 국가가 될 수도 있다. 그중 가장 논란이 되는 것은 단연 사회적 소수자 중에서도 특히 성 소수자를 대상으로 한 혐오 발언이다. 성 소수자에 대한 혐오 발언 논의는 퀴어축제를 기점으로 매해 진행되고 있고, 종교적 논의와도 관련이 깊기 때문이다. 따라서 이 글에서는 관심과 논란을 한 몸에 받고 있는 대한민국 '성 소수자'에 대한 혐오 발언과 차별을 집중적으로 살펴보며 이를 통해 소수자들을 향한 혐오 발언의 대안을 모색해보고자 한다.

2. 성 소수자 혐오 발언에 대한 종교적 논의와 법적 논의

2.1. 종교적 논의: 성 소수자에 대한 기독교적 해석의 다원화가 필요하다

"우리 총회는 성경의 가르침에 따라서(창 2:21~25) 남자와 여자의 결합에 의하여 가정을 이루고, 자녀를 낳아서 기르며, 성적인 순결을 지키는 것이 행복한 삶의 기초라고 믿기에, 동성애는 기독교 윤리에서 옳지 못하며, 마땅히 금해야 한다는 입장을 지키고 있다. 그러나 최근 이 문제에 관하여 우려할 일이 있어서 이에 대한 우리의 입장을 밝히고 교인들의 경각심을 일깨우고자 한다."[1]

2014년 4월 7일, 대한예수교장로회 총회장 김동엽 목사의 동성애에 관한 성명서 일부이다. 성 소수자에 대한 혐오 발언은 기독교 보수층에 의해 많이 이루어져 왔다. 매년 열리는 퀴어축제에서는 기독교 보수층의 시위단체의 피켓과 혐오 발언이 하나의 관례처럼 굳어졌다. 최근 한국 기독교 내에서는 동성애를 포함한 성 소수자에 대한 담론이 급격히 팽창하고 있다.[2] 일부 기독교 보수층은 성경을 근거로 동성애를 악이라고 표현하며 이들에게 혐오 발언을 일삼고 있기도 하다.

그러나 모든 기독교 단체들이 동성애의 존재에 대해 부인하며 혐오 발언을 하는 것은 아니다. 최근 성경을 오히려 성 소수자들을 포함한 소수자들의 권리 옹호로 해석해야 한다는 주장도 목소리를 내기 시작했

1 김동엽, "성적소수자 처한 상황 이해하나… 예장통합동성애 관련 성명서 전문", 『국민일보』, 2014.4.9. (http://news.kukinews.com/article/view.asp?page=1&gCode=kmi&arcid=0008219064&cp=nv, 2019.12.11.).

2 임유경, "모두의 성찬: 성소수자 지지 교회의 사례로 본 퀴어 기독교인 시민권", 서울대학교 대학원 석사학위 논문, 2015.2, 12쪽.

다. 그들에 따르면 예수 그리스도의 사랑을 나누는 식탁은 모두에게 열려있어야 한다. 서로를 차별하지 않고 사랑을 나누는 것은 가장 중요한 핵심이며, 예수를 따르는 제자로서 마땅히 실천해야 한다는 것이다. 기독교적 시민권을 부여해주는 것은 교회 '조직'이 아니라 '무조건적인 사랑을 주시는 하나님'의 행위성이며, 따라서 성 소수자에 대해서도 혐오가 아닌 사랑과 포용의 태도를 가져야 한다.[3]

성 소수자에 대한 혐오의 시선에 반대하는 고상균 향린교회 부목사는 성경의 주된 관심사는 성행위의 대상이 누구냐가 아닌, 가난하고 약한 사람들이 어떻게 살아갔느냐에 있다고 말한다. 그는 "성경은 작은 이들의 이야기라고 생각한다면 역시 작은 이와 함께하는 것이 지금 시대 그리스도인이 할 일"이라며 "그 정신을 21세기로 가져온다면, 낮은 자들과 연대하고, 함께 싸워나가는 것이 기독교의 할 일이라고 생각한다"고 주장했다. 또한, 그는 "성서가 약 2천 년 전에 쓰였는데 보수적일 수밖에 없다"라며 이를 지금 시대에 맞게 해석하고 받아들여야 한다고 말한다. 따라서 그는 "본인이 사랑하는 감정만으로 '더럽다'는 혐오 시선에 몰려야 하는 성 소수자 역시 하나님의 공동체"로 해석해야 한다고 덧붙였다.[4]

성 소수자에 대해 포용의 태도를 보이는 종교 집단들은 성경에 내재해 있는 사회적 약자에 대한 사랑과 존중의 태도를 그 근거로 삼는다. 다른 나라에서도 이와 같은 논의가 많이 이루어지고 있으며, 대표적으로 미국 주류 개신교단의 가장 큰 교단이라 할 수 있는 미국 개신교루터

---

3 위의 글, 70쪽.
4 고상균, "동성애 & 기독교에 대한 세 가지 궁금증", 〈프란〉, 2017. 7. 6.(https://www.youtube. com/watch?v=fEHt0dfXZ2o, 2019.12.22.).

교회(ECLA)는 2009년, 동성애자의 목사안수를 허용했고 동성결혼 역시 인정하기로 했다. 2011년, 미국 장로교회(PCUSA)도 오랜 논의 끝에 목사안수 조건에서 "한 남자와 한 여자가 언약을 맺어 신실하게 살거나, 독신으로 순결하게 살 것을" 요구하는 관련 교회법 조항을 삭제하고 동성애자에게도 목사직을 허용하기 시작했다.[5]

이와 같이, 성 소수자에 대한 기독교적 해석이 다양해지고 있는 추세이다. 종교의 자유가 확립된 나라에서 어느 하나의 해석에 기반을 둔 발언에 대해, '강제적인 처벌을 받아야 한다'라고 말하기 어렵지만, 그 발언이 '혐오'로 이어질 경우에는 명백히 문제가 된다. 혐오 발언은 당사자의 인권을 침해하는 행위이기 때문이다. 따라서 기독교를 포함한 종교적 해석의 다원화의 방향으로 나아가며 성 소수자에 대한 '혐오' 문제 자체에 대한 근본적인 해결 방안을 모색해야 한다. 그렇다면, 소수자 혐오 발언 규제를 '법제화'하는 것이 근본적인 해결책이 될 수 있을까.

2.2. 법적 논의: 법제화는 근본적인 해결책이 아니다

2019년 11월 15일, 성 소수자 학습자들의 인권에 관한 '학생인권조례'에서 '혐오 발언'에 대한 새로운 조항이 통과되었다. 헌법재판소의 판결에 따르면, 표현의 자유는 민주주의 사회에서 여론의 자유로운 형성과 전달을 위해 최대한 보장되어야 하지만, 혐오표현은 그러한 영역에 있지 않다. 헌법재판소는 "해당 조항에서 금지하는 차별 · 혐오표현은 자유로운 의견 교환에서 발생하는 다소 과장되고 부분적으로 잘못된 표

5 신원하, "동성결혼을 축복할 수 있는가?: 동성결혼에 대한 기독교 윤리학적 분석", 『한국복음주의기독교상담학회 학술대회』, 2014, 12쪽.

현으로, 민주주의를 위해 허용되는 의사 표현이 아니다"라며 "'타인의 인권을 침해'할 것을 인식했거나 최소한 인식할 가능성이 있고, 결과적으로 그러한 인권침해의 결과가 발생하는 표현으로, 이는 민주주의의 장에서 허용되는 한계를 넘는 것으로 민주주의 의사 형성의 보호를 위해서도 제한될 필요가 있다"고 했다.[6]

따라서 혐오 발언을 줄여나가기 위한 노력과 개입은 반드시 이루어져야 한다. 그러나 '제한적 법제화'가 필요한 것인지는 별개의 문제이며, 더 신중한 고민이 필요하다. 학생인권조례는 법적 처벌을 목적으로 만들어진 것이 아니기 때문에 법제화에 비해 그 장벽이 훨씬 낮다.

물론, 세계 각국에서는 혐오 발언에 대한 규제를 실행하고 있다. 프랑스, 영국, 독일, 캐나다 등의 국가에서는 혐오표현, 특히 '성적 지향'에 대한 것을 그 형태 중 하나로 명시하며 제한적 성격의 법제화가 이루어지고 있다.

독일은 형법에서 차별을 포함한 혐오 발언을 금지하고 있다. 형법 제130조 제1항 제2호는 특정 인구집단(segments of the population)에 속한 개인들에 대하여 경멸, 악의적 중상 혹은 명예 훼손을 통해 인간 존엄성을 공격하는 행위를 한 자를 3개월 이상 5년 이하의 징역형으로 처벌하도록 명시되어 있다. 특정 인구집단은 특정 국적, 인종, 종교 또는 출신 민족, 성적 지향, 성별 정체성 등으로 이루어진 사람들이 속해 있는 집단이다. 제130조 제2항은 이같이 인간존엄을 공격하는 문서를 배포, 공연히 게시, 전시 혹은 그러한 목적으로 제작 · 공급하거나(제1호) 라디오,

---

6 이혜리, "헌재 혐오표현 금지한 서울시 학생인권조례 합헌", 『경향신문』, 2019.12.9. (http://news.khan.co.kr/kh_news/khan_art_view.html?artid=201912090741001&code=940100, 2019.12.11.).

미디어, 통신 서비스를 통하여 유포하는(제2호) 행위에 대해 3년 이하의 징역 또는 벌금형을 부과한다. '난민신청인들은 독일인들에게 에이즈를 퍼뜨린다'는 비방이 난민신청인의 인격과 인간존엄을 명백히 침해한다는 것을 근거로 제130조 제1항 위반이 인정되었던 사례도 있다.[7]

스웨덴의 경우도 어떤 집단을 위협하거나 멸시하는 말을 퍼뜨리는 행위를 처벌하고 있다. 특히 스웨덴에서는 실제 2004년 동성애를 '사회의 본질에 도덕적으로 파괴적인 효과'를 끼치는 '성적인 일탈 성향'으로 간주하며 동성애의 '문란한 생활방식'을 비난하는 내용이 담긴 전단지를 뿌린 사람들이 처벌된 사례가 있기도 하다.[8]

이와 같이 표면적으로는 혐오 발언을 법적으로 금지하고 형사범죄화하는 것이 가장 합리적인 해결처럼 보인다. 또한, 혐오 발언은 당하는 대상의 기본 인권을 침해한다는 강력한 규제 사유가 있기 때문에 개입은 필요하다.

그러나 혐오 발언에 대한 '법제화'를 통해 이를 형사범죄화하는 것은 성급한 결정이다. 현재 대한민국의 성 소수자 혐오 발언은 특정 종교 집단들을 중심으로 이루어지고 있다. 또한, 타인에 의해 지속적으로 학습된 고정관념이나 '다르다'는 인식에서 비롯된 차별의 태도가 엄청난 확산력을 가지고 혐오 발언을 형성하고 있다. 이러한 상황에서 특정 발언을 '형사적 처벌'로 대응할 경우, 오히려 더 큰 사회적 반항만 낳을 우려가 있다. 따라서 종교적 논의의 다원화와 고정관념을 바탕으로 확립된 '혐오' 자체의 극복이 필요하며, 법제화에 대한 논의는 그 후에 이루어

---

7 국가인권위원회, "혐오표현 실태조사 및 규제방안 연구", 『2016년도 인권상황 실태조사 연구용역보고서』, 2016.12, 88쪽.

8 홍성수, 앞의 책, 171쪽.

져야 한다. 성 소수자에 대한 혐오가 만연한 사회에서, 단순한 법제화가 문제를 해결해주지는 않는다. 지금 우리에게 필요한 것은, 겉핥기식 법제화보다는 성 소수자에 대한 혐오 발언을 더 근본적인 차원에서 해결해나가는 것이다.

3. 근본적인 해결 방안 모색

3.1. 사회적 소수자가 목소리를 낼 수 있도록 힘을 모아야 한다

혐오 발언을 근본적으로 해결하기 위해선 그 원인을 먼저 파악해야 한다. 그리고 그리 멀리 있지도, 찾기 어렵지도 않다. 혐오 발언의 뿌리는 우리가 서로 다르다는 인식에서 기인한 사회적 '차별'에 있기 때문이다. 현재 한국의 성 소수자들이 겪는 직장이나 군대 내 괴롭힘, 성희롱, 성차별 실태는 매우 심각하다. 남성 동성애자들을 대상으로 한 설문조사에서는 35.6%가 성추행이나 성폭행을 당한 경험이 있다는 답변을 했다.[9] 소수자, 특히 성 소수자에 대한 '차별'이 뿌리를 내리고 있는 사회에서 그들에 대한 혐오발언이 만연한 것은 어쩌면 오히려 당연한 결과이다.

사회적 차별 완화의 첫걸음은 소수자들의 적극적인 표현의 자유를 인정하고 지지한다는 데에서 시작되기 때문이다. 따라서 소수자들이 각자의 목소리를 낼 수 있는 표현의 자유 지지 정책이 시행되어야 근본적인 문제 해결이 가능하다.

현재 대한민국에서 성 소수자의 표현의 자유는 관습적·사회적으로 어

9 홍기옥, "성적 소수자의 인권침해현황과 형사법적 권리보호방안", 충북대학교 대학원 박사학위 논문, 2016.2. 25쪽.

느 정도까지 인정되고 있을까. 본인이 성 소수자임을 공개적으로 드러내는 행위를 흔히 '커밍아웃'이라고 한다. 공적 영향력을 지닌 인물들을 중심으로 살펴보았을 때, 우리나라의 경우, '커밍아웃'을 한 인물은 하리수와 홍석천, 김조광수가 있으며 그 인물들을 제외하고는 쉽게 떠올리기 힘들다. 이는 그만큼 한국의 성 소수자에 대한 인식이 낮으며, 편견과 차별이 많이 존재하고 있음을 방증한다. 성 소수자가 자신의 목소리를 낼 수 있는 힘을 가지기는커녕, 본인이 성 소수자임을 부인해야 제대로 살아갈 수 있는 사회가 되어버린 것이다.

아이슬란드의 경우, 성 소수자에 대한 표현의 자유가 일찍부터 존중된 나라 중 하나이다. 그러나 처음부터 그들의 존재가 긍정적으로 받아들여졌던 것은 아니다. 현재 우리나라의 모습처럼, 커밍아웃을 한 몇몇 공적 인물들은 비판적인 여론과 혐오 발언들에 시달리며 다른 나라로 이민을 가기도 했다. 처음으로 게이임을 알린 사람은 가수인 회르뒤르 코르파손(Hörður Torfason)이었다. 그는 커밍아웃 이후 냉담한 여론에 의해 15년간 국외에서 살아야 했다.[10] 그러나 성 소수자들의 지속적인 자기 인정과 자기 표현으로 전국성소수자연합(National Queer Organization)이 발족되었고, 그 결과 성 소수자에 대한 차별 철폐 운동의 본격적으로 추진되었다. 이후 자신이 성 소수자임을 드러내는 사람들이 급속히 증가했고, 지금의 성 소수자를 존중하는 사회적 분위기가 형성되었다. 2010년에는 동성 커플의 결혼도 법적으로 인정되었다.[11]

---

10 리처드 챔팬, "아이슬란드의 동성애, 성 소수자 문화", 〈가이드 투 아이슬란드〉, 작성 일시 없음(https://guidetoiceland.is/ko/history-culture/gay-iceland-all-you-need-to-know, 2019.12.4.).

11 위의 글.

우리나라 역시, 성 소수자의 '표현의 자유' 지지에 힘쓰며 그것을 차별 개선과 혐오 발언 완화의 밑거름으로 만들어야 한다. 즉, 왜곡된 표현의 자유로 나타난 혐오 발언을 소수자의 '표현의 자유'로 바로잡고 인식을 개선해나가야만 한다. 그러나 이것은 소수자 집단만의 노력으로 이루어지지는 않는다.

영화 〈런던 프라이드〉는 1986년, 영국 보수층인 광부들과 성 소수자 단체의 연대하며 노동운동을 한 내용을 다루고 있다. 그 존재조차 무시당했던 한 성 소수자 단체는 광부들의 노동 파업을 지지하기 시작했다. 그들은 초기엔 서로를 이해하지 못했지만 이들의 연대는 점차 사회로부터 주목을 받았고, 결국 함께 사회를 변화시킬 수 있는 힘을 얻었다. 결국, 광부들 역시 성 소수자들의 운동에 참여하며 사회를 향해 강력한 메시지를 던진다. 혐오 발언 문제도 마찬가지다. 소수자들이 목소리를 내고, 그것이 힘을 얻기 위해선 소수자들 내부에서의 연대만 필요한 것이 아니다. 사회적 소수자와 다수자가 힘을 모아야 사회를 변화시킬 수 있다.

3.2. 구체적 방안: 문화적 측면과 교육적 측면에서의 연대가 필요하다

성 소수자를 포함한 사회적 소수자와 다수자가 연대할 수 있는 구체적인 방안은 크게 문화적 측면과 교육적 측면으로 나눌 수 있다.

첫째, 문화적 측면에서 현재 열리고 있는 성 소수자 축제를 지원하고 함께 이를 전국적으로 확대해 나가야 한다. '퀴어문화축제'는 대한민국의 성 소수자 행사로서, 2000년 제1회 서울퀴어문화축제를 시작으로 현재 광주, 대구, 부산, 전주, 인천, 청주, 제주 등에서 매년 열리고 있다.[12]

12 박문각, "퀴어문화축제", 〈pmg 지식엔진연구소〉, 2018.7.7.(http://www.pmg.co.kr,

올해는 경상남도 창원시에서 첫 퀴어축제가 열리며 논란의 대상이 되기도 했다.[13] 축제가 열릴 때마다 반대 집회도 함께 열리고 있지만, 퀴어축제는 성 소수자들이 공식적으로 목소리를 낼 수 있는 공간이라는 점에서 의의가 크다. 또한, 축제뿐만 아니라 이들을 포함한 사회적 소수자들이 사회적 차별에 대해 목소리를 낼 수 있는 공간을 공식적으로 마련해주어야 한다. 단순히 표면적인 정책이 아니라, 그들의 입장과 차별 실태, 개선해나가야 하는 점 등을 논의하며 시민적인 담론을 형성하고 이를 지속적으로 발전시켜나가야 한다.

최근에 문화 방면에서 긍정적인 움직임들이 많이 나타나고 있기도 하다. 가족들이 많이 시청하는 '황금 시간대'라고 불리는 시간에 동성애에 관한 내용을 다룬 드라마를 방영하기 시작한 것이다. 이러한 움직임이 생긴 것은 2010년, SBS 주말드라마 '인생은 아름다워'에서 남성 동성애자의 사랑을 다루는 장면이 나왔을 때부터이다.[14] 이뿐만 아니라 대사에 '게이' 등의 성 소수자를 포함한 드라마도 대거 나오고 있다. 그러나 드라마나 영화 등의 대중매체에서 이들에 대한 편견을 드러내거나, 이들을 농담의 대상으로 삼는 방식은 피하도록 하는 점도 중요하다. 물론, 이와 같이 성 소수자의 존재가 매체를 통해 드러나고 사람들의 인식을 개선하는 데 기여하는 것은 긍정적인 현상이다. 우리는 이 점에 주목하며 문화적 차원에서 노력해나가야 한다.

2019.12.7.).

13 김길수, "경남 첫 퀴어문화축제 큰 충돌 없이 창원서 열려", 『부산일보』, 2019.11.30.(http://www.busan.com/view/busan/view.php?code=20191130152545 02621, 2019.12.7.).

14 김종균, ""동성애 표현 더 이상 금기 아니다" MBC · SBS 드라마 조심스러운 '시도'", 『부산일보』, 2010.5.10.(http://www.busan.com/view/busan/view.php?code= 20100512000197, 2019.12.7.).

둘째, 가장 중요한 것은 바로 교육적인 측면이다. 2019년 11월 12일, 안상수 의원을 대표로 40명의 국회의원이 국가인권위원회법(인권위법) 개정안을 내놓았다. 그 내용은 인권위법의 차별금지 사유에 '성적 지향을 삭제'하고 '성별'에 대한 규정을 '남성 또는 여성 중의 하나를 말한다'로 바꾸자는 것이다.[15] 그들이 주장하고 있는 국가인권위원회법 개정안의 제안 이유는 다음과 같다.

① 현행법 '성적지향' 조항이 헌법이 보장하는 국민의 기본권인 양심 · 종교 · 표현 · 학문의 자유를 침해하고 있고,
② 성 정체성이 확립되지 않은 청소년 및 청년들에게 악영향을 주고,
③ 그 결과 신규 에이즈 감염이 세계적으로 유례없이 급증했다.[16]

그러나 위 논의에는 오류가 있다. ① 이 법률안은 성 소수자에 대해 헌법이 보장하는 국민의 기본권인 양심, 표현, 학문 등의 자유를 침해하고 있다. ② 또한, 성 정체성이 확립되지 않은 청소년 및 청년들에게 성적 자기 결정권에 대한 잘못된 인식을 심어주며, 그들에게 사회적 편견과 차별을 유도한다. ③ 마지막으로, 에이즈 감염이 증가했다면, '에이즈 예방과 감소'를 위한 대책이 필요한 것이지, '성 소수자 줄이기'를 위한 대책이 필요한 것이 아니다. 문제가 발생했으면, 그 해당 부분을 해결하고자 노력하는 것이 아니라, 발생지 전체를 없애려고 하는 비합리적 판단이 드러난다.

---

15 옥유정, "'동성애' 차별금지 조항서 없애자'… 안상수 법안 따져보니", 〈KBS뉴스〉, 2019.11.21.(http://news.kbs.co.kr/news/view.do?ncd=4328326&ref=A, 2019.11.30.).
16 위의 글.

위 논의에서 중요한 것은 바로 두 번째, 청소년 및 청년들에 주는 영향이다. 성 소수자들에 대해 제대로 학습하고 그들의 존재를 존중해나가는 것은 매우 중요하다. 이것은 차별 개선의 첫걸음이며, 더 크게는 혐오 발언 완화의 시작점이다. 청소년들은 교육을 통해 자신의 성적 결정권에 대해 이해하고, 본인의 성적 취향과 성적 정체성을 모색하는 과정이 필요하다. 또한, 본인과 다른 성적 정체성을 가진 사람을 존중하며 그것이 정상-비정상의 문제가 아님을 인지하도록 해야 한다. 성 소수자와 비- 성 소수자는 함께 소수자에 대한 차별을 어떻게 개선해나가야 할 것인가에 대해 활발히 논의하고 고민해보아야 한다.

이와 같은 문화적 · 교육적 차원에서의 개입과 공적인 노력들은 성 소수자를 포함한 다양한 사회적 소수자들에 대한 차별과 혐오 발언 개선에 적용될 수 있다. 물론, 소수자들의 표현의 자유 증진 정책은 이상적이지만 현재 국내의 반대 여론을 고려했을 때 시행되기가 어렵다는 반론이 가능하다. 그러나 그것을 극복하는 것이 우리의 과제이다. 비교적 방대한 표현의 자유가 인정되는 축제를 포함한 '문화' 방면에서부터 시작해 '교육'까지 그 범위를 넓혀 나가야 한다.

4. 결론: 혐오 발언에 대한 근본적인 해결로 나아가자

영화 〈런던 프라이드〉에서는 성 소수자들이 크리스마스를 즐기는 장면이 나온다. 이들은 머리에 크리스마스 장식을 하고 모금을 한다. 누구는 그들에게 침을 뱉고, 누구는 그들에게 도움을 준다. 사실 성 소수자들에게 종교적 이유를 근거로 혐오 발언을 하는 것은 대단한 면죄부를 가진 것이 아니라, 단지 혐오의 수많은 종류들 중 하나일 뿐이다.

올해 3월, 인권위원회에서는 제3의 성에 대해 인정하는 입장을 표명

했다. 기존에는 진정인이 남, 여, 남(트랜스젠더), 여(트랜스젠더) 등 4개의 성 중에서만 선택할 수 있었지만, 이제는 진정서에 원하는 성별을 주관식으로 기재할 수 있다.[17] 성 소수자의 존재는 사회에 현존하고 있는, 성적 지향성이 다수가 아닌 '소수'에 속하는 사회의 한 구성원이다. 따라서 성 소수자에 대해 긍정적 태도나 부정적 태도를 가지는 것은 본인의 자유일지도 모르나, 그것을 공개적으로 드러내는 혐오 발언이나 그들을 향한 사회적인 차별이 없는 사회를 만들어 나가기 위해 노력해야 하는 것은 모든 사회 구성원들의 의무이며 책임이다.

'혐오 발언의 뿌리는 차별이다'를 거꾸로 말하면 '사회적 차별은 혐오 발언을 만든다'가 된다. 어쩌면 차별이 먼저냐, 혐오 발언이 먼저냐는 닭이 먼저냐 달걀이 먼저냐의 논의와 비슷하다. 차별이 혐오 발언을 낳고, 또 그 혐오 발언이 사회적 차별을 가져오기 때문이다. 따라서 우리는 그 두 가지 문제를 함께 해결해나가야 한다. 즉, 소수자 내부와 외부에서의 연대를 통해 우리 사회의 혐오를 근본적으로 줄여나가야만 한다. 우리가 살고 있는 사회는 사회적 '다수자'와 '소수자'가 공존하는, 그래서 서로를 이해하고 존중해나가야만 하는 사회이기 때문이다.

17 김영상, "인권위, 男女 말고 '제3의 성'도 인정… 성소수자 포용", 〈머니투데이〉, 2019.3.29. (https://m.news.naver.com/read.nhn?mode=LSD&mid=sec&sid1=102&oid=008&aid=0004196495, 2019.12.7.).

| 참고문헌 |

국가인권위원회, “각국의 혐오 표현 규제 현황”, 〈별별 인권이야기〉, 2019.3.21. (https://blog.naver.com/ nhrck/221496928688, 2019.12.1.).

_____, 「혐오표현 실태조사 및 규제방안 연구」, 『2016년도 인권상황 실태조사 연구용역보고서』, 2016.12.

김길수, “경남 첫 퀴어문화축제 큰 충돌 없이 창원서 열려”, 『부산일보』, 2019.11.30. (http://www.busan.com/view/busan/view.php?code=2019113015254502621, 2019.12.7.).

김동엽, “성적소수자 처한 상황 이해하나… 예장통합동성애 관련 성명서 전문”, 『국민일보』, 2014.4.9.(http://news.kukinews.com/article/view.asp?page=1&gCode=kmi&arcid= 0008219064&cp=nv, 2019.12.11.).

김영상, “인권위, 男女 말고 ‘제3의 성’도 인정… 성소수자 포용”, 〈머니투데이〉, 2019.3.29.(https://m.news.naver.com/read.nhn?mode=LSD&mid=sec&sid1=102&oid=008&aid=0004196495, 2019.12.7.).

김종균, ““동성애 표현 더 이상 금기 아니다” MBC · SBS 드라마 조심스러운 ‘시도’”, 『부산일보』, 2010.5.10.(http://www.busan.com/view/busan/view.php?code=20100512000197, 2019.12.7.).

리처드 챔팬, “아이슬란드의 동성애, 성 소수자 문화”, 〈가이드 투 아이슬란드〉, 작성 일시 없음(https://guidetoiceland.is/ko/history-culture/gay-iceland-all-you-need-to-know, 2019.12.4.)

박문각, “퀴어문화축제”, 〈pmg 지식엔진연구소〉, 2018.7.7.(http://www.pmg.co.kr, 2019.12.7.).

신원하, “동성결혼을 축복할 수 있는가?: 동성결혼에 대한 기독교 윤리학적 분석”, 『한국복음주의기독교상담학회 학술대회』, 2014.

옥유정, “‘동성애’ 차별금지 조항서 없애자’… 안상수 법안 따져보니”, 〈KBS뉴스〉, 2019.11.21. (http://news.kbs.co.kr/news/view.do?ncd=4328326&

ref=A, 2019.11.30.).
이청원, “팝스타 레이디 가가, 에이즈 퇴치에 나선 이유?”, 〈폴리뉴스〉, 2010.4.(http://polinews.co.kr/news/article.html?no=52590, 2019.12.1.).
이혜리, “헌재 혐오표현 금지한 서울시 학생인권조례 합헌”, 『경향신문』, 2019.12.9.(http://news.khan.co.kr/kh_news/khan_art_view.html?artid=201912090741001&code=940100, 2019,12,11.).
임유경, “모두의 성찬: 성소수자 지지 교회의 사례로 본 퀴어 기독교인 시민권”, 서울대학교 대학원 석사학위 논문, 2015.2.
한국법교육센터, “대한민국 헌법”, 〈네이버 지식백과〉, 2014.3.21.(https://terms.naver.com/entry.nhn?docId=2847168&cid=47305&cate goryId=47305, 2019.12.7.).
한상린 외, “연예인의 기부활동이 대중의 기부참여에 미치는 영향”, 『고객만족경영연구』 제15권 제3호, 2013.10.
홍기옥, “성적 소수자의 인권침해현황과 형사법적 권리보호방안”, 충북대학교 대학원 박사학위논문, 2016.2.
홍성수, 『말이 칼이 될 때』, 어크로스, 2018.

5) 퇴고: 최종 검토 및 출판 (에세이의 공표)

지금까지 우리는 '글쓰기 전' 및 '글쓰기 단계'에서 필요로 하는 사항들을 확인해 왔다. 하지만 글쓰기 전에 충분히 준비하고, 글쓰기 또한 충실히 이행했다고 하더라도 아직 글이 완성된 것은 아니다. 즉, 글쓰기는 글쓰기 '**전**'에 이미 시작되고 글쓰기 '**후**'의 단계를 거쳐야 비로소 끝난다고 할 수 있다. 글쓰기 전의 단계가 갖는 중요성에 대해서는 이미 확인했다. 그와 마찬가지로 아니 오히려 **글쓰기 후의 단계가 더 중요하다**고 볼 수 있다. 소위 끝날 때까지 끝난 게 아니듯이, 글쓰기도 이제부터 우리가 살펴볼 글쓰기 후의 단계를 밟아 완수하기 전에는 끝난 것이 아니다.

(1) 퇴고

아무리 글쓰기를 면밀하게 했다고 하더라도 논증적인 글은 여타의 글보다 훨씬 엄격한 논리 관계를 요구하는 한, 결코 한 번에 완성될 수가 없다. 누구나 자신에게는 관대해지기 마련이므로 실제로 글을 써 나가는 과정에서 자기도 모르게 점차 느슨해진 태도를 갖게 되기 쉽고, 그것으로 인해 여러 문제점들을 덮은 채 넘어가고 만다. 글을 다 쓰고 나서 마치 **타인의 글을 읽는다는 마음**으로 내 글을 읽어 보면, 글을 쓰는 도중에는 보이지 않았던 수많은 문제점들이 비로소 눈에 들어오게 된다. 항상 독자를 염두에 두면서 글을 써야 함을 앞에서 누차 강조했다. 하지만 그럼에도 불구하고 필자로서 글을 쓰는 과정에서 희미해지기 마련인 독자를 다시 되살려, 스스로 필자가 아닌 **독자로서** 다시 한 번 내가 쓴 글을 곱씹어 보는 것은 아무리 강조해도 지나침이 없다.

글쓰기 전 단계 및 글쓰기 단계에 들인 시간 이상을 퇴고에 들인다면, 퇴고 후의 글은 퇴고 전의 글과 비교했을 때 훨씬 완성도 높은 글이 되어 있을 수밖에 없다. 시간의 재제약으로 인해 퇴고에 충분한 시간을 할애할 수 없는 경우라고 하더라도, 적어도 '맞춤법, 띄어쓰기, 오자, 탈자'와 같이 글과 글쓴이의 신뢰도를 훼손하는 실수들을 글에 남기는 어리석은 실수를 저질러서는 안 된다. **논증적 글쓰기는 '쓰는 것이라기보다 쓰고 나서 고치는 것'이라고 할 수 있다**.

(2) 제목

우리가 책을 사거나 영화를 예매하는 경우를 생각해 보자. 당연한 말이지만, 그것들을 읽거나 보기 전에는 내용을 가늠하기 어렵다. 심지어 책이나 영화에 대한 사전 정보조차 전혀 주어져 있지 않을 때에는 어떤 기준으로 그것들을 선택할까? 그렇다. 제목이다. 바로 제목을 통해 우리는 아직 읽지도 보지도 않은 책과 영화의 내용을 나름대로 예상해 보고, 만약 그것이 흥미롭다면 실제로 읽고 보는 단계로 나아가게 된다. 이와 마찬가지로 논증적 글쓰기에서도 제목은 매우 중요하다. 제목이라는 얼굴을 통해 독자로 하여금 내 글의 주제와 성격을 예상할 수 있게 하고, 또한 내 글을 읽고 싶게끔 유혹하는 것이다.

제목은 글을 다 쓰고 퇴고까지 마친 후 가장 마지막에 정하는 것이 좋다. 보다 구체적으로 말해, (퇴고를 포함한) 글쓰기를 마치고 나면 자신의 글을 되돌아보고, **글 전체의 핵심을 명료하게 드러낼 수 있는 것**으로 제목을 정해야 한다. 또한, 제목이 갖는 중요성을 간과한 나머지 아무런 고민 없이 제목을 기계적으로 결정하는 경우가 많다. 예컨대, '사형제도 폐지에 관한 자신의 입장'이라는 주제가 주어져 그것에 관한 글을 쓰는 경우, 글의 제목을 '사형제도 폐지에 관한 나의 입장'으로 정한다면 사실상 아무런 제목을 쓰지 않은 것과 다름없다. 글의 주제가 출제자에 의해 선정된 경우에는 독자(출제자 및 다른 제출자) 또한 당연히 그 주제에 대한 글임을 알고 있기 때문에 그와 같은 제목은 제목으로서의 아무런 의미도 가지지 않는다. 그런데 같은 주제에 대해서도 사람마다 접근하는 관점이나, 중요시하는 논거, 논증 방식 그리고 글의 전개 방법 등은 서로 다를 수 있으므로, 어디까지나 그 주제에 대한 자신의 글이 갖는 **고유성**을 드러낼 수 있도록 제목을 정해야 한다. 일반적으로, **숙고를 통해 지어진 제목은 글의 가치를 더욱 돋보이게 한다**.

(3) 탈자, 오자, 맞춤법, 띄어쓰기

한 권의 책은 여러 부로 구성되어 있고, 하나의 부는 여러 장으로, 하나의 장은 여러 절로, 하나의 절은 여러 문단으로, 하나의 문단은 여러 문장으로, 하나의 문장은 여러 단어로, 하나의 단어는 여러 글자로 구성되어 있다. 즉, 아무리 긴 글이라고 해도 결국 글은 **하나의 글자**로부터 출발하지 않을 수 없다. 이와 같은 자명한 사실을 인지한다면, 우리는 결코 글자 하나 하나를 소홀히 해서는 안 된다. 아무리 내용적으로 설득력 있는 글이라고 하더라도, 탈자, 오자, 잘못된 맞춤법과 띄어쓰기가 많으면 글의 설득력은 퇴색되고 만다.

(4) 문단

문단 나누기가 없이 처음부터 끝까지 하나의 글이 하나의 문단으로 이루어진 경우에는 독자에게 자신의 생각을 온전히 전달하기가 어렵다.

'나는 썼으니 너는 알아서 정리하면서 읽으라는 식'이 아니라 필자는 독자에게 가능한 한 친절하게 글을 써야 한다. 통상적으로 하나의 문단에는 하나의 핵심 문장만이 존재하는 것이 바람직하다. 하나의 논의(논증)에서 다음의 논의(논증)로 (또는 보다 깊은 논의로) 넘어가는 경우에는 문단을 나눔으로써, 독자는 **자연스럽게 내 글의 전개를 정리하면서 읽게 된다**. 또한 독자가 당신의 글을 읽는 과정에서 앞의 내용으로 돌아가 확인을 하고자 할 경우에도, 문단이 나뉘어 있다면 독자는 대강 어디에 그 내용이 있었는지를 인지하고 쉽게 확인할 수 있을 것이다. 다시 한 번 강조하지만, 대부분의 글은 **'글을 쓰는 필자를 위한 것이 아닌 글을 읽는 독자'**를 위한 작업이라는 것을 기억해야 한다.

⑸ 강조

우리는 말을 할 때 자신이 강조하고 싶은 부분을 큰 소리로 말하거나 힘을 주어 말한다. 그와 마찬가지로 글을 쓸 때에도 본인이 강조하고 싶은 부분은 '방점, 밑줄, 굵은 글씨' 등을 이용해 강조함으로써 독자에게 내 글의 핵심적인 내용을 효과적으로 전달하여 각인시킬 수 있다.

⑹ 문장

문장은 불가피한 경우를 제외하고 가능한 한 **짧을 때** 독자가 읽고 이해하기 편하다. 문장이 길어지면 당연히 여러 개의 주어, 동사, 목적어 등이 등장할 수밖에 없고, 독자는 어떤 동사 내지 목적어가 어떤 주어에 상응하는지를 파악하는 데 힘을 소모해야 한다. 불필요하게 긴 문장은 그 문장에서 말하고자 하는 것에 대해서 스스로도 잘 정리되어 있지 않다는 것을 뜻하므로, 긴 문장을 나누어 다시 기술하는 것은 자신의 생각을 정리하여 명료하게 표현하는 좋은 방편이기도 하다.

이제, 한 사례를 통해 지금까지 정리한 퇴고의 내용을 적용해보자. 다음은 여러분과 같은 대학생이 작성한 짧은 논증적인 글에 대한 퇴고 과정을 보여주고 있다.

제목: 사피엔스 비평문

○○학과 △△△

윤리나 도덕이 객관적 질서로 있느냐, 아니면 간주간적 가공물로서 존재하느냐 하는 것은 오래전부터 철학에서 논의되어온 것이다. 이에 대해 호모 사피엔스의 저자 유발 하라리는 질서가 상상의 산물이라 정의 내린다. 그는 우리 종이 성공한 것은 존재하지 않는 것을 믿을 수 있는 능력이 있었기 때문이라 말한다. 질서라는 것이 상상의 산물이 맞다고 가정한다면 옳은 말이다. (하나의 문단에는 하나의 핵심 주장이 존재하는 것이 올바르다. 이 문장의 쓰임새는 분명하지 않다.) 인간이라는 종은 협력을 도모하여 발전해왔다. 어떤 이들은 인류사는 전쟁의 연속이었는데 협력에 그렇게 큰 비중이 있느냐고 한다. 그러나 인류 전체의 협력만 조명할 필요는 없다. 인류는 무리를 이루어 그들끼리 협력하는 데에 익숙하고, 자신들의 무리에 위협되는 무리는 '차별과 전쟁이라는 협력을 통해' 배척한다. (이 문장은 주술 호응이 어색하다. 맥락상 수동태로 처리되어야 할 술어가 능동형으로 적혀 있다. 따라서 "무리는 … 배척된다"고 고쳐야 한다.)

무리의 유지나 문명의 발전에 협력은 필수적이고, 협력을 위해서는 질서가 필수적이다. (이 문장은 앞에서 등장하는 것이 더 자연스럽다.) 각자의 가치관이나 이해관계는 제각각이다. 질서가 없는 상태에서는 이들의 (인칭 대명사는 앞에서 언급된 사람(들)을 대신하는 것이다. 하지만 앞선 문장에서 구체적인 사람들이 언급되지 않았다. 따라서 "이 같은 무리들의"로 쓰는 것이 적당하다.) 충돌로 협력이 힘들어진다. 분쟁을 최소화하고 효율적인 협력관계를 구축하기 위해서는 정해진 질서가 있어야 한다. 그러므로 질서를 상상의 산물이라 가정한다면, 우리 종은 상상을 존재한다 믿을 수 있었기에 발전이 가능했다고 볼 수 있다. (여기까지는 저자 유발 하라리의 견해였다. 자신의 의견과 혼돈이 일어나지 않도록 표현에 신중을 기해야 한다.)

그러나,(접속사 뒤에 쉼표를 쓰지 않는다.) 정말 질서를 상상의 산물이라고 할 수 있을까. (이 문장은 이 문단에서 구체화되고 있지 않다.) 저자는 이에 대한 근거로 함무라비 법전과 미국 독립선언문을 예로 든다. 둘 다 자신들이 보편적이고 영원한 정의의 원칙이라 주장했지만 두 법전의 내용은 상반된다. 이에 저자는 둘 다 보편적 원리가 아니며 단순한 신화에 불과하다고 이야기한다. 그의 말에 따르면 모든 사람이 평등하다는 것도, 사람을 귀족과 평민으로 구분하는 것도, 전부 상상의 산물이다. 저자는 독립선언문의 '모든 인간은 평등하게 창조되었으며'라는 구절을 예로 든다. 하라리는 "모든 사람은 평등하게 창조된 게 아니라 진화했으며 평등하게 진화하지 않았다. 게다가 생물학적으로 봤을 때 권리는 없다" 고 이야기한다. 그러면서 "신을 믿지 않는다면 모든 사람이 평등하게 창조되었다는 것이 무엇을 의미할 수 있겠는가?"라고 말한다.

이 부분은 동의한다. 첨언하자면, 미국 독립선언문의 창조주는 크리스트교의 창조주를 디폴트(외래어는 꼭 필요하지 않으면 사용하지 않는다. 적당한 번역어로 '고정값'을 고려해볼 수 있다.)로 놓고 있다. 하지만 누군가는 그 단어에 우주적 질서를 대입할 수도 있고 자연을 대입할 수도 있다. 그런 면에서는 인간이 우주적 질서나 자연이라는 창조주에 의해 창조되었다고 볼 수 있고, 질서 속에서 살아간다는 의미에 한정 지어 평등하다고 할 수도 있다. 하지만 창조주를 우주적 질서나 자연으로 상정한다 해도 그들이 양도 불가능한 권리를 인간에게 쥐여줬다고(부여했다고) 볼 수는 없다. (이 문단은 글 전체의 통일성을 위해 재고해 볼 필요가 있다.)

만약 정말로 크리스트교 적(띄어쓰기)인 창조주가 인간을 창조했다고 하더라도 그게(그것이) 신이 인간에게 권리를 줬다는 근거는 될 수 없다. 전지전능한 창조주가 생명, 자유, 행복의 추구를 포함하는 양도 불가능한 권리를 인간에게 부여해 주었다면 이 권리가 침해되거나 양도되는 상황은 일어나면 안 된다. 그런데 인류사에서 그런 상황은 숱하게 많았다. 이것만 봐도 전지전능한 창조주가 인간에게 양도 불가능한 권리를 줬다고 생각하기는 힘들어진다. (논리의 흐름이 분명하지 않다. 보다 구체적으로 쓸 필요가 있다.)

독립선언문에 대한 유발 하라리의 견해는 '독립선언문은 간주관적 질서다'라는 명제만 두고 봤을 때 타당하며 설득력도 높다. 그러나 이 예시만으로 '(모든) 질서는 간주관적 가공물이며 객관적 질서란 없다'라는 이야기하기는 힘들어 보인다. 함무라비 법전, 독립선언문이 간주관적 가공물이라 할지라도 이와 별개로 객관적 질서가 있을 수도 있지 않은가. 그냥 그 법전들이 객관적 질서를 반영치 못한 것일 수도 있다. 그 가능성은 섣불리 닫아 둘 수 없다.

칸트에 따르면 인간은 이성을 통해 도덕법칙을 인지할 수 있다고 한다. 이성은 나를 객관화시키며, 타인의 입장에서 생각할 수 있도록 만든다. 이는 나 자신의 어떠한 의지가 보편적 의지가 되려 하는 경향성을 만들어내며 보편적인 규정을 인식할 수 있게 한다. 본문의 사례는 극도로 협소하기 때문에 도덕법칙이 없다는 입증을 해 보일 수 없다. 하라리는 좀 더 많은 사례를 싫고(싣고) 반대되는 견해, 즉 도덕법칙이 존재한다는 견해에 반박도 해야 했다.

전반적으로 저자는 개념들이 명확해(명확한) 읽기 쉬운 글을 썼다. 독립선언문이 상상의 산물이라는 부분은 고개를 끄덕이며 동의하게 한다. 그러나 함무라비 법전과 독립선언문의 예시만으로 '질서는 간주관적 가공물이다'라는 소리를 하는 것은 지나치게 가능성을 닫아두는 행태이다. (지나친 논리의 비약이다.)

그뿐만 아니라 예상반론은 없다시피 하며 '그래도 본질만큼은 평등하다 믿는다면 안정된 사회를 구축할 수 있을 거야'라는 말을 할 거라고 상정해두고 '그게 바로 상상의 질서다'라고 이야기하는 허수아비 공격을 범하고 있다. (보다 친절한 설명이 필요하다.) 이런 영양가 없는 (표현이 부적절하다.) 문장 대신 반론을 들고 왔을 때 충분한 해명이 될 만한 부분이 있어야 한다.

마지막으로 아쉬운 점이 하나 있다. 저자는 '방사능이란 없다고 믿어도 실재하는 객관적 실재다'라는 말을 한다. 이로 보아 하라리는 객관적, 간주관적, 주관적 실재를 구분할 수 있다 생각하는 것으로 보인다. 그런데 필자는 이 부분에 의문이 생긴다. 이것들이 유의미하게 구분 가능한 것인지 정리해줬다면 좋았을 것이라고 생각한다. (부적절한 결론 문단이다. 추가적인 새로운 논평을 언급하기보다는 앞선 논의들을 간략하게 정리하는 편이 더 낫다.)

[분석적 요약] 형식지

[1단계: 문제와 주장]		
	문제	
	주장	
[2단계: 핵심어(개념)]		
	핵심어	
[3단계: 논증 구성]		
	숨은 전제 기본 가정	
	논증	
[4단계: 함축적 결론]		
	맥락 (배경,관점)	
	함축적 결론	

[분석적 논평] 형식지

[1. 중요성, 유관성, 명확성]
[2. 명료함, 분명함]
[3. 논리성: 형식적 타당성과 내용적 수용가능성]
[4. 공정성, 충분성]

| 참고문헌 |

김광수,『논리와 비판적 사고』, 철학과현실사, 2007.

싱어, 피터(P. Singer),『실천윤리학』, 철학과현실사, 1997.

이좌용 · 홍지호,『비판적 사고: 성숙한 이성으로의 길』, 성균관대학교출판부, 2015.

임종식,『생명의 시작과 끝』, 로뎀나무, 1999.

장하성,『왜 분노해야 하는가』, 헤이북스, 2016.

전대석,『의료윤리와 비판적 글쓰기』, 북코리아, 2016.

탁석산,『흄의 인과론』, 서광사, 1998.

코피, 어빙(Copy, E.),『논리학 입문(10판)』, 박만준 외 옮김, 경문사.

피셔, 어네스트(Ficher, E. P.),『과학을 배반하는 과학』, 전대호 옮김, 해나무, 2007.

프롬, 에리히,『사랑의 기술』, 황문수 옮김, 문예출판사, 2006.

홍경남,『과학기술과 사회윤리』, 철학과현실사, 2007.

Angeles, A., *Dictionary of Philosophy*, New York: Barnes & Noble, 1981.
Dancy, Jonathan., *Contemporary Epistemology*, 1985.
Davidson, Donald., *Essays on Action and Event*, 1963.
Harman, Gilbert., "Logic and Reasoning," Synthese, LX, 1984.
Mackenzie, Jim, "Reasoning and Logic," Synthese, LXXIX, 1989.
Irving Copi, *Introduction to Logic*, New York: Macmillan 7th ed., 1986.
Runes, Dagobert D., *Dictionary of Philosophy*, Totowa, NJ: Rowman & Allanheld, 1984.
Walton, Douglas N., "What is Reasoning? What Is an Argument?," *The Journal of Philosophy* Vol. 87, No. 8 (Aug., 1990).

김상봉, "학교 체벌에 대하여", 『경향신문』, 2010.08.03, http://news.khan.co.kr/kh_news/khan_art_view.html?artid=201008032104235&code=990000
장하준, "부자들의 기부만으론 부족하다", 『경향신문』, 2011.09.06, http://news.khan.co.kr/kh_news/khan_art_view.html?artid=201109061905555&code=990000